Theodor
Fontane

Theodor Fontane

Eine Auslese

Inhalt:

Umwelthinweis:
Dieses Buch und der Einband wurden auf chlorfrei gebleichtem Papier gedruckt.
Die Einschrumpffolie - zum Schutz vor Verschmutzung - ist aus umweltverträglichem und recyclingfähigem PE-Material.

Ungekürzte Lizenzausgabe der RM Buch und Medien Vertrieb GmbH und der angeschlossenen Buchgemeinschaften

Konzeption der Reihe: www.textwerkstatt.at
Auswahl und Satz dieses Bandes: Lea Susemichel

Druck: Ueberreuter Print

Printed in Austria 2003

Buch-Nr. 006151 (5)
www.derclub.de
www.donauland.at

Vorwort

Theodor Fontane wird am 30. Dezember 1819 in Neuruppin geboren, seine Eltern stammen beide aus Hugenottenfamilien. 1827 zieht er mit seiner Familie nach Swinemünde. Die glücklichsten Jahre seiner Kindheit verbringt er dort, er wird sie später in *Meine Kinderjahre* beschreiben.
1836 entschließt er sich, den Beruf seines Vaters zu ergreifen, und beginnt in Berlin eine Apothekerlehre. Die Lehrzeit fördert seine literarischen Ambitionen, denn „schönere Gelegenheit zum Dichten ist mir nie wieder geboten worden …". Das monotone Kochen von Queckenextrakt verkürzt er sich damit, er entwirft dabei auch erste kurze Prosatexte, zudem liefert ihm der Lesezirkel der Apotheke neu erschienene Bücher und Zeitschriften.
Auch Fontane wird vom Geist des Vormärz erfasst. Begeistert vom demokratischen Gedanken übersetzt er revolutionäre englische Arbeitergedichte, Georg Herwegh wird sein literarisches Vorbild. In Leipzig, wo er erneut in einer Apotheke arbeitet, tritt er in den Herwegh-Klub ein. 1848 nimmt er an den Barrikadenkämpfen des 18. März teil.
Nachdem Fontane den Apothekerberuf aufgegeben hat, arbeitet er als Kriegsberichterstatter, freier Schriftsteller und lebt mehrere Jahre als Korrespondent in London, zeitweise von seiner Frau Emilie und seinen Kindern getrennt.
Später schreibt er für die Kreuz-Zeitung und als Theaterkritiker der Vossischen Zeitung. 1876 wird er Sekretär der Akademie der Künste in Berlin, 1894 erhält er den Ehrendoktor der Philosophischen Fakultät der Universität Berlin.
Am 20. September 1898 stirbt Fontane in Berlin.
Fontane gilt neben Heinrich Heine als der bedeutendste deutsche Feuilletonist. Seine Romane brechen mit der Tradition

des Bildungsromans. Subjektive Erzählperspektive verbindet sich in ihnen mit deskriptiver Sprachauffassung, die Handlung wird zugunsten langer, kunstvoller Dialoge aus dem Mittelpunkt verdrängt.

Ironie und leise Skepsis sind charakteristische Merkmale seines Schreibens, mit dem er entscheidend auf die Entwicklung des deutschen Romans wirkte, und diesen auf die Höhe des kritischen Gesellschaftsromans führte.

Häufig sind Frauen die Hauptprotagonisten in Fontanes Romanen, durch ihre differenziertere und klügere Sicht macht er sie den männlichen Figuren nicht selten überlegen.

Stine zählt zu Fontanes großen realistischen Romanen, die sich dem märkischen Adel und dem Berliner Bürgertum in einer innerlich brüchigen Zeit widmen. Indem er überkommene Standesunterschiede zum Thema machte, die Liebende zu überwinden versuchen, hatte er bereits mit *Irrungen, Wirrungen* einen Skandal ausgelöst. Obwohl *Stine* „bei Lichte besehen, (...) noch harmloser als Irrungen, Wirrungen [ist], denn es kommt nicht einmal eine Landpartie mit Nachtquartier vor", wie Fontane an den befreundeten Kritiker P. Schlenther schrieb, konnte der Roman erst neun Jahre nach seiner Fertigstellung erscheinen.

Obwohl Fontane also moralischen Normen durchaus immer kritische Beachtung schenkt, gilt doch auch ihm eines als sicher: Wer schuldig ist, wird bestraft werden. Selbst Reuelosigkeit kann dieses ethische Gesetz nicht brechen. Hradscheck, dem kaltblütigen Mörder aus *Unterm Birnbaum,* kann seine Tat zwar nicht nachgewiesen werden, sein Gewissen treibt ihn aber schließlich in den Aberglauben und damit hin zu seiner gerechten Strafe.

Die Texte Fontanes werden hier in der traditionellen Schreibweise wiedergegeben.

Unterm Birnbaum

Erstes Kapitel

Vor dem in dem großen und reichen Oderbruchdorfe Tschechin um Michaeli 20 eröffneten *Gasthaus und Materialwarengeschäft von Abel Hradscheck* (so stand auf einem über der Tür angebrachten Schild) wurden Säcke, vom Hausflur her, auf einen mit zwei magern Schimmeln bespannten Bauerwagen geladen. Einige von den Säcken waren nicht gut gebunden oder hatten kleine Löcher und Ritzen, und so sah man denn an dem, was herausfiel, daß es Rapssäcke waren. Auf der Straße neben dem Wagen aber stand Abel Hradscheck selbst und sagte zu dem eben vom Rad her auf die Deichsel steigenden Knecht: „Und nun vorwärts, Jakob, und grüße mir Ölmüller Quaas. Und sag ihm, bis Ende der Woche müßt' ich das Öl haben, Leist in Wrietzen warte schon. Und wenn Quaas nicht da ist, so bestelle der Frau meinen Gruß und sei hübsch manierlich. Du weißt ja Bescheid. Und weißt auch, Kätzchen hält auf Komplimente."

Der als Jakob Angeredete nickte nur statt aller Antwort, setzte sich auf den vordersten Rapssack und trieb beide Schimmel mit einem schläfrigen „Hüh" an, wenn überhaupt von Antreiben die Rede sein konnte. Und nun klapperte der Wagen nach rechts hin den Fahrweg hinunter, erst auf das Bauer Orthsche Gehöft samt seiner Windmühle (womit das Dorf nach der Frankfurter Seite hin abschloß) und dann auf die weiter draußen am Oderbruch-Damm gelegene Ölmühle zu. Hradscheck sah dem Wagen nach, bis er verschwunden war, und trat nun erst in den Hausflur zurück. Dieser war breit und tief und teilte sich in zwei Hälften, die durch ein paar Holzsäulen und zwei dazwischen ausgespannte Hängematten voneinander getrennt waren. Nur in der Mitte hatte man einen Durchgang gelassen. An dem Vorflur lag nach rechts hin das Wohnzimmer, zu dem eine Stufe hinaufführte, nach links hin aber der Laden, in den man durch ein großes, fast die halbe Wand einnehmendes Schiebefenster hineinsehen konnte. Früher war hier die Verkaufsstelle gewesen, bis sich die zum Vornehmtun geneigte Frau Hradscheck das Herumtrampeln auf ihrem Flur verbeten und auf Durchbruch einer richtigen Ladentür, also von der Straße her, gedrungen hatte. Seitdem zeigte dieser Vorflur eine gewisse Herrschaftlichkeit, während der nach dem Garten hinausführende Hinterflur ganz dem Geschäft gehörte. Säcke, Zitronen- und Apfelsinenkisten standen hier an der einen Wand entlang, während an der andern übereinandergeschichtete Fässer lagen, Ölfässer, deren stattliche Reihe nur durch eine zum Keller hinunterführende Falltür unterbrochen war. Ein sorglich vorgelegter Keil hielt nach rechts und links hin die Fässer in Ordnung, so daß die untere Reihe durch den Druck der obenaufliegenden nicht ins Rollen kommen konnte.

So war der Flur. Hradscheck selbst aber, der eben die schmale, zwischen den Kisten und Ölfässern frei gelassene Gasse passierte, schloß, halb ärgerlich, halb lachend, die trotz seines Verbotes mal wieder offenstehende Falltür und sagte: „Dieser Junge, der Ede. Wann wird er seine fünf Sinne beisammen haben!"

Und damit trat er vom Flur her in den Garten.

Hier war es schon herbstlich, nur noch Astern und Reseda blühten zwischen den Buchsbaumrabatten, und eine Hummel umsummte den Stamm eines alten Birnbaums, der mitten im Garten hart neben dem breiten Mittelsteige stand. Ein paar Möhrenbeete, die sich, samt einem schmalen, mit Kartoffeln besetzten Ackerstreifen, an eben dieser Stelle durch eine Spargelanlage hinzogen, waren schon wieder umgegraben, eine frische Luft ging, und eine schwarzgelbe, der nebenanwohnenden Witwe Jeschke zugehörige Katze schlich, mutmaßlich auf der Sperlingssuche, durch die schon hoch in Samen stehenden Spargelbeete.

Hradscheck aber hatte dessen nicht acht. Er ging vielmehr rechnend und wägend zwischen den Rabatten hin und kam erst zu Betrachtung und Bewußtsein, als er, am Ende des Gartens angekommen, sich umsah und nun die Rückseite seines Hauses vor sich hatte. Da lag es, sauber und freundlich, links die sich von der Straße her bis in den Garten hineinziehende Kegelbahn, rechts der Hof samt dem Küchenhaus, das er erst neuerdings an den Laden angebaut hatte. Der kaum vom Winde bewegte Rauch stieg sonnenbeschienen auf und gab ein Bild von Glück und Frieden. Und das alles war sein! Aber wie lange noch? Er sann ängstlich nach und fuhr aus seinem Sinnen erst auf, als er, ein paar Schritte von sich entfernt, eine große, durch ihre Schwere und Reife sich von selbst ablösende Malvasierbirne mit eigentümlich dumpfem Ton aufklatschen hörte. Denn sie war nicht auf den harten Mittelsteig, sondern auf eins der umgegrabenen Möhrenbeete gefallen. Hradscheck ging darauf zu, bückte sich und hatte die Birne kaum aufgehoben, als er sich von der Seite her angerufen hörte:

„Dag, Hradscheck. Joa, et wahrd nu Tied. De Malvesieren kümmen all von sülwst."

Er wandte sich bei diesem Anruf und sah, daß seine Nachbarin, die Jeschke, deren kleines, etwas zurückgebautes Haus den Blick auf seinen Garten hatte, von drüben her über den Himbeerzaun kuckte.

„Ja, Mutter Jeschke, 's wird Zeit", sagte Hradscheck. „Aber wer soll die Birnen abnehmen? Freilich, wenn Ihre Line hier wäre, die könnte helfen. Aber man hat ja keinen Menschen und muß alles selbst machen."

„Na. Se hebben joa doch den Jungen, den Ede."
„Ja, den hab ich. Aber der pflückt bloß für sich."
„Dat sall woll sien", lachte die Alte. „Een in 't Töppken, een in 't Kröppken."
Und damit humpelte sie wieder nach ihrem Hause zurück, während auch Hradscheck wieder vom Garten her in den Flur trat.
Hier sah er jetzt nachdenklich auf die Stelle, wo vor einer halben Stunde noch die Rapssäcke gestanden hatten, und in seinem Auge lag etwas, als wünscht er, sie stünden noch am selben Fleck oder es wären neue statt ihrer aus dem Boden gewachsen. Er zählte dann die Fässerreihe, rief, im Vorübergehen, einen kurzen Befehl in den Laden hinein und trat gleich danach in seine gegenübergelegene Wohnstube.
Diese machte neben ihrem wohnlichen zugleich einen eigentümlichen Eindruck, und zwar, weil alles in ihr um vieles besser und eleganter war, als sich's für einen Krämer und Dorfmaterialisten schickte. Die zwei kleinen Sofas waren mit einem hellblauen Atlasstoff bezogen, und an dem Spiegelpfeiler stand ein schmaler Trumeau, weißlackiert und mit Goldleiste. Ja, das in einem Mahagonirahmen über dem kleinen Klavier hängende Bild (allem Anscheine nach ein Stich nach Claude Lorrain) war ein Sonnenuntergang mit Tempeltrümmern und antiker Staffage, so daß man sich füglich fragen durfte, wie das alles hierherkomme. Passend war eigentlich nur ein Stehpult mit einem Gitteraufsatz und einem Kuckloch darüber, mit Hilfe dessen man, über den Flur weg, auf das große Schiebefenster sehen konnte.
Hradscheck legte die Birne vor sich hin und blätterte das Kontobuch durch, das aufgeschlagen auf dem Pulte lag. Um ihn her war alles still, und nur aus der halb offenstehenden Hinterstube vernahm er den Schlag einer Schwarzwälder Uhr.

Es war fast, als ob das Ticktack ihn störe, wenigstens ging er auf die Tür zu, anscheinend, um sie zu schließen; als er indes hineinsah, nahm er überrascht wahr, daß seine Frau in der Hinterstube saß, wie gewöhnlich schwarz, aber sorglich gekleidet, ganz wie jemand, der sich auf Figurmachen und Toilettendinge versteht. Sie flocht eifrig an einem Kranz, während ein zweiter, schon fertiger an einer Stuhllehne hing.

„Du hier, Ursel! Und Kränze! Wer hat denn Geburtstag?"

„Niemand. Es ist nicht Geburtstag. Es ist bloß Sterbetag, Sterbetag deiner Kinder. Aber du vergißt alles. Bloß dich nicht."

„Ach, Ursel, laß doch. Ich habe meinen Kopf voll Wunder. Du mußt mir nicht Vorwürfe machen. Und dann die Kinder. Nun ja, sie sind tot, aber ich kann nicht trauern und klagen, daß sie's sind. Umgekehrt, es ist ein Glück."

„Ich verstehe dich nicht."

„Und ist nur zu gut zu verstehn. Ich weiß nicht aus noch ein und habe Sorgen über Sorgen."

„Worüber? Weil du nichts Rechtes zu tun hast und nicht weißt, wie du den Tag hinbringen sollst. Hinbringen, sag ich, denn ich will dich nicht kränken und von Zeit totschlagen sprechen. Aber sage selbst, wenn drüben die Weinstube voll ist, dann fehlt dir nichts. Ach, das verdammte Spiel, das ewige Knöcheln und Tempeln. Und wenn du noch glücklich spieltest! Ja, Hradscheck, das muß ich dir sagen, wenn du spielen willst, so spiele wenigstens glücklich. Aber ein Wirt, der nicht glücklich spielt, muß davonbleiben, sonst spielt er sich von Haus und Hof. Und dazu das Trinken, immer der schwere Ungar, bis in die Nacht hinein."

Er antwortete nicht, und erst nach einer Weile nahm er den Kranz, der über der Stuhllehne hing, und sagte: „Hübsch. Alles, was du machst, hat Schick. Ach, Ursel, ich wollte, du hättest bessere Tage."

Dabei trat er freundlich an sie heran und streichelte sie mit seiner weißen, fleischigen Hand.
Sie ließ ihn auch gewähren, und als sie, wie beschwichtigt durch seine Liebkosungen, von ihrer Arbeit aufsah, sah man, daß es ihrer Zeit eine sehr schöne Frau gewesen sein mußte, ja, sie war es beinah noch. Aber man sah auch, daß sie viel erlebt hatte, Glück und Unglück, Lieb und Leid, und durch allerlei schwere Schulen gegangen war. Er und sie machten ein hübsches Paar und waren gleichaltrig, Anfang vierzig, und ihre Sprech- und Verkehrsweise ließ erkennen, daß es eine Neigung gewesen sein mußte, was sie vor länger oder kürzer zusammengeführt hatte.
Der herbe Zug, den sie bei Beginn des Gesprächs gezeigt, wich denn auch mehr und mehr, und endlich fragte sie: „Wo drückt es wieder? Eben hast du den Raps weggeschickt, und wenn Leist das Öl hat, hast du das Geld. Er ist prompt auf die Minute."
„Ja, das ist er. Aber ich habe nichts davon, alles ist bloß Abschlag und Zins. Ich stecke tief drin und leider am tiefsten bei Leist selbst. Und dann kommt die Krakauer Geschichte, der Reisende von Olszewski-Goldschmidt und Sohn. Er kann jeden Tag da sein."
Hradscheck zählte noch anderes auf, aber ohne daß es einen tieferen Eindruck auf seine Frau gemacht hätte. Vielmehr sagte sie langsam und mit gedehnter Stimme: „Ja, Würfelspiel und Vogelstellen ..."
„Ach, immer Spiel und wieder Spiel! Glaube mir, Ursel, es ist nicht so schlimm damit, und jedenfalls mach ich mir nichts draus. Und am wenigsten aus dem Lotto; 's ist alles Torheit und weggeworfen Geld, ich weiß es, und doch hab ich wieder ein Los genommen. Und warum? Weil ich heraus will, weil ich heraus *muß*, weil ich uns retten möchte."

„So, so“, sagte sie, während sie mechanisch an dem Kranze weiterflocht und vor sich hin sah, als überlege sie, was wohl zu tun sei.
„Soll ich dich auf den Kirchhof begleiten?“ frug er, als ihn ihr Schweigen zu bedrücken anfing. „Ich tu's gern, Ursel.“
Sie schüttelte den Kopf.
„Warum nicht?“
„Weil, wer den Toten einen Kranz bringen will, wenigstens an sie gedacht haben muß.“
Und damit erhob sie sich und verließ das Haus, um nach dem Kirchhof zu gehen.
Hradscheck sah ihr nach, die Dorfstraße hinauf, auf deren roten Dächern die Herbstsonne flimmerte. Dann trat er wieder an sein Pult und blätterte.

Zweites Kapitel

Eine Woche war seit jenem Tage vergangen, aber das Spielglück, das sich bei Hradscheck einstellen sollte, blieb aus und das Lottoglück auch. Trotz alledem gab er das Warten nicht auf, und da gerade Lotterie-Ziehzeit war, kam das Viertellos gar nicht mehr von seinem Pult. Es stand hier auf einem Ständerchen, ganz nach Art eines Fetisch, zu dem er nicht müde wurde respektvoll und beinah mit Andacht aufzublicken. Alle Morgen sah er in der Zeitung die Gewinn-Nummern durch, aber die seine fand er nicht, trotzdem sie unter ihren fünf Zahlen drei Sieben hatte und mit sieben dividiert glatt aufging. Seine Frau, die wohl wahrnahm, daß er litt, sprach ihm nach ihrer Art zu, nüchtern, aber nicht unfreundlich, und drang in ihn, „daß er den Lotteriezettel wenigstens vom Ständer herunternehmen möge, das verdrösse den Himmel nur, und wer dergleichen täte, kriege statt Rettung und Hilfe den Teufel und seine Sippschaft ins Haus. Das Los müsse weg. Wenn er wirklich beten wolle, so habe sie was Besseres für ihn, ein Marienbild, das der Bischof von Hildesheim geweiht und ihr bei der Firmelung geschenkt habe."

Davon wollte nun aber der beständig zwischen Aber- und Unglauben hin und her schwankende Hradscheck nichts wissen. „Geh mir doch mit dem Bild, Ursel. Und wenn ich auch wollte, denke nur, welche Bescherung ich hätte, wenn's einer merkte. Die Bauern würden lachen von einem Dorfende bis ans andere, selbst Orth und Igel, die sonst keine Miene verziehen. Und mit der Pastor-Freundschaft wär's auch vorbei. Daß er zu dir hält, ist doch bloß, weil er dir den katholischen Unsinn ausgetrieben und einen Platz im Himmel, ja vielleicht an seiner Seite, gewonnen hat. Denn mit meinem Anspruch auf Himmel ist's nicht weit her."

Und so blieb denn das Los auf dem Ständer, und erst als die Ziehung vorüber war, zerriß es Hradscheck und streute die Schnitzel in den Wind. Er war aber auch jetzt noch, all seinem spöttisch-überlegenen Gerede zum Trotz, so schwach und abergläubisch, daß er den Schnitzeln in ihrem Fluge nachsah, und als er wahrnahm, daß einige die Straße hinauf bis an die Kirche geweht wurden und dort erst niederfielen, war er in seinem Gemüte beruhigt und sagte: „Das bringt Glück."

Zugleich hing er wieder allerlei Gedanken und Vorstellungen nach, wie sie seiner Phantasie jetzt häufiger kamen. Aber er hatte noch Kraft genug, das Netz, das ihm diese Gedanken und Vorstellungen überwerfen wollten, wieder zu zerreißen.

„Es geht nicht."

Und als im selben Augenblick das Bild des Reisenden, dessen Anmeldung er jetzt täglich erwarten mußte, vor seine Seele trat, trat er erschreckt zurück und wiederholte nur so vor sich hin: „Es geht nicht."

So war Mitte Oktober herangekommen. Im Laden gab's viel zu tun, aber mitunter war doch ruhige Zeit, und dann ging Hradscheck abwechselnd in den Hof, um Holz zu spellen, oder in den Garten, um eine gute Sorte Tischkartoffeln aus der Erde zu nehmen. Denn er war ein Feinschmecker. Als aber die Kartoffeln heraus waren, fing er an, den schmalen Streifen Land, darauf sie gestanden, umzugraben. Überhaupt wurde Graben und Gartenarbeit mehr und mehr seine Lust, und die mit dem Spaten in der Hand verbrachten Stunden waren eigentlich seine glücklichsten.

Und so beim Graben war er auch heute wieder, als die Jeschke, wie gewöhnlich, an die die beiden Gärten verbindende Heckentür kam und ihm zusah, trotzdem es noch früh am Tage war.

„De Tüffeln sinn joa nu rut, Hradscheck."

„Ja, Mutter Jeschke, seit vorgestern. Und war diesmal 'ne wahre Freude; mitunter zwanzig an einem Busch und alle groß und gesund."

„Joa, joa, wenn een 's Glück hebben sall. Na, Se hebben't, Hradscheck. Se hebben Glück bi de Tüffeln un bi de Malvesieren ook. I, Se möten joa woll 'n Scheffel runnerpflückt hebb'n."

„O mehr, Mutter Jeschke, viel mehr."

„Na, bereden Se't nich, Hradscheck. Nei, nei. Man sall nix bereden. Ook sien Glück nich."

Und damit ließ sie den Nachbar stehn und humpelte wieder auf ihr Haus zu.

Hradscheck aber sah ihr ärgerlich und verlegen nach. Und er hatte wohl Grund dazu. War doch die Jeschke, so freundlich und zutunlich sie tat, eine schlimme Nachbarschaft und quacksalberte nicht bloß, sondern machte auch sympathetische Kuren, besprach Blut und wußte, wer sterben würde. Sie sah dann die Nacht vorher einen Sarg vor dem Sterbehause stehn.

Und es hieß auch, „sie wisse, wie man sich unsichtbar machen könne", was, als Hradscheck sie seinerzeit danach gefragt hatte, halb von ihr bestritten und dann halb auch wieder zugestanden war. „Sie wisse es nicht; aber *das* wisse sie, daß frisch ausgelassenes Lammtalg gut sei, versteht sich, von einem ungeborenen Lamm und als Licht über einen roten Wollfaden gezogen; am besten aber sei Farnkrautsamen in die Schuhe oder Stiefel geschüttet." Und dann hatte sie herzlich gelacht, worin Hradscheck natürlich einstimmte. Trotz dieses Lachens aber war ihm jedes Wort, als ob es ein Evangelium wär, in Erinnerung geblieben, vor allem das „ungeborne Lamm" und der „Farnkrautsamen". Er glaubte nichts davon und auch wieder alles, und wenn er, seiner sonstigen Entschlossenheit unerachtet, schon vorher eine Furcht vor der alten Hexe gehabt hatte, so nach dem Gespräch über das Sich-unsichtbar-Machen noch viel mehr.

Und solche Furcht beschlich ihn auch heute wieder, als er sie, nach dem Morgengeplauder über die „Tüffeln" und die „Malvesieren", in ihrem Hause verschwinden sah. Er wiederholte sich jedes ihrer Worte: „Wenn een 's Glück hebben sall. Na, Se hebben't joa, Hradscheck. Awers bereden Se't nich." Ja, so waren ihre Worte gewesen. Und was war mit dem allem gemeint? Was sollte dies ewige Reden von Glück und wieder Glück? War es Neid, oder wußte sie's besser? Hatte sie doch vielleicht mit ihrem Hokuspokus ihm in die Karten gekuckt?

Während er noch so sann, nahm er den Spaten wieder zur Hand und begann rüstig weiterzugraben. Er warf dabei ziemlich viel Erde heraus und war keine fünf Schritt mehr von dem alten Birnbaum, auf den der Ackerstreifen zulief, entfernt, als er auf etwas stieß, das unter dem Schnitt des Eisens zerbrach und augenscheinlich weder Wurzel noch Stein war. Er grub also vorsichtig weiter und sah alsbald, daß er auf Arm und Schulter eines hier verscharrten Toten gestoßen war. Auch Zeugreste kamen zutage, zerschlissen und gebräunt, aber immer noch farbig und wohlerhalten genug, um erkennen zu lassen, daß es ein Soldat gewesen sein müsse.

Wie kam der hierher?

Hradscheck stützte sich auf die Krücke seines Grabscheits und überlegte. „Soll ich es zur Anzeige bringen? Nein. Es macht bloß Geklätsch. Und keiner mag einkehren, wo man einen Toten unterm Birnbaum gefunden hat. Also besser nicht. Er kann hier weiter liegen." Und damit warf er den Armknochen, den er ausgegraben, in die Grube zurück und schüttete diese wieder zu. Während dieses Zuschüttens aber hing er all jenen Gedanken und Vorstellungen nach, wie sie seit Wochen ihm immer häufiger kamen. Kamen und gingen. Heut aber gingen sie nicht, sondern wurden Pläne, die Besitz von ihm nahmen und ihn, ihm selbst zum Trotz, an die Stelle bannten, auf der er stand. Was er hier zu tun hatte, war getan, es gab nichts mehr zu graben und zu schütten, aber immer noch hielt er das Grabscheit in der Hand und sah sich um, als ob er bei böser Tat ertappt worden wäre. Und fast war es so. Denn unheimlich verzerrte Gestalten (und eine davon er selbst) umdrängten ihn so faßbar und leibhaftig, daß er sich wohl fragen durfte, ob nicht andere da wären, die diese Gestalten auch sähen. Und er lugte wirklich nach der Zaunstelle hinüber. Gott sei Dank, die Jeschke war nicht da. Aber freilich, wenn sie sich unsichtbar machen und sogar Tote sehen konnte, Tote, die noch nicht tot waren, warum sollte sie nicht die Gestalten sehn, die jetzt vor seiner Seele standen? Ein Grauen überlief ihn, nicht vor der Tat, nein, aber bei dem Gedanken, daß das, was erst Tat werden sollte, vielleicht in diesem Augenblicke schon erkannt und verraten war. Er zitterte, bis er, sich plötzlich aufraffend, den Spaten wieder in den Boden stieß.

„Unsinn. Ein dummes altes Weib, das gerade klug genug ist, noch Dümmere hinters Licht zu führen. Aber ich will mich ihrer schon wehren, ihrer und ihrer ganzen Totenkuckerei. Was ist es denn? Nichts. Sie sieht einen Sarg an der Tür stehn, und dann stirbt einer. Ja, sie sagt es, aber sagt es immer erst, wenn einer tot ist oder keinen Atem mehr hat oder das Wasser ihm schon ans Herz stößt. Ja, dann kann ich auch prophezein. Alte Hexe, du sollst mir nicht weiter Sorge machen. Aber Ursel! Wie bring ich's der bei? Da liegt der Stein. Und wissen muß sie's. Es müssen zwei sein…"
Und er schwieg. Bald aber fuhr er entschlossen fort: „Ah, bah, es wird sich finden, weil sich's finden muß. Not kennt kein Gebot. Und was sagte sie neulich, als ich das Gespräch mit ihr hatte? ‚Nur nicht arm sein … Armut ist das Schlimmste.' Daran halt ich sie; damit zwing ich sie. Sie *muß* wollen."
Und so sprechend, ging er, das Grabscheit gewehrüber nehmend, wieder auf das Haus zu.

Drittes Kapitel

Als Hradscheck bis an den Schwellstein gekommen war, nahm er das Grabscheit von der Schulter, lehnte die Krücke gegen das am Hause sich hinziehende Weinspalier und wusch sich die Hände, saubrer Mann, der er war, in einem Kübel, drin die Dachtraufe mündete. Danach trat er in den Flur und ging auf sein Wohnzimmer zu.
Hier traf er Ursel. Diese saß vor einem Nähtisch am Fenster und war, trotz der frühen Stunde, schon wieder in Toilette, ja noch sorglicher und geputzter als an dem Tage, wo sie die Kränze für die Kinder geflochten hatte. Das hochschließende Kleid, das sie trug, war auch heute schlicht und dunkelfarbig (sie wußte, daß Schwarz sie kleidete), der blanke Ledergürtel

aber wurde durch eine Bronzeschnalle von auffälliger Größe zusammengehalten, während in ihren Ohrringen lange birnenförmige Bummeln von venezianischer Perlenmasse hingen. Sie wirkten anspruchsvoll und störten mehr, als sie schmückten. Aber für dergleichen gebrach es ihr an Wahrnehmung, wie denn auch der mit Schildpatt ausgelegte Nähtisch, trotz all seiner Eleganz, zu den beiden hellblauen Atlassofas nicht recht passen wollte. Noch weniger zu dem weißen Trumeau. Links neben ihr, auf dem Fensterbrett, stand ein Arbeitskästchen, darin sie, gerade als Hradscheck eintrat, nach einem Faden suchte. Sie ließ sich dabei nicht stören und sah erst auf, als der Eintretende, halb scherzhaft, aber doch mit einem Anfluge von Tadel, sagte: „Nun, Ursel, schon in Staat? Und nichts zu tun mehr in der Küche?"
„Weil es fertig werden muß."
„Was?"
„Das hier." Und dabei hielt sie Hradscheck ein Samtkäppsel hin, an dem sie gerade nähte. „Wenig mit Liebe."
„Für mich?"
„Nein. Dazu bist du nicht fromm und, was du lieber hören wirst, auch nicht alt genug."
„Also für den Pastor?"
„Geraten."
„Für den Pastor. Nun gut. Kleine Geschenke erhalten die Freundschaft, und die Freundschaft mit einem Pastor kann man doppelt brauchen. Es gibt einem solch Ansehen. Und ich habe mir auch vorgenommen, ihn wieder öfter zu besuchen und mit Ede sonntags umschichtig in die Kirche zu gehen."
„Das tu nur; er hat sich schon gewundert."
„Und hat auch recht. Denn ich bin ihm eigentlich verschuldet. Und ist noch dazu der einzige, dem ich gern verschuldet bin. Ja, du siehst mich an, Ursel. Aber es ist so. Hat er dich nicht auf

den rechten Weg gebracht? Sage selbst. Wenn Eccelius nicht wär, so stecktest du noch in dem alten Unsinn."
„Sprich nicht so. Was weißt du davon? Ihr habt ja gar keine Religion. Und Eccelius eigentlich auch nicht. Aber er ist ein guter Mann, eine Seele von Mann, und meint es gut mit mir und aller Welt. Und hat mir zum Herzen gesprochen."
„Ja, das versteht er; das hat er in der Loge gelernt. Er rührt einen zu Tränen. Und nun gar erst die Weiber."
„Und dann halt ich zu ihm", fuhr Ursel fort, ohne der Unterbrechung zu achten, „weil er ein gebildeter Mann ist. Ein guter Mann, und ein gebildeter Mann. Und offen gestanden, daran bin ich gewöhnt."
Hradscheck lachte. „Gebildet, Ursel, das ist dein drittes Wort. Ich weiß schon. Und dann kommt der Göttinger Student, der dir einen Ring geschenkt hat, als du vierzehn Jahr alt warst (er wird wohl nicht echt gewesen sein), und dann kommt vieles nicht oder doch manches nicht ... verfärbe dich nur nicht gleich wieder ..., und zuletzt kommt der Hildesheimer Bischof. Das ist dein höchster Trumpf, und was Vornehmeres gibt es in der ganzen Welt nicht. Ich weiß es seit langem. Vornehm, vornehm. Ach, ich rede nicht gern davon, aber deine Vornehmheit ist mir teuer zu stehn gekommen."
Ursel legte das Samtkäppsel aus der Hand, steckte die Nadel hinein und sagte, während sie sich mit halber Wendung von ihm ab- und dem Fenster zukehrte: „Höre, Hradscheck, wenn du gute Tage mit mir haben willst, so sprich nicht so. Hast du Sorgen, so will ich sie mittragen, aber du darfst mich nicht dafür verantwortlich machen, daß sie da sind. Was ich dir hundertmal gesagt habe, das muß ich dir wieder sagen. Du bist kein guter Kaufmann, denn du hast das Kaufmännische nicht gelernt, und du bist kein guter Wirt, denn du spielst schlecht oder doch nicht mit Glück und trinkst nebenher deinen eige-

nen Wein aus. Und was da nach drüben geht, nach Neu-Lewin hin, oder wenigstens gegangen ist“ (und dabei wies sie mit der Hand nach dem Nachbardorfe), davon will ich nicht reden, schon gar nicht, schon lange nicht. Aber das darf ich dir sagen, Hradscheck, so steht es mit dir. Und anstatt dich zu deinem Unrecht zu bekennen, sprichst du von meinen Kindereien und von dem hochwürdigen Bischof, dem du nicht wert bist die Schuhriemen zu lösen. Und wirfst mir dabei meine Bildung vor.“

„Nein, Ursel.“

„Oder daß ich's ein bißchen hübsch oder, wie du sagst, vornehm haben möchte.“

„Ja, das.“

„Also doch. Nun aber sage mir, was hab ich getan? Ich habe mich in den ersten Jahren eingeschränkt und in der Küche gestanden und gebacken und gebraten und des Nachts an der Wiege gesessen. Ich hin nicht aus dem Haus gekommen, so daß die Leute darüber geredet haben, die dumme Gans draußen in der Ölmühle natürlich an der Spitze (du hast es mir selbst erzählt), und habe jeden Abend vor einem leeren Kleiderschrank gestanden und die hölzernen Riegel gezählt. Und so sieben Jahre, bis die Kinder starben, und erst als sie tot waren und ich nichts hatte, daran ich mein Herz hängen konnte, da hab ich gedacht, nun gut, nun will ich es wenigstens hübsch haben und eine Kaufmannsfrau sein, so wie man sich in meiner Gegend eine Kaufmannsfrau vorstellt. Und als dann der Konkurs auf Schloß Hoppenrade kam, da hab ich dich gebeten, dies bißchen hier anzuschaffen, und das hast du getan, und ich habe mich dafür bedankt. Und war auch bloß in der Ordnung. Denn Dank muß sein, und ein gebildeter Mensch weiß es, und er wird ihm nicht schwer. Aber all das, worüber jetzt soviel geredet wird, als ob es wunder was wäre, ja, was ist es denn groß? Eigentlich ist es doch nur altmodisch, und die Seide reißt schon, trotzdem ich sie hüte wie meinen Augapfel. Und wegen dieser paar Sachen stöhnst du und hörst nicht auf zu klagen und verspottest mich wegen meiner Bildung und Feinheit, wie du zu sagen beliebst. Freilich bin ich feiner als die Leute hier, in meiner Gegend ist man feiner. Willst du mir einen Vorwurf daraus machen, daß ich nicht wie die Pute, die Quaas, bin, die ‚mir' und ‚mich' verwechselt und eigentlich noch in den Friesrock gehört und Liebschaftenhaben für Bildung hält und sich ‚Kätzchen' nennen läßt, obschon sie bloß eine Katze ist und eine falsche dazu? Ja, mein lieber Hradscheck, wenn du mir daraus einen Vorwurf machen willst, dann hättest du mich nicht nehmen sollen, das wäre dann das klügste gewesen. Besinne dich. Ich bin dir nicht nachgelaufen, im Gegenteil, du wolltest mich partout und hast mich beschworen um mein ‚Ja'. Das kannst du nicht bestreiten. Nein, das kannst du nicht, Hradscheck. Und nun dies ewige ‚vornehm' und wieder ‚vornehm'. Und warum? Bloß weil ich einen Trumeau wollte, den man wollen muß, wenn man ein bißchen auf sich hält. Und für einen Spottpreis ist er fortgegangen."

„Du sagst Spottpreis, Ursel. Ja, was ist Spottpreis? Auch Spottpreise können zu hoch sein. Ich hatte damals nichts und hab es von geborgtem Gelde kaufen müssen."

„Das hättest du nicht tun sollen, Abel, das hättest du mir sagen müssen. Aber da genierte sich der werte Herr Gemahl und mußte sich auch genieren. Denn warum war kein Geld da? Wegen der Person drüben. Alte Liebe rostet nicht. Versteht sich."

„Ach Ursel, was soll das! Es nutzt uns nichts, uns unsere Vergangenheit vorzuwerfen."

„Was meinst du damit? Was heißt Vergangenheit?"

„Wie kannst du nur fragen? Aber ich weiß schon, das ist das

alte Lied, das ist Weiberart. Ihr streitet eurem eignen Liebhaber die Liebschaft ab. Ursel, ich hätte dich für klüger gehalten. So sei doch nicht so kurz von Gedächtnis. Wie lag es denn? Wie fand ich dich damals, als du wieder nach Hause kamst, krank und elend und mit dem Stecken in der Hand, und als der Alte dich nicht aufnehmen wollte mit deinem Kind und du dann zufrieden warst mit einer Schütte Stroh unterm Dach? Ursel, da hab ich dich gesehn, und weil ich Mitleid mit dir hatte, nein, nein, erzürne dich nicht wieder … weil ich dich liebte, weil ich vernarrt in dich war, da hab ich dich bei der Hand genommen, und wir sind hierher gegangen, und der Alte drüben, dem du das Käppsel da nähst, hat uns zusammengetan. Es tut mir nicht leid, Ursel, denn du weißt, daß ich in meiner Neigung und Liebe zu dir der alte bin, aber du darfst dich auch nicht aufs hohe Pferd setzen, wenn ich vor Sorgen nicht aus noch ein weiß, und darfst mir nicht Vorwürfe machen wegen der Rese drüben in Neu-Lewin. Was da hinging, glaube mir, das war nicht viel und eigentlich nicht der Rede wert. Und nun ist sie lange tot und unter der Erde. Nein, Ursel, daher stammt es nicht, und ich schwöre dir's, das alles hätt ich gekonnt, aber der verdammte Hochmut, daß es mit uns was sein sollte, das hat es gemacht, das ist es. Du wolltest hoch hinaus und was Apartes haben, damit sie sich wundern sollten. Und was haben wir nun davon? Da stehen die Sachen, und das Bauernvolk lacht uns aus."

„Sie beneiden uns."

„Nun gut, vielleicht, oder wenigstens, solang es vorhält. Aber wenn das alles eines schönen Tages fort ist?"

„Das darf nicht sein."

„Die Gerichte fragen nicht lange."

„Das darf nicht sein, sag ich. Alles andre. Nein, Hradscheck, das darfst du mir nicht antun, da nehm ich mir das Leben und geh in die Oder, gleich auf der Stelle. Was Jammer und Elend ist, das weiß ich, das hab ich erfahren. Aber gerade deshalb, gerade deshalb. Ich bin jetzt aus dem Jammer heraus. Gott sei Dank, und ich will nicht wieder hinein. Du sagst, sie lachen über uns, nein, sie lachen *nicht*; aber wenn uns was passierte, dann würden sie lachen. Und daß dann ‚Kätzchen' ihren Spaß haben und sich über uns lustig machen sollte, oder gar die gute Mietzel, die noch immer in ihrem schwarzen Kopftuch steckt und nicht mal weiß, wie man einen Hut oder eine Haube manierlich aufsetzt, das trüg ich nicht, da möcht ich gleich tot umfallen. Nein, nein, Hradscheck, wie ich dir schon neulich sagte, nur nicht arm. Armut ist das schlimmste, schlimmer als der Tod, schlimmer als ..."

Er nickte. „So denk ich auch, Ursel. Nur nicht arm. Aber komm in den Garten! Die Wände hier haben Ohren." Und so gingen sie hinaus. Draußen aber nahm sie seinen Arm, hing sich, wie zärtlich, an ihn und plauderte, während sie den Mittelsteig des Gartens auf und ab schritten. Er seinerseits schwieg und überlegte, bis er mit einem Male stehenblieb und, das Wort nehmend, auf die wieder zugeschüttete Stelle neben dem Birnbaum wies. Und nun wurden Ursels Augen immer größer, als er rasch und lebhaft alles, was geschehen müsse, herzuzählen und auseinanderzusetzen begann.

„Es geht nicht. Schlag es dir aus dem Sinn. Es ist nichts so fein gesponnen ..."

Er aber ließ nicht ab, und endlich sah man, daß er ihren Widerstand besiegt hatte. Sie nickte, schwieg, und beide gingen auf das Haus zu.

Viertes Kapitel

Der Oktober ging auf die Neige, trotzdem aber waren noch schöne warme Tage, so daß man sich im Freien aufhalten und die Hradschecksche Kegelbahn benutzen konnte. Diese war in der ganzen Gegend berühmt, weil sie nicht nur ein gutes waagerechtes Laufbrett, sondern auch ein bequemes Kegelhäuschen und in diesem zwei von aller Welt bewunderte buntglasige Kuckfenster hatte. Das gelbe sah auf den Garten hinaus, das blaue dagegen auf die Dorfstraße samt dem dahinter sich hinziehenden Oderdamm, über den hinweg dann und wann der Fluß selbst aufblitzte. Drüben am andern Ufer aber gewahrte man einen langen Schattenstrich: die neumärkische Heide.

Es war halb vier, und die Kugeln rollten schon seit einer Stunde. Der zugleich Kellnerdienste verrichtende Ladenjunge lief hin und her, mal Kaffee, mal einen Kognak bringend, am öftesten aber neugestopfte Tonpfeifen, aus denen die Bauern rauchten und die Wölkchen in die klare Herbstluft hineinbliesen. Es waren ihrer fünf, zwei aus dem benachbarten Kienitz herübergekommen, der Rest echte Tschechiner: Ölmüller Quaas, Bauer Mietzel und Bauer Kunicke. Hradscheck, der, von Berufs wegen, mit dem Schreib- und Rechenwesen am besten Bescheid wußte, saß vor einer großen schwarzen Tafel, die die Form eines Notenpultes hatte.

„Kunicke steht wieder am besten." – „Natürlich, gegen den kann keiner." – „Dreimal acht um den König." Und nun begann ein Sich-Überbieten in Kegelwitzen. „Er kann hexen", hieß es. „Er hockt mit der Jeschke zusammen." – „Er spielt mit falschen Karten." – „Wer soviel Glück hat, muß Strafe zahlen." Der, der das von den „falschen Karten" gesagt hatte, war Bauer Mietzel, des Ölmüllers Nachbar, ein kleines ausgetrocknetes

Männchen, das mehr einem Leinenweber als einem Bauern glich. War aber doch ein richtiger Bauer, in dessen Familie nur von alter Zeit her der Schwind war.

„Wer schiebt?"

„Hradscheck."

Dieser kletterte jetzt von seinem Schreibersitz und wartete gerad auf seine die Lattenrinne langsam herunterkommende Lieblingskugel, als der Landpostbote durch ein auf die Straße führendes Türchen eintrat und einen großen Brief an ihn abgab; Hradscheck nahm den Brief in die Linke, packte die Kugel mit der Rechten und setzte sie kräftig auf, zugleich mit Spannung dem Lauf derselben folgend.

„Sechs!" schrie der Kegeljunge, verbesserte sich aber sofort, als nach einigem Wackeln und Besinnen noch ein siebenter Kegel umfiel.

„Sieben also!" triumphierte Hradscheck, der sich bei dem Wurf augenscheinlich was gedacht hatte.

„Sieben geht", fuhr er fort. „Sieben ist gut. Kunicke, schiebe für mich und schreib an. Will nur das Porto zahlen."

Und damit nahm er den Briefträger unterm Arm und ging mit ihm von der Gartenseite her ins Haus.

Das Kegeln setzte sich mittlerweile fort, wer aber Spiel und Gäste vergessen zu haben schien, war Hradscheck. Kunicke hatte schon zum dritten Male statt seiner geschoben, und so wurde man endlich ungeduldig und riß heftig an einem Klingeldraht, der nach dem Laden hineinführte.

Der Junge kam auch.

„Hradscheck soll wieder antreten, Ede. Wir warten ja. Mach flink!"

Und sieh, gleich darnach erschien auch der Gerufene, hochrot und aufgeregt, aber, allem Anscheine nach, mehr in heiterer als verdrießlicher Erregung. Er entschuldigte sich kurz, daß er

habe warten lassen, und nahm dann ohne weiteres eine Kugel um zu schieben.
„Aber du bist ja gar nicht dran!" schrie Kunicke. „Himmelwetter, was ist denn los? Und wie der Kerl aussieht! Entweder ist ihm eine Schwiegermutter gestorben, oder er hat das Große Los gewonnen."
Hradscheck lachte.
„Nun, so rede doch. Oder sollst du nach Berlin kommen und neue Rapspressen einrichten? Hast ja neulich unserm Quaas erst vorgerechnet, daß er nichts von der Öl-Presse verstünde."
„Hab ich, und ist auch so. Nichts für ungut, ihr Herren, aber der Bauer klebt immer am alten."
„Und die Gastwirte sind immer fürs Neue. Bloß daß nicht viel dabei herauskommt."
„Wer weiß?"
„Wer weiß? Höre, Hradscheck, ich fange wirklich an zu glauben ... Oder is es 'ne Erbschaft?"
„Is so was. Aber nicht der Rede wert."
„Und von woher denn?"
„Von meiner Frau Schwester."
„Bist doch ein Glückskind. Ewig sind ihm die gebratnen Tauben ins Maul geflogen. Und aus dem Hildesheimschen, sagst du?"
„Ja, da so rum."
„Na, da wird Reetzke drüben froh sein. Er war schon ungeduldig."
„Weiß; er wollte klagen. Die Neu-Lewiner sind immer ängstlich und Pfennigfuchser und können nicht warten. Aber er wird's nu wohl lernen und sich anders besinnen. Mehr sag ich nicht und paßt sich auch nicht. Man soll den Mund nicht voll nehmen. Und was ist am Ende solch bißchen Geld?"
„Geld ist nie ein bißchen. Wieviel Nullen hat's denn?"

„Ach, Kinder, redet doch nicht von Nullen. Das beste ist, daß es nicht viel Wirtschaft macht und daß meine Frau nicht erst nach Hildesheim braucht. Solche weite Reise, da geht ja gleich die Hälfte drauf. Oder vielleicht auch das Ganze."
„War es denn schon in dem Brief?"
„I, bewahre. Bloß die Anzeige von meinem Schwager, und daß das Geld in Berlin gehoben werden kann. Ich schicke morgen meine Frau. Sie versauert hier ohnehin."
„Versteht sich", sagte Mietzel, der sich immer ärgerte, wenn von dem „Versauern" der Frau Hradscheck die Rede war. „Versteht sich, laß sie nur reisen; Berlin, das ist so was für die Frau Baronin. Und vielleicht bringt sie dir gleich wieder ein Atlassofa mit. Oder 'nen Trumeau. So heißt es ja wohl? Bei so was Feinem muß unserein immer erst fragen. Der Bauer ist ja zu dumm."

Frau Hradscheck reiste wirklich ab, um die geerbte Summe von Berlin zu holen, was schon im voraus das Gerede der ebenso neidischen wie reichen Bauernfrauen weckte, vor allen der Frau Quaas, die sich, ihrer gekrausten blonden Haare halber, ganz einfach für eine Schönheit hielt und aus dem Umstande, daß sie zwanzig Jahre jünger war als ihr Mann, ihr Recht zu fast ebenso vielen Liebschaften herleitete. Was gut aussah, war ihr ein Dorn im Auge, zumeist aber die Hradscheck, die nicht nur stattlicher und klüger war als sie selbst, sondern zum Überfluß auch noch in Verdacht stand (wenn auch freilich mit Unrecht), den ältesten Kantorssohn - einen wegen Demagogie relegierten Tunichtgut, der nun bei dem Vater auf der Bärenhaut lag - zu Spottversen auf die Tschechiner und ganz besonders auf die gute Frau Quaas angestiftet zu haben. Es war eine lange Reimerei, drin jeder was wegkriegte. Der erste Vers aber lautete:

Woytasch hat den Schulzenstock,
Kunicke 'nen langen Rock,
Mietzel ist ein Hobelspan,
Quaas hat keinem was getan,
Nicht mal seiner eignen
Frau,
Kätzchen weiß es ganz genau.
Miau, miau.

Dergleichen konnte nicht verziehen werden, am wenigsten solcher Bettelperson wie dieser hergelaufenen Frau Hradscheck, die nun mal für die Schuldige galt. Das stand bei Kätzchen fest.

„Ich wette", sagte sie zur Mietzel, als diese denselben Abend noch, an dem die Hradscheck abgereist war, auf der Ölmühle vorsprach, „ich wette, daß sie mit einem Samthut und einer Straußenfeder wiederkommt. Sie kann sich nie genugtun, diese zierige Person, trotz ihrer vierzig. Und alles bloß, weil sie ‚Swein' sagt und nicht ‚switzen' kann, auch wenn sie drei Kannen Fliedertee getrunken. Sie sagt aber nicht Fliedertee, sie sagt Holunder. Und das soll denn was sein. Ach, liebe Mietzel, es ist zum Lachen."

„Ja, ja!" stimmte die Mietzel ein, schien aber geneigt, die größere Schuld auf Hradscheck zu schieben, der sich einbilde, wunder was Feines geheiratet zu haben. Und sei doch bloß 'ne Katholsche gewesen und vielleicht auch 'ne Springerin; wenigstens habe sie so was munkeln hören.

„Und überhaupt, der gute Hradscheck", fuhr sie fort, „er soll doch nur still sein. In Neu-Lewin reden sie nicht viel Gutes von ihm. Die Rese hat er sitzenlassen. Und mit eins war sie weg, und keiner weiß wie und warum. Und war auch von Ausgraben die Rede, bis unser alter Woytasch rüberfuhr und alles wieder still machte. Natürlich, er will keinen Lärm haben und is 'ne Suse. Zu Hause darf er ohnehin nicht reden. Oder ob er der Hradschecken nach den Augen sieht? Sie hat so was. Und ich sage bloß, wenn wir alles hergelaufene Volk ins Dorf kriegen, so haben wir nächstens auch die Zigeuner hier, und Frau Woytasch kann sich dann nach 'nem Schwiegersohn umsehn. Zeit wird es mit der Rike; dreißig is sie ja schon."

So ging gleich am ersten Tage das Geklatsch. Als aber eine halbe Woche später die Hradscheck geradeso wiederkam, wie sie gegangen war, das heißt ohne Samthut und Straußenfeder, und noch ebenso grüßte, ja womöglich noch artiger als vorher, da trat ein Umschlag ein, und man fing an, sie gelten zu lassen und sich einzureden, daß die Erbschaft sie verändert habe.

„Man sieht doch gleich", sagte die Quaas, „daß sie jetzt was haben. Sonst sollte das immer was sein, und sie logen einen grausam an, und war eigentlich nicht zum Aushalten. Aber gestern war sie anders und sagte ganz klein und bescheiden, daß es nur wenig sei."

„Wieviel mag es denn wohl sein?" unterbrach hier die Mietzel. „Ich denke mir so tausend Taler."

„O mehr, viel mehr. Wenn es nicht mehr wäre, wäre sie nicht so; da zierte sie sich ruhig weiter. Nein, liebe Mietzel, da hat man denn doch so seine Zeichen, und denken Sie sich, als ich sie gestern frug, ‚ob es ihr nicht ängstlich gewesen wäre, so ganz allein mit dem vielen Geld', da sagte sie: ‚Nein, es wär ihr nicht ängstlich gewesen, denn sie habe nur wenig mitgebracht, eigentlich nicht der Rede wert. Das meiste habe sie bei dem Kaufmann in Berlin gleich stehenlassen' Ich weiß ganz bestimmt, sie sagte: das meiste. So wenig kann es also nicht sein."

Unterredungen wie diese wurden ein paar Wochen lang in

jedem Tschechiner Hause geführt, ohne daß man mit Hilfe derselben im geringsten weitergekommen wäre, weshalb man sich schließlich hinter den Postboten steckte. Dieser aber war entweder schweigsam oder wußte nichts, und erst Mitte November erfuhr man von ihm, daß er neuerdings einen rekommandierten Brief bei den Hradschecks abgegeben habe.
„Von woher denn?"
„Aus Krakau."
Man überlegte sich's, ob das in irgendeiner Beziehung zur Erbschaft stehen könne, fand aber nichts.
Und war auch nichts zu finden. Denn der eingeschriebene Brief lautete:

Krakau, den 9. November 1831

Herrn *Abel Hradscheck* in Tschechin. Oderbruch.
Ew. Wohlgeboren bringen wir hiermit zu ganz ergebenster Kenntnis, daß unser Reisender, Herr Szulski, wie alljährlich so auch in diesem Jahre wieder, in der letzten Novemberwoche bei Ihnen eintreffen und Ihre weitern geneigten Aufträge in Empfang nehmen wird. Zugleich aber gewärtigen wir, daß Sie, hochgeehrter Herr, bei dieser Gelegenheit Veranlassung nehmen wollen, unsre seit drei Jahren anstehende Forderung zu begleichen. Wir rechnen um so bestimmter darauf, als es uns, durch die politischen Verhältnisse des Landes und den Rückschlag derselben auf unser Geschäft, unmöglich gemacht wird, einen ferneren Kredit zu bewilligen. Genehmigen Sie die Versicherung unserer Ergebenheit.

Olszewski-Goldschmidt & Sohn"

Hradscheck, als er diesen Brief empfangen hatte, hatte nicht gesäumt, auch seine Frau mit dem Inhalte desselben bekannt zu machen. Diese blieb anscheinend ruhig, nur um ihre Lippen flog ein nervöses Zittern.

„Wo willst du's hernehmen, Abel? Und doch muß es geschafft werden. Und ihm eingehändigt werden ... Und zwar vor Zeugen. Willst du's borgen?"

Er schwieg.

„Bei Kunicke?"

„Nein. Geht nicht. Das sieht aus nach Verlegenheit. Und die darf es nach der Erbschaftsgeschichte nicht mehr geben. Und gibt's auch nicht. Ich glaube, daß ich's schaffe."

„Gut. Aber wie?"

„Bis zum 30. hab ich noch die Feuerkassengelder."

„Die reichen nicht."

„Nein. Aber doch beinah. Und den Rest deck ich mit einem kleinen Wechsel. Ein großer geht nicht, aber ein kleiner ist gut und eigentlich besser als bar."

Sie nickte. Dann trennte man sich, ohne daß weiter ein Wort gewechselt worden wäre.

Was zwischen ihnen zu sagen war, war gesagt und jedem seine Rolle zugeteilt. Nur fanden sie sich sehr verschieden hinein, wie schon die nächste Minute zeigen sollte.

Hradscheck, voll Beherrschung über sich selbst, ging in den Laden, der gerade voll hübscher Bauernmädchen war, und zupfte hier der einen am Busentuch, während er der andern die Schürzenbänder aufband. Einer Alten aber gab er einen Kuß. „Einen Kuß in Ehren darf niemand wehren - nich wahr, Mutter Schickedanz?"

Mutter Schickedanz lachte.

Der *Frau* Hradscheck aber fehlten die guten Nerven, deren ihr Gatte sich rühmen konnte. Sie ging in ihr Schlafzimmer, sah in

den Garten und überschlug ihr Leben. Dabei murmelte sie halb unverständliche Worte vor sich hin und schien, den Bewegungen ihrer Hand nach, einen Rosenkranz abzubeten. Aber es half alles nichts. Ihr Atem blieb schwer, und sie riß endlich das Fenster auf, um die frische Luft einzusaugen.
So vergingen Stunden. Und als Mittag kam, kamen nur Hradscheck und Ede zu Tisch.

Fünftes Kapitel

Es war Ende November, als an einem naßkalten Abende der von der Krakauer Firma angekündigte Reisende vor Hradschecks Gasthof vorfuhr. Er kam von Küstrin und hatte sich um ein paar Stunden verspätet, weil die vom Regen aufgeweichten Bruchwege beinah unpassierbar gewesen waren, am meisten im Dorfe selbst. Noch die letzten dreihundert Schritt von der Orthschen Windmühle her hatten ein gut Stück Zeit gekostet, weil das ermüdete Pferd mitunter stehenblieb und trotz allem Fluchen nicht weiter wollte. Jetzt aber hielt der Reisende vor der Ladentür, durch deren trübe Scheiben ein Lichtschein auf den Damm fiel, und knipste mit der Peitsche.
„Hallo, Wirtschaft!"
Eine Weile verging, ohne daß wer kam. Endlich erschien der Ladenjunge, lief aber, als er den Tritt heruntergeklappt hatte, gleich wieder weg, „weil er den Knecht, den Jakob, rufen wolle".
„Gut, gut. Aber flink … Is das ein Hundewetter!"
Unter solchen und ähnlichen Ausrufen schlug der jetzt wieder alleingelassene Reisende das Schutzleder zurück, hing den Zügel in den frei gewordenen Haken und kletterte, halb erstarrt und unter Vermeidung des Tritts, dem er nicht recht zu

trauen schien, über das Rad weg auf eine leidlich trockene, grad vor dem Ladeneingange durch Aufschüttung von Müll und Schutt hergerichtete Stelle. Wolfsschur und Pelzmütze hatten ihm Kopf und Leib geschützt, aber die Füße waren wie tot, und er stampfte hin und her, um wieder Leben ins Blut zu bringen.

Und jetzt erschien auch Jakob, der den Reisenden schon von früher her kannte.

„Jott, Herr Szulski, bi so 'n Wetter! Un so 'ne Weg! I, doa kümmt joa keen Düwel nich."

„Aber ich", lachte Szulski.

„Joa, blot *Se*, Herr Szulski. Na, nu geihen S' man in de Stuw. Un dat Fellisen besorg ick. Un will ook glieks en beten wat inböten. Ick weet joa: de Giegelstuw, de geele, de noah de Kegelboahn to."

Während er noch so sprach, hatte Jakob den Koffer auf die Schulter genommen und ging, dem Reisenden vorauf, auf die Treppe zu; als er aber sah, daß Szulski, statt nach links hin in den Laden, nach rechts hin in das Hradschecksche Wohnzimmer eintreten wollte, wandte er sich wieder und sagte: „Nei, nich doa, Herr Szulski. Hradscheck is in de Wienstuw ... Se weeten joa."

„Sind denn Gäste da?"

„Versteiht sich. Wat arme Lüd sinn, na, de bliewen to Huus, awers Oll-Kunicke kümmt, un denn kümmt Orth ook. Un wenn Orth kümmt, denn kümmt ook Quaas un Mietzel. Geihen S' man in. Se tempeln all wedder."

Eine Stunde später war der Reisende, Herr Szulski, der eigentlich ein einfacher Schulz aus Beuthen in Oberschlesien war und den National-Polen erst mit dem polnischen Samtrock samt Schnüren und Knebelknöpfen angezogen hatte, der Mittelpunkt der kleinen, auch heute wieder in der Weinstube versammelten Tafelrunde. Das Geschäftliche war in Gegenwart von Quaas und Kunicke rasch abgemacht und die hoch aufgelaufene Schuldsumme, ganz wie gewollt, durch Barzahlung und kleine Wechsel beglichen worden, was dem Pseudo-Polen, der eine so rasche Regulierung kaum erwartet haben mochte, Veranlassung gab, einiges von dem von seiner Firma gelieferten Ruster bringen zu lassen.

„Ich kenne die Jahrgänge, meine Herren, und bitt um die Ehr."

Die Bauern stutzten einen Augenblick, sich so zu Gaste geladen zu sehen, aber sich rasch erinnernd, daß einige von ihnen bis ganz vor kurzem noch zu den Kunden der Krakauer Firma gehört hatten, sahen sie das Anerbieten schließlich als einen bloßen Geschäftsakt an, den man sich gefallen lassen könne. Was aber den Ausschlag gab, war, daß man durchaus von dem eben beendigten polnischen Aufstand hören wollte, von Diebitsch und Paskewitsch, und vor allem, ob es nicht bald wieder losgehe.

Szulski, wenn irgendwer, mußte davon wissen.

Als er das vorige Mal in ihrer Mitte weilte, war es ein paar Wochen vor Ausbruch der Insurrektion gewesen. Alles, was er damals als nahe bevorstehend prophezeit hatte, war eingetroffen und lag jetzt zurück, Ostrolenka war geschlagen und Warschau gestürmt, welchem Sturme der zufällig in der Hauptstadt anwesende Szulski zum mindesten als Augenzeuge, vielleicht auch als Mitkämpfer (er ließ dies vorsichtig im Dunkel) beigewohnt hatte. Das alles traf sich trefflich für unsere Tschechiner, und Szulski, der als guter Weinreisender natürlich auch ein guter Erzähler war, schwelgte förmlich in Schilderung der polnischen Heldentaten wie nicht minder in

Schilderung der Grausamkeiten, deren sich die Russen schuldig gemacht hatten. Eine Hauserstürmung in der Dlugastraße, just da, wo diese mit ihren zwei schmalen Ausläufern die Weichsel berührt, war dabei sein Paradepferd.
„Wie hieß die Straße?" fragte Mietzel, der nach Art aller verquienten Leute bei Kriegsgeschichten immer hochrot wurde.
„Dlugastraße", wiederholte Szulski mit einer gewissen gekünstelten Ruhe. „Dluga, Herr Mietzel. Und das Eckhaus, um das es sich in meiner Geschichte handelt, stand dicht an der Weichsel, der Vorstadt Praga grad gegenüber, und war von unseren Akademikern und Polytechnikern besetzt, das heißt von den wenigen, die von ihnen noch übrig waren, denn die meisten lagen längst draußen auf dem Ehrenfelde. Gleichviel indes, was von ihnen noch lebte, das steckte jetzt in dem vier Etagen hohen Hause, von Treppe zu Treppe bis unters Dach. Auf dem abgedeckten Dach aber befanden sich Frauen und Kinder, die sich hier hinter Balkenlagen verschanzt und mit herangeschleppten Steinen bewaffnet hatten. Als nun die Russen, es war das Regiment Kaluga, bis dicht heran waren, rührten sie die Trommel zum Angriff. Und so stürmten sie dreimal, immer umsonst, immer mit schwerem Verlust, so dicht fiel der Steinhagel auf sie nieder.Aber das vierte Mal kamen sie bis an die verrammelte Tür, stießen sie mit Kolben ein und sprangen die Treppe hinauf. Immer höher zogen sich unsere Tapferen zurück, bis sie zuletzt, mit den Frauen und Kindern und im bunten Durcheinander mit diesen, auf dem abgedeckten Dache standen. Da sah ich jeden einzelnen so deutlich vor mir, wie ich Sie jetzt sehe, Bauer Mietzel!" – dieser fuhr zurück –, „denn ich hatte meine Wohnung in dem Hause gegenüber und sah, wie sie die Konfederatka schwenkten, und hörte, wie sie unser Lied sangen: ‚Noch ist Polen nicht verloren'. Und bei meiner Ehre, *hier*, an dieser Stelle, hätten sie sich trotz aller

Übermacht des Feindes gehalten, wenn nicht plötzlich, von der Seite her, ein Hämmern und Schlagen hörbar geworden wäre, ein Hämmern und Schlagen, sag ich, wie von Äxten und Beilen."

„Wie? Was? Von Äxten und Beilen?" wiederholte Mietzel, dem sein bißchen Haar nachgerade zu Berge stand. „Was war es?"

„Ja, was war es? Vom Nachbarhause her ging man vor; jetzt war ein Loch da, jetzt eine Bresche, und durch die Bresche hin drang das russische Regiment auf den Dachboden vor. Was ich da gesehen habe, spottet jeder Beschreibung. Wer einfach niedergeschossen wurde, konnte von Glück sagen, die meisten aber wurden durch einen Bajonettstoß auf die Straße geschleudert. Es war ein Graus, meine Herren. Eine Frau wartete das Massacre, ja, vielleicht Schimpf und Entehrung (denn dergleichen ist vorgekommen), nicht erst ab; sie nahm ihre beiden Kinder an die Hand und stürzte sich mit ihnen in den Fluß."

„Alle Wetter", sagte Kunicke, „das ist stark! Ich habe doch auch ein Stück Krieg mitgemacht und weiß wohl, wo man Holz fällt, fallen Späne. So war es bei Möckern, und ich sehe noch unsren alten Krosigk, wie der den Marinekaptän über den Haufen stach, und wie dann das Kolbenschlagen losging, bis alle dalagen. Aber Frauen und Kinder! Alle Wetter, Szulski, das ist scharf. Is es denn auch wahr?"

„Ob es wahr ist? Verzeihung, ich bin kein Aufschneider, Herr Kunicke. Kein Pole schneidet auf, das verachtet er. Und ich auch. Aber was ich gesehn habe, das hab ich gesehn, und eine Tatsache bleibt eine Tatsache, sie sei, wie sie sei. Die Dame, die da heruntersprang (und ich schwör Ihnen, meine Herren, es *war* eine Dame), war eine schöne Frau, keine sechsunddreißig, und so wahr ein Gott im Himmel lebt, ich hätt ihr was Beßres gewünscht als diese naßkalte Weichsel."

Kunicke schmunzelte, während der neben anderen Schwächen und Leiden auch an einer Liebesader leidende Mietzel nicht umhin konnte, seiner nervösen Erregtheit plötzlich eine ganz neue Richtung zu geben. Szulski selbst aber war viel zu sehr von sich und seiner Geschichte durchdrungen, um nebenher noch zu Zweideutigkeiten Zeit zu haben, und fuhr, ohne sich stören zu lassen, fort: „Eine schöne Frau, sagt ich, und hingemordet. Und was das schlimmste dabei, nicht hingemordet durch den Feind, nein, durch uns selbst; hingemordet, weil wir verraten waren. Hätte man uns freie Hand gelassen, kein Russe wäre je über die Weichsel gekommen. Das Volk war gut, Bürger und Bauer waren gut, alles einig, alles da mit Gut und Blut. Aber der Adel! Der Adel hat uns um dreißig Silberlinge verschachert, bloß weil er an sein Geld und seine Güter dachte. Und wenn der Mensch erst an sein Geld denkt, ist er verloren."

„Kann ich nicht zugeben", sagte Kunicke. „Jeder denkt an sein Geld. Alle Wetter, Szulski, das sollt' unsrem Hradscheck schon gefallen, wenn der Reisende von Olszewski-Goldschmidt und Sohn alle November hier vorspräch und nie an Geld dächte. Nicht wahr, Hradscheck, da ließe sich bald auf einen grünen Zweig kommen und brauchte keine Schwester oder Schwägerin zu sterben und keine Erbschaft ausgezahlt zu werden."

„Ah, Erbschaft", wiederholte Szulski. „So, so; daher. Nun, gratuliere. Habe neulich auch einen Brocken geerbt und in Lemberg angelegt. Lemberg ist besser als Krakau. Ja, das muß wahr sein, Erbschaft ist die beste Art, zu Gelde zu kommen, die beste und eigentlich auch die anständigste ..."

„Und namentlich auch die leichteste", bestätigte Kunicke. „Ja, das liebe Geld. Und wenn's viel ist, das heißt *sehr* viel, dann darf man auch dran denken! Nicht wahr, Szulski?"

„Natürlich", lachte dieser. „Natürlich, wenn's viel ist. Aber, Bauer Kunicke, denken und denken ist ein Unterschied. Man muß *wissen*, daß man's hat, soviel ist richtig, das ist gut und ein angenehmes Gefühl und stört nicht ..."

„Nein, nein, stört nicht."

„Aber meine Herren, ich muß es wiederholen, denken und denken ist ein Unterschied. An Geld *immer* denken, bei Tag und bei Nacht, das ist soviel wie sich immer drum ängstigen. Und ängstigen soll man sich nicht. Wer auf Reisen ist und immer an seine Frau denkt, der ängstigt sich um seine Frau."

„Freilich", schrie Kunicke. „Quaas ängstigt sich auch immer."

Alle lachten unbändig, und nur Szulski selbst, der auch darin durchaus Anekdoten- und Geschichtenerzähler von Fach war, daß er sich nicht gern unterbrechen ließ, fuhr mit allem erdenklichen Ernste fort: „Und wie mit der Frau, meine Herren, so mit dem Geld. Nur nicht ängstlich; haben muß man's, aber man muß nicht ewig daran denken. Oft muß ich lachen, wenn ich so sehe, wie der oder jener im Postwagen oder an der Table d'hôte mit einem Male nach seiner Brieftasche faßt, ‚ob er's auch noch hat'. Und dann atmet er auf und ist ganz rot geworden. Das ist immer lächerlich und schadet bloß. Und auch das Einnähen hilft nichts, das ist ebenso dumm. Ist der Rock weg, ist auch das Geld weg. Aber was man auf seinem Leibe hat, das hat man. All die andern Vorsichten sind Unsinn."

„Recht so", sagte Hradscheck. „So mach ich's auch. Aber wir sind bei dem Geld und dem Einnähen ganz von Polen abgekommen. Ist es denn wahr, Szulski, daß sie Diebitschen vergiftet haben?"

„Versteht sich, es ist wahr."

„Und die Geschichte mit den elf Talglichten auch? Auch wahr?"

„Alles wahr", wiederholte Szulski. „Daran ist kein Zweifel. Und es kam so. Konstantin wollte die Polen ärgern, weil sie gesagt hatten, die Russen fräßen bloß Talg. Und da ließ er, als er eines Tages elf Polen eingeladen hatte, zum Dessert elf Talglichte herumreichen, das zwölfte aber war von Marzipan und natürlich für ihn. Und versteht sich, nahm er immer zuerst, dafür war er Großfürst und Vizekönig. Aber das eine Mal vergriff er sich doch, und da hat er's runterwürgen müssen."

„Wird nicht sehr glatt gegangen sein."

„Gewiß nicht ... Aber, ihr Herren, kennt ihr denn schon das neue Polenlied, das sie jetzt singen?"

„Denkst du daran - - "

„Nein, das ist alt. Ein neues."

„Und heißt?"

„Die letzten zehn vom vierten Regiment ... Wollt ihr's hören? Soll ich es singen?"

„Freilich."

„Aber ihr müßt einfallen ..."

„Versteht sich, versteht sich."

Und nun sang Szulski, nachdem er sich geräuspert hatte:

„Zu Warschau schwuren tausend auf den Knien:
Kein Schuß im heil'gen Kampfe sei getan,
Tambour, schlag an, zum Blachfeld laß uns ziehen,
Wir greifen nur mit Bajonetten an!
Und ewig kennt das Vaterland und nennt
Mit stillem Schmerz sein *viertes* Regiment."

„Einfallen! Chorus." - „Weiter Szulski, weiter."

„Ade, ihr Brüder, die zu Tod getroffen
An unsrer Seite dort wir stürzen sahn,
Wir leben noch, die Wunden stehen offen,

Und um die Heimat ewig ist's getan;
Herr Gott im Himmel, schenk ein gnädig End
Uns letzten zehn vom vierten Regiment."

Chorus:

„Uns letzten zehn vom vierten Regiment."

Alles jubelte. Dem alten Quaas aber traten seine schon von Natur vorstehenden Augen immer mehr aus dem Kopf.
„Wenn ihn jetzt seine Frau sähe", rief Kunicke.
„Da hätt' er Oberwasser."
„Ja, ja."
Und nun stieß man an und ließ die Polen leben. Nur Kunicke, der an Anno 13 dachte, weigerte sich und trank auf die Russen. Und zuletzt auch auf Quaas und Kätzchen.
Mietzel aber war ganz übermütig und halb wie verdreht geworden und sang, als er Kätzchens Namen hörte, mit einem Male:

„Nicht mal seiner eignen Frau,
Kätzchen weiß es ganz genau.
Miau."

Quaas sah verlegen vor sich hin. Niemand indessen dachte mehr an Übelnehmen.
Und nun wurde der Ladenjunge gerufen, um neue Flaschen zu bringen.

Sechstes Kapitel

So ging es bis Mitternacht. Der schräg gegenüber wohnende Kunicke wollte noch bleiben und machte spitze Reden, daß Szulski, der schon ein paarmal zum Aufbruch gemahnt, so müde sei. Der aber ließ sich weder durch Spott noch gute Worte länger zurückhalten, „er müsse morgen um neun in Frankfurt sein". Und damit nahm er den bereitstehenden Leuchter, um in seine Giebelstube hinaufzusteigen. Nur als er die Türklinke schon in der Hand hatte, wandte er sich noch einmal und sagte zu Hradscheck: „Also vier Uhr, Hradscheck. Um fünf muß ich weg. Und versteht sich, ein Kaffee. Guten Abend, ihr Herren. Allerseits wohl zu ruhn!"

Auch die Bauern gingen; ein starker Regen fiel, und alle fluchten über das scheußliche Wetter. Aber keine Stunde mehr, so schlug es um, der Regen ließ nach, und ein heftiger Südost fegte statt seiner über das Bruch hin. Seine Heftigkeit wuchs von Minute zu Minute, so daß allerlei Schaden an Häusern und Dächern angerichtet wurde, nirgends aber mehr als an dem Hause der alten Jeschke, das grad in dem Windstrome lag, der, von der andern Seite der Straße her, zwischen Kunickes Stall und Scheune mitten durchfuhr. Klappernd kamen die Ziegel vom Dachfirst herunter und schlugen mit einem dumpfen Geklatsch in den aufgeweichten Boden.

„Dat's joa groad, as ob de Bös kümmt", sagte die Alte und richtete sich in die Höh, wie wenn sie aufstehen wolle. Das Herausklettern aus dem hochstelligen Bett aber schien ihr zuviel Mühe zu machen, und so klopfte sie nur das Kopfkissen wieder auf und versuchte weiterzuschlafen. Freilich umsonst. Der Lärm draußen und die wachsende Furcht, ihren ohnehin schadhaften Schornstein in die Stube hinabstürzen zu sehn, ließen sie mit ihrem Versuche nicht weit kommen, und so stand sie schließlich doch auf und tappte sich an den Herd hin, um hier an einem bißchen Aschenglut einen Schwefelfaden und dann das Licht anzuzünden. Zugleich warf sie reichlich Kienäpfel auf, an denen sie nie Mangel litt, seit sie letzten Herbst dem vierjährigen Jungen von Förster Notnagel, drüben in der neumärkischen Heide, das freiwillige Hinken wegkuriert hatte.

Das Licht und die Wärme taten ihr wohl, und als es ein paar Minuten später in dem immer bereitstehenden Kaffeetopfe zu dampfen und zu brodeln anfing, hockte sie neben dem Herde nieder und vergaß über ihrem Behagen den Sturm, der draußen heulte. Mit einem Mal aber gab es einen Krach, als bräche was zusammen, ein Baum oder ein Strauchwerk, und so ging sie denn mit dem Licht ans Fenster und, weil das Licht hier blendete, vom Fenster her in die Küche, wo sie den obern Türladen rasch aufschlug um zu sehn, was es sei. Richtig, ein Teil des Gartenzauns war umgeworfen, und als sie das niedergelegte Stück nach links hin bis an das Kegelhäuschen verfolgte, sah sie, zwischen den Pfosten der Lattenrinne hindurch, daß in dem Hradscheckschen Hause noch Licht war. Es flimmerte hin und her, mal hier, mal da, so daß sie nicht recht sehen konnte, woher es kam, ob aus dem Kellerloch unten oder aus dem dicht darüber gelegenen Fenster der Weinstube.

„Mien Jott, supen se noch?" fragte die Jeschke vor sich hin. „Na, Kunicke is et kumpafel. Un dann seggt he hinnerher, dat Wedder wihr schull un he künn nich anners."

Unter dieser Betrachtung schloß sie den Türladen wieder und ging an ihre Herdstätte zurück. Aber ihr Hang zu spionieren ließ ihr keine Ruh, und trotzdem der Wind immer stärker geworden war, suchte sie doch die Küche wieder auf und öffnete den Laden noch einmal, in der Hoffnung, was zu sehen.

Eine Weile stand sie so, ohne daß etwas geschehen wäre, bis sie, als sie sich schon zurückziehn wollte, drüben plötzlich die Hradschecksche Gartentür auffliegen und Hradscheck selbst in der Türöffnung erscheinen sah. Etwas Dunkles, das er schon vorher herangeschafft haben mußte, lag neben ihm. Er war in sichtlicher Erregung und sah gespannt nach ihrem Hause hinüber. Und dann war's ihr doch wieder, als ob er wolle, *daß* man ihn sähe. Denn wozu sonst das Licht, in dessen Flackerschein er dastand? Er hielt es immer noch vor sich, es mit der Hand schützend, und schien zu schwanken, wohin damit. Endlich aber mußte er eine geborgene Stelle gefunden haben, denn das Licht selbst war weg und statt seiner nur noch ein Schein da, viel zu schwach, um den nach wie vor in der Türöffnung liegenden dunklen Gegenstand erkennen zu lassen. Was war es? Eine Truhe? Nein. Dazu war es nicht lang genug. Oder ein Korb, eine Kiste? Nein, auch das nicht.

„Wat he man hett?" murmelte sie vor sich hin.

Aber ehe sie sich, aus ihren Mutmaßungen heraus, ihre Frage noch beantworten konnte, sah sie, wie der ihr auf Minuten aus dem Auge gekommene Hradscheck von der Tür her in den Garten trat und mit einem Spaten in der Hand rasch auf den Birnbaum zuschritt. Hier grub er eifrig und mit sichtlicher Hast und mußte schon ein gut Teil Erde herausgeworfen haben, als er mit einem Male das Graben aufgab und sich aufs neue nach allen Seiten hin umsah. Aber auch jetzt wieder (so wenigstens schien es ihr) mehr in Spannung als in Angst und Sorge.

„Wat he man hett?" wiederholte sie.

Dann sah sie, daß er das Loch rasch wieder zuschüttete. Noch einen Augenblick, und die Gartentür schloß sich, und alles war wieder dunkel.

„Hm", brummte die Jeschke. „Dat's joa binoah, as ob he een'

abmurkst hett. Na, so dull wahrd et joa woll nich sinn … Nei, nei, denn wihr dat Licht nich. Awers ick tru em nich. Un ehr tru ick ook nich."

Und damit ging sie wieder bis an ihr Bett und kletterte hinein. Aber ein rechter Schlaf wollte ihr nicht mehr kommen, und in ihrem halbwachen Zustande sah sie beständig das Flimmern im Kellerloch und dann den Lichtschein, der in den Garten fiel, und dann wieder Hradscheck, wie er unter dem Baume stand und grub.

Siebentes Kapitel

Um vier Uhr stieg der Knecht die Stiege hinauf, um Szulski zu wecken. Er fand aber die Stube verschlossen, weshalb er sich begnügte, zu klopfen und durch das Schlüsselloch hineinzurufen: „Is vier, Herr Szulski; steihn S' upp." Er horchte noch eine Weile hinein, und als alles ruhig blieb, riß er an der klapprigen Türklinke hin und her und wiederholte: „Steihn S' upp, Herr Szulski, is Tied; ick spann nu an." Und danach ging er wieder treppab und durch den Laden in die Küche, wo die Hradschecksche Magd, eine gutmütige Person mit krausem Haar und vielen Sommersprossen, noch halb verschlafen am Herde stand und Feuer machte.

„Na, Maleken, ook all rut? Wat seggst du dato? Klock vieren. Is doch Menschenschinnerei. Worümm nich um söss? Um söss wihr ook noch Tied. Na, nu koch uns man en beten wat mit."

Und damit wollt er von der Küche her in den Hof hinaus. Aber der Wind riß ihm die Tür aus der Hand und schlug sie mit Gekrach wieder zu.

„Jott, Jakob, ick hebb mi so verfiert. Dat künn joa 'nen Doden uppwecken."

„Sall ook, Male. He hett joa 'nen Dodensloap. Nu wahrd he woll uppstoahn."

Eine halbe Stunde später hielt der Einspänner vor der Haustür, und Jakob, dem die Hände vom Leinehalten schon ganz klamm waren, sah ungeduldig in den Flur hinein, ob der Reisende noch nicht komme. Der aber war immer noch nicht zu sehen, und statt seiner erschien nur Hradscheck und sagte: „Geh hinauf, Jakob, und sieh nach, was es ist. Er ist am Ende wieder eingeschlafen. Und sag ihm auch, sein Kaffee würde kalt ... Aber nein, laß nur; bleib. Er wird schon kommen."

Und richtig, er kam auch und stieg, während Hradscheck so sprach, gerade die nicht allzu hohe Treppe hinunter. Diese lag noch im Dunkel, aber ein Lichtschimmer vom Laden her ließ die Gestalt des Fremden doch einigermaßen deutlich erkennen. Er hielt sich am Geländer fest und ging mit besonderer Langsamkeit und Vorsicht, als ob ihm der große Pelz unbequem und beschwerlich sei. Nun aber war er unten, und Jakob, der alles neugierig verfolgte, was vorging, sah, wie Hradscheck auf ihn zuschritt und ihn mit vieler Artigkeit vom Flur her in die Wohnstube hineinkomplimentierte, wo der Kaffee schon seit einer Viertelstunde wartete.

„Na, nu wahrd et joa woll wihr'n", tröstete sich der draußen immer ungeduldiger Werdende. „Kümmt Tied, kümmt Roat."

Und wirklich, ehe fünf Minuten um waren, erschien das Paar wieder auf dem Flur und trat von diesem her auf die Straße, wo der verbindliche Hradscheck nunmehr rasch auf den Wagen zuschritt und den Tritt herunterließ, während der Reisende, trotzdem ihm die Pelzmütze tief genug im Gesicht saß, auch noch den Kragen seiner Wolfsschur in die Höhe klappte.

„Das ist recht", sagte Hradscheck. „Besser bewahrt als beklagt. Und nun mach flink, Jakob, und hole den Koffer."

Dieser tat auch, wie befohlen, und als er mit dem Mantelsack wieder unten war, saß der Reisende schon im Wagen und hatte den von ihm als Trinkgeld bestimmten Gulden vor sich auf das Spritzleder gelegt. Ohne was zu sagen, wies er darauf hin und nickte nur, als Jakob sich bedankte. Dann nahm er die Leine ziemlich ungeschickt in die Hand, woran wohl die großen Pelzhandschuhe schuld sein mochten, und fuhr auf das Orthsche Gehöft und die schattenhaft am Dorfausgange stehende Mühle zu. Diese ging nicht; der Wind wehte zu heftig. Hradscheck sah dem auf dem schlechten Wege langsam sich fortbewegenden Fuhrwerk eine Weile nach, sein Kopf war unbedeckt, und sein spärlich blondes Haar flog ihm um die Stirn. Es war aber, als ob die Kühlung ihn erquicke. Als er wieder in den Flur trat, fand er Jakob, der sich das Guldenstück ansah.

„Gefällt dir wohl? Einen Gulden gibt nicht jeder. Ein feiner Herr!"

„Dat sall woll sien. Awers worümm he man so still wihr? He seggte joa keen Wuhrt nich."

„Nein, er hatte wohl noch nicht ausgeschlafen", lachte Hradscheck. „Is ja erst fünf."

„Versteiht sich. Klock feiv red ick ook nich veel."

Achtes Kapitel

Der Wind hielt an, aber der Himmel klärte sich, und bei hellem Sonnenschein fuhr um Mittag ein Jagdwagen vor dem Tscheschiner Gasthause vor. Es war der Friedrichsauer Amtsrat; Trakehner Rapphengste, der Kutscher in Livree. Hradscheck erschien in der Ladentür und grüßte respektvoll, fast devot.

„Tag, lieber Hradscheck; bringen Sie mir einen ‚Luft' oder lieber gleich zwei; mein Kutscher wird auch nichts dagegen haben. Nicht wahr, Johann? Eine wahre Hundekälte. Und dabei diese Sonne."

Hradscheck verbeugte sich und rief in den Laden hinein: „Zwei Pfefferminz, Ede; rasch!" und wandte sich dann mit der Frage zurück, womit er sonst noch dienen könne.

„*Mir* mit nichts, lieber Hradscheck, aber andren Leuten. Oder wenigstens der Obrigkeit. Da liegt ein Fuhrwerk unten in der Oder, wahrscheinlich fehlgefahren und in der Dunkelheit vom Damm gestürzt."

„Wo, Herr Amtsrat?"

„Hier gleich. Keine tausend Schritt hinter Orths Mühle."

„Gott im Himmel, ist es möglich! Aber wollen der Herr Amtsrat nicht bei Schulze Woytasch mit vorfahren?"

„Kann nicht, Hradscheck; ist mir zu sehr aus der Richt. Der Reitweiner Graf erwartet mich, und habe mich schon verspätet. Und zu helfen ist ohnehin nicht mehr, soviel hab ich gesehn. Aber alles muß doch seinen Schick haben, auch Tod und Unglück. Adieu ... Vorwärts!"

Und damit gab er dem Kutscher einen Tipp auf die Schulter, der seine Trakehner wieder antrieb und wenigstens einen Versuch machte, trotz der grundlosen Wege das Versäumte nach Möglichkeit wieder einzubringen.

Hradscheck machte gleich Lärm und schickte Jakob zu Schulze Woytasch, während er selbst zu Kunicke hinüberging, der eben seinen Mittagsschlaf hielt.

„Stör dich nicht gern um diese Zeit, Kunicke; Schlaf ist mir allemal heilig, und nun gar deiner! Aber es hilft nichts, wir müssen hinaus. Der Friedrichsauer Amtsrat war eben da und sagte mir, daß ein Fuhrwerk in der Oder liege. Mein Gott, wenn es Szulski wäre!"

„Wird wohl", gähnte Kunicke, dem der Schlaf noch in allen

Gliedern steckte, „wird wohl ... Aber er wollte ja nicht hören, als ich ihm gestern abend sagte: ‚Nicht so früh, Szulski, nicht so früh ...‘ Denke doch bloß voriges Jahr, wie die Post runterfiel und der arme Kerl von Postillon gleich mausetot. Und der kannte doch unsern Damm! Und nu solch Polscher, solch Bruder Krakauer. Na, wir werden ja sehn.“ Inzwischen hatte sich Kunicke zurechtgemacht und war erst in hohe Bruchstiefel und dann in einen dicken graugrünen Flausrock hineingefahren. Und nun nahm er seine Mütze vom Riegel und einen Pikenstock aus der Ecke.

„Komm!“

Damit traten er und Hradscheck vom Flur her auf die Treppenrampe hinaus.

Der Wind blies immer stärker, und als beide, so gut es ging, von oben her sich umsahen, sahen sie, daß Schulze Woytasch, der schon anderweitig von dem Unglück gehört haben mußte, die Dorfstraße herunterkam. Er hatte seine Ponys, brillante kleine Traber, einspannen lassen und fuhr, aller Polizeiregel zum Trotz, über den aufgeschütteten Gangweg hin, was er sich als Dorfobrigkeit schon erlauben konnte. Zudem durfte er sich mit Dringlichkeit entschuldigen. Als er dicht an Kunickes Rampe heran war, hielt er und rief beiden zu: „Wollt auch hinaus? Natürlich. Immer aufsteigen. Aber rasch.“ Und im nächsten Augenblicke ging es auf dem aufgeschütteten Wege in vollem Trabe weiter, auf Orths Gehöft und die Mühle zu. Hradscheck saß vorn neben dem Kutscher, Kunicke neben dem Schulzen. Das war so Regel und Ordnung, denn ein Bauerngut geht vor Gasthaus und Kramladen.

Gleich hinter der Mühle begann die langsam und allmählich zum Damm ansteigende Schrägung. Oben war der Weg etwas besser, aber immer noch schlecht genug, so daß es sich empfahl, dicht am Dammrand entlangzufahren, wo, wegen des weniger aufgeweichten Bodens, die Räder auch weniger tief einschnitten.

„Paß Achtung“, sagte Woytasch, „sonst liegen wir auch unten.“ Und der Kutscher, dem selber ängstlich sein mochte, lenkte sofort auf die Mitte des Damms hinüber, trotzdem er hier langsamer fahren mußte.

Sah man von der Fährlichkeit der Situation ab, so war es eine wundervolle Fahrt und das sich weithin darbietende Bild von einer gewissen Großartigkeit. Rechtshin grüne Wintersaat, so weit das Auge reichte, nur mit einzelnen Tümpeln, Häusern und Pappelweiden dazwischen, zur Linken aber die von Regengüssen hoch angeschwollene Oder, mehr ein Haff jetzt als ein Strom. Wütend kam der Südost vom jenseitigen Ufer herüber und trieb die graugelben Wellen mit solcher Gewalt an den Damm, daß es wie eine Brandung war. Und in eben dieser Brandung standen gekröpfte Weiden, nur noch den häßlichen Kopf über dem Wasser, während, auf der neumärkischen Seite, der blauschwarze Strich einer Kiefernwaldung in grellem, unheimlichem Sonnenscheine dalag.

Bis dahin war außer des Schulzen Anruf an den Kutscher kein Wort laut geworden, jetzt aber sagte Hradscheck, indem er sich zu den beiden hinter ihm Sitzenden umdrehte: „Der Wind wird ihn runtergeweht haben.“

„Unsinn!“ lachte Woytasch, „Ihr müßt doch sehn, Hradscheck, der Wind kommt ja von da, von drüben. Wenn der schuld wäre, läg er hier rechts vom Damm und nicht nach links hin in der Oder … Aber seht nur, da wanken ja schon welche herum und halten sich die Hüte fest. Fahr zu, daß wir nicht die letzten sind.“

Und eine Minute darauf hielten sie gerad an der Stelle, wo das Unglück sich zugetragen hatte. Wirklich, Orth war schon da, mit ihm ein paar seiner Mühlknechte, desgleichen Mietzel und Quaas, deren ausgebaute Gehöfte ganz in der Nähe lagen.

Alles begrüßte sich und kletterte dann gemeinschaftlich den Damm hinunter, um unten genau zu sehen, wie's stünde. Die Böschung war glatt, aber man hielt sich an dem Werft- und Weidengestrüpp. das überall stand. Unten angekommen, sah man bestätigt, was von Anfang an niemand bezweifelt hatte: Szulskis Einspänner lag wie gekentert im Wasser, das Verdeck nach unten, die Räder nach oben; von dem Pferde sah man nur dann und wann ein von den Wellen überschäumtes Stück Hinterteil, während die Schere, darin es eingespannt gewesen, wie ein Wahrzeichen aus dem Strom aufragte. Den Mantelsack hatten die Wellen an den Damm gespült, und nur von Szulski selbst ließ sich nichts entdecken.

„Er ist nach Kienitz hin weggeschwemmt", sagte Schulze Woytasch. „Aber weit weg kann er nicht sein; die Brandung geht ja schräg gegen den Damm."

Und dabei marschierte man truppweise weiter, von Gestrüpp zu Gestrüpp, und durchsuchte jede Stelle.

„Der Pelz muß doch obenauf schwimmen."

„Ja, der Pelz", lachte Kunicke. „Wenn's bloß der Pelz wär. Aber der Polsche steckt ja drin."

Es war der Kunickesche Trupp, der so plauderte, ganz wie bei Dachsgraben und Hühnerjagd, während der den andern Trupp führende Hradscheck mit einem Male rief: „Ah, da ist ja seine Mütze!"

Wirklich, Szulskis Pelzmütze hing an dem kurzen Geäst einer Kropfweide.

„Nun, haben wir *die*", fuhr Hradscheck fort, „so werden wir ihn auch selber bald haben."

„Wenn wir nur ein Boot hätten. Aber es kann hier nicht tief sein, und wir müssen immer peilen und Grund suchen."

Und so geschah's auch. Aber alles Messen und Peilen half nichts, und es blieb bei der Mütze, die der eine der beiden

Müllerknechte mittlerweile mit einem Haken herangeholt hatte. Zugleich wurde der Wind immer schneidender und kälter, so daß Kunicke, der noch von Möckern und Montmirail her einen Rheumatismus hatte, keine Lust mehr zur Fortsetzung verspürte. Schulze Woytasch auch nicht.

„Ich werde Gendarm Geelhaar nach Kienitz und Güstebiese schicken", sagte dieser. „Irgendwo muß er doch antreiben. Und dann wollen wir ihm ein ordentliches Begräbnis machen. Nicht wahr, Hradscheck? Die Hälfte kann die Gemeinde geben."

„Und die andre Hälfte geben wir", setzte Kunicke hinzu. „Denn wir sind doch eigentlich ein bißchen schuld. Oder eigentlich ganz gehörig. Er war gestern abend verdammt fißlig und man bloß noch soso. War er denn wohl katholsch?"

„Natürlich war er", sagte Woytasch. „Wenn einer Szulski heißt und aus Krakau kommt, ist er katholsch. Aber das schadt nichts. Ich bin für Aufklärung. Der Alte Fritze war auch für Aufklärung. Jeder nach seiner Façon …"

„Versteht sich", sagte Kunicke. „Versteht sich. Und dann am Ende, wir wissen auch nicht, das heißt, ich meine, so ganz bestimmt wissen wir nicht, ob er ein Katholscher war oder nich. Un was man nich weiß, macht einen nich heiß. Nicht wahr, Quaas?"

„Nein, nein. Was man nicht weiß, macht einen nicht heiß. Und Quaasen auch nicht."

Alle lachten, und selbst Hradscheck, der bis dahin eine würdige Zurückhaltung gezeigt hatte, stimmte mit ein.

Neuntes Kapitel

Der Tote fand sich nicht, der Wagen aber, den man mühevoll aus dem Wasser heraufgeholt hatte, wurde nach dem Dorf geschafft und in Kunickes große Scheune gestellt. Da stand er nun schon zwei Wochen, um entweder abgeholt oder auf Antrag der Krakauer Firma versteigert zu werden.

Im Dorfe gab es inzwischen viel Gerede, das allerorten darauf hinauslief: „Es sei was passiert und es stimme nicht mit den Hradschecks. Hradscheck sei freilich ein feiner Vogel und Spaßmacher und könne Witzchen und Geschichten erzählen, aber er hab es hinter den Ohren, und was die Frau Hradscheck angehe, die vor Vornehmheit nicht sprechen könne, so wisse jeder, stille Wasser seien tief. Kurzum, es sei beiden nicht recht zu traun und der Polsche werde wohl ganz woanders liegen als in der Oder." Zum Überfluß griff auch noch unser Freund, der Kantorssohn, der sich jedes Skandals mit Vorliebe bemächtigte, in die Saiten seiner Leier, und allabendlich, wenn die Knechte, mit denen er auf du und du stand, vom Kruge her durchs Dorf zogen, sangen sie nach bekannter Melodie:

„Morgenrot! Abel schlug den Kain tot.
Gestern noch bei vollen Flaschen,
Morgens ausgeleerte Taschen
Und ein kühles, kühles Gra-ab."

All dies kam zuletzt auch dem Küstriner Gericht zu Ohren, und wiewohl es nicht viel besser als Klatsch war, dem alles Beweiskräftige fehlte, so sah sich der Vorsitzende des Gerichts, Justizrat Vowinkel, doch veranlaßt, an seinen Duz- und Logenbruder Eccelius einige Fragen zu richten und dabei Erkundigungen über das Vorleben der Hradschecks einzuziehen.

Das war am 7. Dezember, und noch am selben Tage schrieb Eccelius zurück:

„Lieber Bruder. Es ist mir sehr willkommen, in dieser Sache das Wort nehmen und Zeugnis zugunsten der beiden Hradschecks ablegen zu können. Man verleumdet sie, weil man sie beneidet, besonders die Frau. Du kennst unsere Brücher; sie sind hochfahrend und steigern ihren Dünkel bis zum Haß gegen alles, was sich ihnen gleich oder wohl gar überlegen glaubt. Aber ad rem. Er, Hradscheck, ist kleiner Leute Kind aus Neu-Lewin und, wie sein Name bezeugt, von böhmischer Extraktion. Du weißt, daß Neu-Lewin in den achtziger Jahren mit böhmischen Kolonisten besetzt wurde. Doch dies beiläufig. Unsres Hradschecks Vater war Zimmermann, der, nach Art solcher Leute, den Sohn für dasselbe Handwerk bestimmte. Und unser Hradscheck soll denn auch wirklich als Zimmermann gewandert und in Berlin beschäftigt gewesen sein. Aber es mißfiel ihm, und so fing er, als er vor etwa fünfzehn Jahren nach Neu-Lewin zurückkehrte, mit einem Kramgeschäft an, das ihm auch glückte, bis er, um eines ihm unbequem werdenden ‚Verhältnisses' willen, den Laden aufgab und den Entschluß faßte, nach Amerika zu gehen. Und zwar über Holland. Er kam aber nur bis ins Hannöversche, wo er, in der Nähe von Hildesheim, also katholische Gegend, in einer großen gasthausartigen Dorfherberge Quartier nahm. Hier traf es sich, daß an demselben Tage die seit Jahr und Tag in der Welt umhergezogene Tochter des Hauses, krank und elend von ihren Fahrten und Abenteuern - sie war mutmaßlich Schauspielerin gewesen -, zurückkam und eine furchtbare Szene mit ihrem Vater hatte, der ihr nicht nur die bösesten Namen gab, sondern ihr auch Zuflucht und Aufnahme verweigerte. Hradscheck, von dem Unglück und wahrscheinlich mehr noch von dem eigenartigen und gewinnenden Wesen der jungen Frau gerührt, ergriff Partei für sie, hielt um ihre Hand an, was dem Vater wie der ganzen Familie nur gelegen kam, und heiratete sie, nachdem er seinen Auswanderungsplan aufgegeben hatte. Bald danach, um Martini herum, übersiedelten beide hierher, nach Tschechin, und schon am ersten Adventssonntage kam die junge Frau zu mir und sagte, daß sie sich zur Landeskirche halten und evangelisch getraut sein wolle. Was denn auch geschah und damals (es geht jetzt ins zehnte Jahr) einen großen Eindruck auf die Bauern machte. Daß der kleine Gott mit dem Bogen und Pfeil in dem Leben beider eine Rolle gespielt hat, ist mir unzweifelhaft, ebenso daß beide seinen Versuchungen unterlegen sind. Auch sonst noch, wie nicht bestritten werden soll, bleiben einige dunkle Punkte, trotzdem es an anscheinend offenen Bekenntnissen nie gefehlt hat. Aber wie dem auch sein möge, mir liegt es pflichtmäßig ob, zu bezeugen, daß es wohlanständige Leute sind, die, solang ich sie kenne, sich gut gehalten und allzeit in einer christlichen Ehe gelebt haben. Einzelnes, was ihm, nach der entgegengesetzten Seite hin, vor längrer oder kürzrer Zeit nachgesagt wurde, mag auf sich beruhn, um so mehr, als mir Sittenstolz und Tugendrichterei von Grund aus verhaßt sind. Die Frau hat meine besondere Sympathie. Daß sie dem alten Aberglauben abgeschworen, hat sie mir, wie Du begreifen wirst, von Anfang an lieb und wert gemacht."

Die Wirkung dieses Ecceliusschen Briefes war, daß das Küstriner Gericht die Sache vorläufig fallenließ; als demselben aber zur Kenntnis kam, „daß Nachtwächter Mewissen, nach neuerdings vor Schulze Woytasch gemachten Aussagen, an jenem Tage, wo das Unglück sich ereignete, so zwischen fünf und sechs (um die Zeit also, wo das Wetter am tollsten gewesen) die Frau Hradscheck zwischen den Pappeln an der Mühle gesehn haben wollte, ganz so, wie wenn sie halb verbiestert vom Damm her käme" – da waren die Verdachtsgründe gegen Hradscheck und seine Frau doch wieder so gewachsen, daß das Gericht einzuschreiten beschloß. Aber freilich auch jetzt noch unter Vermeidung jedes Eklats, weshalb Vowinkel an

Eccelius, dem er ohnehin noch einen Dankesbrief schuldete, die folgenden Zeilen richtete:

„Habe Dank, lieber Bruder, für Deinen ausführlichen Brief vom 7. d. M., dem ich, soweit er ein Urteil abgibt, in meinem Herzen zustimme. Hradscheck ist ein durchaus netter Kerl, weit über seinen Stand hinaus, und Du wirst Dich entsinnen, daß er letzten Winter sogar in Vorschlag war, und zwar auf meinen speziellen Antrag. Das alles steht fest. Aber zu meinem Bedauern will die Geschichte mit dem Polen nicht aus der Welt, ja, die Verdachtsgründe haben sich gemehrt, seit neuerdings auch euer Mewissen gesprochen hat. Andrerseits freilich ist immer noch zu wenig Substanz da, um ohne weiteres eine Verhaftung eintreten zu lassen, weshalb ich vorhabe, die Hradscheckschen Dienstleute, die doch schließlich alles am besten wissen müssen, zu vernehmen und von *ihrer* Aussage mein weiteres Tun oder Nichttun abhängig zu machen. Unter allen Umständen aber wollen wir alles, was Aufsehn machen könnte, nach Möglichkeit vermeiden. Ich treffe morgen gegen 2 in Tschechin ein, fahre gleich bei Dir vor und bitte Dich, Sorge zu tragen, daß ich den Knecht Jakob samt den beiden andern Personen, deren Namen ich vergessen, in Deinem Hause vorfinde."

So des Justizrats Brief. Er selbst hielt zu festgesetzter Zeit vor dem Pfarrhaus und trat in den Flur, auf dem die drei vorgeforderten Dienstleute schon standen. Vowinkel grüßte sie, sprach, in der Absicht, ihnen Mut zu machen, ein paar freundliche Worte zu jedem und ging dann, nachdem er sich aus seinem Mantel herausgewickelt, auf Eccelius' Studierstube zu, darin nicht nur der große schwarze Kachelofen, sondern auch der wohlarrangierte Kaffeetisch jeden Eintretenden überaus anheimelnd berühren mußte. Dies war denn auch bei Vowinkel der Fall. Er wies lachend darauf hin und sagte: „Vortrefflich, Freund. Höchst einladend. Aber ich denke, wir lassen das bis nachher. Erst das Geschäftliche. Das beste wird sein, *du* stellst die Fragen und ich begnüge mich mit der Beisitzer-Rolle. Sie werden dir unbefangener antworten als mir." Dabei nahm er in einem neben dem Ofen stehenden hohen Lehnstuhle Platz, während Eccelius, auf den Flur hinaus, nach Ede rief und sich's nun erst, nach Erledigung aller Präliminarien, an seinem mächtigen Schreibtische bequem machte, dessen großes, zwischen einem Sand- und einem Tintenfaß stehendes Alabasterkreuz ihn von hinten her überragte.

Der Gerufene war inzwischen eingetreten und blieb an der Tür stehn. Er hatte sichtlich sein Bestes getan, um einen manierlichen Menschen aus sich zu machen, aber nur mit schwachem Erfolg. Sein braunrotes Haar lag großenteils blank an den Schläfen, während ihm das wenige, was ihm sonst noch verblieben war, nach Art einer Spitzflamme zu Häupten stand. Am schlimmsten aber waren seine winterlichen Hände, die, wie eine Welt für sich, aus dem überall zu kurz gewordenen Einsegnungsrock hervorsahen.

„Ede", sagte der Pastor freundlich, „du sollst über Hradscheck und den Polen aussagen, was du weißt."

Der Junge schwieg und zitterte.

„Warum sagst du nichts? Warum zitterst du?"

„Ick jrul mi so."

„Vor wem? Vor uns?"

Ede schüttelte mit dem Kopf.

„Nun, vor wem denn?"

„Vor Hradschecken ..."

Eccelius, der alles zugunsten der Hradschecks gewendet zu

sehen wünschte, war mit dieser Aussage wenig zufrieden, nahm sich aber zusammen und sagte: „Vor Hradscheck. Warum vor Hradscheck? Was ist mit ihm? Behandelt er dich schlecht?"

„Nei."

„Nu wie denn?"

„Ick weet nich ... He is so anners."

„Nu gut. Anders. Aber das ist nicht genug, Ede. Du mußt uns mehr sagen. Worin ist er anders? Was tut er? Trinkt er? Oder flucht er? Oder ist er in Angst?"

„Nei."

„Nu wie denn? Was denn?"

„Ick weet nich ... He is so anners."

Es war ersichtlich, daß aus dem eingeschüchterten Jungen nichts weiter herauszubringen sein würde, weshalb Vowinkel dem Freunde zublinkte, die Sache fallenzulassen. Dieser brach denn auch wirklich ab und sagte: „Nun, es ist gut, Ede. Geh. Und schicke die Male herein."

Diese kam und war in ihrem Kopf- und Brusttuch, das sie heute wie sonntäglich angelegt hatte, kaum wiederzuerkennen. Sie sah klar aus den Augen, war unbefangen und erklärte, nachdem Eccelius seine Frage gestellt hatte, daß sie nichts wisse. Sie habe Szulski gar nicht gesehn, „un ihrst um Klocker vier oder noch en beten danoah" wäre Hradscheck an ihre Kammertür gekommen und hätte gesagt, daß sie rasch aufstehn und Kaffee kochen solle. Das habe sie denn auch getan, und grad als sie den Kien gespalten, sei Jakob gekommen und hab ihr so im Vorübergehn gesagt, „daß er den Polschen geweckt habe; der Polsche hab aber 'nen Dodenschlaf gehabt und habe gar nich geantwortet. Und da hab er an die Dür gebullert."

All das erzählte Male hintereinander fort, und als der Pastor zum Schlusse frug, ob sie nicht noch weiter was wisse, sagte sie: „Nein, weiter wisse sie nichts, oder man bloß noch das eine, daß die Kanne, wie sie das Kaffeegeschirr herausgeholt habe, beinah noch ganz voll gewesen sei. Und sei doch ein greuliches Wetter gewesen und kalt und naß. Und wenn sonst einer des Morgens abreise, so tränk er mehrstens oder eigentlich immer die Kanne leer, un von Zucker übriglassen wär gar keine Rede nich. Und manche nähmen ihn auch mit. Aber der Polsche hätte keine drei Schluck getrunken, und sei eigentlich alles noch so gewesen, wie sie's reingebracht habe. Weiter wisse sie nichts."

Danach ging sie, und der dritte, der nun kam, war Jakob.

„Nun, Jakob, wie war es?" fragte Eccelius; „Du weißt, um was es sich handelt. Was du Malen und mir schon vorher gesagt hast, brauchst du nicht zu wiederholen. Du hast ihn geweckt, und er hat nicht geantwortet. Dann ist er die Treppe heruntergekommen, und du hast gesehn, daß er sich an dem Geländer festhielt, als ob ihm das Gehn in dem Pelz schwer würde. Nicht wahr, so war es?"

„Joa, Herr Pastor."

„Und weiter nichts?"

„Nei, wider nix. Un wihr man blot noch, dat he so 'n beten lütt utsoah, un …"

„Und was?"

„Un dat he so still wihr un seggte keen Wuhrd nich. Un as ick to em seggen deih: ‚Na adjes, Herr Szulski', doa wihr he wedder so bumsstill un nickte man blot so."

Nach dieser Aussage trat auch Jakob ab, und die Pfarrköchin brachte den Kaffee. Vowinkel nahm eine der Tassen und sagte, während er sich an das Fensterbrett lehnte: „Ja, Freund, die Sache steht doch schlimmer, als *du* wahrhaben möchtest, und fast auch schlimmer, als *ich* erwartete."

„Mag sein", erwiderte der Pastor. „Nach meinem Gefühl indes, das ich selbstverständlich deiner besseren Erfahrung unterordne, bedeuten all diese Dinge gar nichts oder herzlich wenig. Der Junge, wie du gesehn hast, konnte vor Angst kaum sprechen, und aus der Köchin Aussage war doch eigentlich nur das eine festzustellen, daß es Menschen gibt, die *viel*, und andre, die *wenig* Kaffee trinken."

„Aber Jakob!"

Eccelius lachte. „Ja, Jakob. ‚He wihr en beten to lütt', das war das eine, ‚un he wihr en beten to still', das war das andre. Willst du daraus einen Strick für die Hradschecks drehn?"

„Ich will es nicht, aber ich fürchte, daß ich es muß. Jedenfalls haben sich die Verdachtsgründe durch das, was ich eben gehört habe, mehr gemehrt als gemindert, und ein Verfahren gegen den so mannigfach Belasteten kann nicht länger mehr hinausgeschoben werden. Er muß in Haft, wär es auch nur, um einer Verdunklung des Tatbestandes vorzubeugen."

„Und die Frau?"

„Kann bleiben. Überhaupt werd ich mich auf das Nötigste beschränken, und um auch jetzt noch alles Aufsehen zu vermeiden, hab ich vor, ihn auf meinem Wagen, als ob es sich um eine Spazierfahrt handelte, mit nach Küstrin zu nehmen."

„Und wenn er nun schuldig ist, wie du beinah glaubst oder wenigstens für möglich hältst? Ist dir eine solche Nachbarschaft nicht einigermaßen ängstlich?"

Vowinkel lachte. „Man sieht, Eccelius, daß du kein Kriminalist bist. Schuld und Mut vertragen sich schlecht zusammen. Alle Schuld lähmt."

„Nicht immer."

„Nein, nicht immer. Aber doch meist. Und allemal da, wo das Gesetz schon über ihr ist."

Zehntes Kapitel

Die Verhaftung Hradschecks erfolgte zehn Tage vor Weihnachten. Jetzt war Mitte Januar, aber die Küstriner Untersuchung rückte nicht von der Stelle, weshalb es in Tschechin und den Nachbardörfern hieß. „Hradscheck werde mit nächstem wieder entlassen werden, weil nichts gegen ihn vorliege." Ja, man begann auf das Gericht und den Gerichtsdirektor zu schelten, wobei sich's selbstverständlich traf, daß alle die, die vorher am leidenschaftlichsten von einer Hinrichtung geträumt hatten, jetzt in Tadeln und Schmähen mit gutem Beispiel vorangingen.

Vowinkel hatte viel zu dulden; kein Zweifel. Am ausgiebigsten in Schmähungen aber war man gegen die Zeugen, und der Angriffe gegen diese wären noch viel mehr gewesen, wenn man nicht gleichzeitig über sie gelacht hätte. Der dumme Ladenjunge, der Ede, so versicherte man sich gegenseitig, könne doch nicht für voll angesehen werden und die Male mit ihren Sommersprossen und ihrem nicht ausgetrunkenen Kaffee womöglich noch weniger. Daß man bei den Hradschecks oft einen wunderbaren Kaffee kriege, das wisse jeder, und wenn alle die, die das durchgetrichterte Zichorienzeug stehnließen, auf Mord und Totschlag hin verklagt und eingezogen werden sollten, so säße bald das halbe Bruch hinter Schloß und Riegel. „Aber Jakob und der alte Mewissen?" hieß es dann wohl. Indes auch von diesen beiden wollte die plötzlich zugunsten Hradschecks umgestimmte Majorität nichts wissen. Der dußlige Jakob, von dem jetzt so viel gemacht werde, ja, was hab er denn eigentlich beigebracht? Doch nichts weiter als das ewige „He wihr so 'n beten still." Aber du lieber Himmel, wer habe denn Lust, um Klock fünf und bei steifem Südost einen langen Schnack zu machen? Und nun gar der alte Mewissen, der, solang er lebe, den Himmel für einen Dudelsack angesehen habe? Wahrhaftig, der könne viel sagen, eh man's zu glauben brauche. „Mit einem karierten Tuch über dem Kopf. Und wenn's kein kariertes Tuch gewesen, dann sei's eine Pferdedecke gewesen." Oh, du himmlische Güte! Mit einer Pferdedecke! Die Hradscheck mit einer Pferdedecke! Gibt es Pferdedecken ohne Flöhe? Nein. Und nun gar diese schnippsche Prise, die sich ewig mit ihrem türkischen Shawl herumziert und noch ötepotöter is als die Reitweinsche Gräfin!

So ging das Gerede, das sich, an und für sich schon günstig genug für Hradscheck, in Folge kleiner Vorkommnisse mit jedem neuen Tage günstiger gestaltete. Darunter war eins von besondrer Wirkung. Und zwar das folgende. Heiligabend war ein Brief Hradschecks bei Eccelius eingetroffen, worin es hieß: „Es ging' ihm gut, weshalb er sich auch freuen würde, wenn seine Frau zum Fest herüberkommen und eine Viertelstunde mit ihm plaudern wolle; Vowinkel hab es eigens gestattet, versteht sich, in Gegenwart von Zeugen". So die briefliche Mitteilung, auf welche Frau Hradscheck, als sie durch Eccelius davon gehört, diesem letzteren sofort geantwortet hatte: „Sie werde diese Reise nicht machen, weil sie nicht wisse, wie sie sich ihrem Manne gegenüber zu benehmen habe. Wenn er schuldig sei, so sei sie für immer von ihm geschieden, einmal um ihrer selbst, aber mehr noch um ihrer Familie willen. Sie wolle daher lieber zum Abendmahl gehn und ihre Sache vor Gott tragen und bei der Gelegenheit den Himmel inständigst bitten, ihres Mannes Unschuld recht bald an den Tag zu bringen." So was hörten die Tschechiner gern, die sämtlich höchst unfromm waren, aber nach Art der meisten Unfrommen einen ungeheuren Respekt vor jedem hatten, der „lieber zum Abendmahl gehn und seine Sache vor Gott tragen" als nach

Küstrin hin reisen wollte.
Kurzum, alles stand gut, und es hätte sich von einer totalen „Rückeroberung“ des dem Inhaftierten anfangs durchaus abgeneigten Dorfes sprechen lassen, wenn nicht ein Unerschütterlicher gewesen wäre, der, sobald Hradschecks Unschuld behauptet wurde, regelmäßig versicherte: „Hradscheck? *Den* kenn ich. *Der* muß ans Messer.“
Dieser Unerschütterliche war niemand Geringeres als Gendarm Geelhaar, eine sehr wichtige Person im Dorf, auf deren Autorität hin die Mehrheit sofort geschworen hätte, wenn ihr nicht seine bittre Feindschaft gegen Hradscheck und die kleinliche Veranlassung dazu bekannt gewesen wäre. Geelhaar, guter Gendarm, aber noch besserer Saufaus, war, um Kognaks und Rums willen, durch viele Jahre hin ein Intimus bei Hradscheck gewesen, bis dieser eines Tages, des ewigen Gratis-Einschenkens müde, mit mehr Übermut als Klugheit gesagt hatte: „Hören Sie, Geelhaar, Rum ist gut. Aber Rum kann einen auch rumbringen.“ Auf welche Provokation hin (Hradscheck liebte dergleichen Witze) der sich nun plötzlich aufs hohe Pferd setzende Geelhaar mit hochrotem Gesicht geantwortet hatte: „Gewiß, Herr Hradscheck. Was kann einen nich alles rumbringen? Den einen dies, den andern das. Und mit Ihnen, mein lieber Herr, is auch noch nicht aller Tage Abend.“
Von der aus diesem Zwiegespräch entstandenen Feindschaft wußte das ganze Dorf, und so kam es, daß man nicht viel darauf gab und im wesentlichen bloß lachte, wenn Geelhaar zum hundertsten Male versicherte: „*Der*? Der muß ans Messer.“

„Der muß ans Messer“, sagte Geelhaar, aber in Tschechin hieß es mit jedem Tage mehr: „Er kommt wieder frei.“ Und „He kümmt wedder rut“ hieß es auch im Hause der alten Jeschke, wo die blonde Nichte, die Line – dieselbe, nach der Hradscheck bei seinen Gartenbegegnungen mit der Alten immer zu fragen pflegte –, seit Weihnachten zu Besuch war und an einer Ausstattung, wenn auch freilich nicht an ihrer eigenen, arbeitete. Sie war eine hervorragend kluge Person, die, trotzdem sie noch keine siebenundzwanzig zählte, sich in den verschiedensten Lebensstellungen immer mit Glück versucht hatte: früh schon als Kinder- und Hausmädchen, dann als Näherin und schließlich als Pfarrköchin in einem neumärkischen Dorf, in welch letztrer Eigenschaft sie nicht nur sämtliche Betstunden mitgemacht, sondern sich auch durch einen exemplarisch sittlichen Lebenswandel ausgezeichnet hatte. Denn sie gehörte zu denen, die, wenn engagiert, innerhalb ihres Engagements alles Geforderte leisten, auch Gebet, Tugend und Treue.

Solcher Forderungen entschlug sich nun freilich die Jeschke, die vielmehr, wenn sie den Faden von ihrem Wocken spann, immer nur Geschichten von begünstigten und genasführten Liebhabern hören wollte, besonders von einem Küstriner Fourage-Beamten, der drei Stunden lang im Schnee hatte warten müssen. Noch dazu vergeblich. All das freute die Jeschke ganz ungemein, die dann regelmäßig hinzusetzte: „Joa, Line, so wihr ick ook. Awers moak et man nich to dull." Und dann antwortete diese: „Wie werd ich denn, Mutter Jeschke!" Denn sie nannte sie nie Tante, weil sie sich der nahen Verwandtschaft mit der alten Hexe schämen mochte.

Plaudern war beider Lust. Und plaudernd saßen beide Weibsen auch heute wieder. Es war ein ziemlich kalter Tag, und draußen lag fußhoher Schnee. Drinnen aber war es behaglich, das Rotkehlchen zwitscherte, die Wanduhr ging in starkem Schlag, und der Kachelofen tat das Seine. Dem Ofen zunächst aber hockte die Jeschke, während Line weitab an dem ganz mit

Eisblumen überdeckten Fenster saß und sich ein Kuckloch gepustet hatte, durch das sie nun bequem sehen konnte, was auf der Straße vorging.

„Da kommt ja Gendarm Geelhaar", sagte sie. „Grad über den Damm. Er muß drüben bei Kunicke gewesen sein. Versteht sich, Kunicke frühstückt um diese Zeit. Und sieht auch so rot aus. Was er nur will? Er wird am Ende der armen Frau, der Hradschecken, einen Besuch machen wollen. Is ja schon vier Wochen Strohwitwe."

„Nei, nei", lachte die Alte. „Dat deiht he nich. Dem is joa sien ejen all to veel, so lütt se is. Ne, ne, den kenn ick. Geelhaar is man blot noch för so."

Und dabei machte sie die Bewegung des Aus-der-Flasche-Trinkens.

„Hast recht", sagte Line. „Sieh, er kommt grad auf unser Haus zu."

Und wirklich, unter diesem Gespräch, wie's die Jeschke mit ihrer Nichte geführt hatte, war Geelhaar von der Dorfstraße her in einen schmalen, bloß mannsbreiten Gang eingetreten, der, an der Hradscheckschen Kegelbahn entlang, in den Garten der alten Jeschke führte.

Von hier aus war auch der Eingang in das Häuschen der Alten, das mit seinem Giebel nach der Straße stand.

„Guten Tag, Mutter Jeschke", sagte der Gendarm. „Ah, und guten Tag, Lineken. Oder ich muß jetzt wohl sagen Mamsell Linchen."

Line, die den stattlichen Geelhaar (er hatte bei den Gardekürassieren gedient), aller despektierlichen Andeutungen der Alten ungeachtet, keineswegs aus ihrer Liste gestrichen hatte, stemmte sofort den linken Fuß gegen einen ihr gegenüberstehenden Binsenstuhl und sah ihn zwinkernd über das große Stück Leinwand hin an, das sie, wie wenn sie's abmessen wollte, mit einem energischen Ruck und Puff vor sich ausspannte. Die Wirkung dieser kleinen Künste blieb auch nicht aus. So wenigstens schien es Linen. Die Jeschke dagegen wußte es besser, und als Geelhaar auf ihre mit Vorbedacht in Hochdeutsch gesprochene Frage, „was ihr denn eigentlich die Ehre verschaffe“, mit einem scherzhaft gemeinten Fingerzeig auf Line geantwortet hatte, lachte sie nur und sagte:

„Nei, nei, Herr Gendarm. Ick weet schon, ick weet schon ... Awers nu setten S' sich ihrst ... Joa, diss' Hradscheck ... he kümmt joa nu wedder rut.“

„Ja, Mutter Jeschke“, wiederholte Geelhaar, „he kümmt nu wedder rut. Das heißt, er kommt wieder raus, wenn er nich drin bleibt.“

„Woll, woll. Wenn he nicht drin bliewt. Awers worümm sall he drin bliewen? Keen een hett joa wat siehn, un keen een hett joa wat utfunn'n. Un Se ook nich, Geelhaar.“

„Nein“, sagte der Gendarm. „Ich auch nich. Aber es wird sich schon was finden oder doch finden lassen, und dazu müssen Sie helfen, Mutter Jeschke. Ja, ja. Soviel weiß ich, die Hradscheck hat schon lange keinen Schlaf mehr und ist immer treppauf und treppab. Und wenn die Leute sagen, es sei bloß, weil sie sich um den Mann gräme, so sag ich: Unsinn, *er* is nich so und *sie* is nich so.“

„Nei, nei“, wiederholte die Jeschke. „He is nich so un se is nich so. De Hradschecks, nei, de sinn nich so.“

„Keinen ordentlichen Schlaf also“, fuhr Geelhaar fort, „nich bei Tag und auch nich bei Nacht, und wankt immer so rum und is mal im Hof und mal im Garten. Das hab ich von der Male ... Hören Sie, Mutter Jeschke, wenn ich so mal nachtens hier auf Posten stehen könnte! Das wäre so was. Line bleibt mit auf, und wir setzen uns dann ans Fenster und wachen und kukken. Nich wahr, Line?“

Line, die schon vorher das Weißzeug beiseite gelegt und ihren blonden Zopf halb aufgeflochten hatte, schlug jetzt mit dem losen Büschel über ihre linke Hand und sagte: „Will es mir noch überlegen, Herr Geelhaar. Ein armes Mädchen hat nichts als seinen Ruf." Und dabei lachte sie.

„Kümmen S' man, Geelhaar", tröstete die Jeschke, trotzdem Trost eigentlich nicht nötig war. „Kümmen S' man. Ick geih to Bett. Wat doa to siehn is, ick meen hier buten, dat hebb ick siehn, dat weet ick all. Un is ümmer dat Sülwigte."

„Dat Sülwigte?"

„Joa. Nu nich mihr. Awers as noch keen Snee wihr. Doa ..."

„Da. Was denn?"

„Doa wihr se nachtens ümmer so rümm hier."

„So, so", sagte der Gendarm und tat vorsichtig allerlei weitere Fragen. Und da sich die Jeschke von guten Beziehungen zur Dorfpolizei nur Vorteile versprechen konnte, so wurde sie trotz aller sonstigen Zurückhaltung immer mitteilsamer und erzählte dem Gendarmen Neues und Altes, namentlich auch das, was sie damals, in der stürmischen Novembernacht, von ihrer Küchentür aus beobachtet hatte. Hradscheck habe lang dagestanden, ein flackrig Licht in der Hand. „Un wihr binoah so, as ob he wull, dat man ein seihn sull." Und dann hab er einen Spaten genommen und sei bis an den Birnbaum gegangen. Und da hab er ein Loch gegraben. An der Gartentür aber habe was gestanden wie ein Koffer oder Korb oder eine Kiste. Was? Das habe sie nicht genau sehen können. Und dann hab er das Loch wieder zugeschüttet.

Geelhaar, der sich bis dahin, allem Diensteifer zum Trotz, ebensosehr mit Line wie mit Hradscheck beschäftigt hatte, ja, vielleicht mehr noch Courmacher als Beamter gewesen war, war unter diesem Bericht sehr ernsthaft geworden und sagte, während er mit Wichtigkeitsmiene seinen gedunsenen Kopf hin und her wiegte: „Ja, Mutter Jeschke, das tut mir leid. Aber es wird Euch Ungelegenheiten machen."

„Wat? wat, Geelhaar?"

„Ungelegenheiten, weil Ihr damit so spät herauskommt."

„Joa, Geelhaar, wat sall dat? Wat mienen S' mit, to spät'? Et hett mi joa keener nich froagt. Un Se ook nich. Un wat weet ick denn ook? Ick weet joa nix. Ick weet joa joar nix."

„Ihr wißt genug, Mutter Jeschke."

„Nei, nei, Geelhaar. Ick weet joar nix."

„Das ist gerade genug, daß einer nachts in seinem Garten ein Loch gräbt und wieder zuschüttet."

„Joa, Geelhaar, ick weet nich, awers jed' een möt doch in sien ejen Goarden en Loch buddeln künn'."

„Freilich. Aber nicht um Mitternacht und nicht bei solchem Wetter."

„Na, rieden S' mi man nich rin. Un moaken Se't good mit mi ... Line, Line, segg doch ook wat."

Und wirklich, Line trat in Folge dieser Aufforderung an den Gendarmen heran und sagte, tief aufatmend, wie wenn sie mit einer plötzlichen und mächtigen Sinnenerregung zu kämpfen hätte: „Laß nur, Mutter Jeschke. Herr Geelhaar wird schon wissen, was er zu tun hat. Und wir werden es auch wissen. Das versteht sich doch von selbst. Nicht wahr, Herr Geelhaar?"

Dieser nickte zutraulich und sagte mit plötzlich verändertem und wieder freundlicher werdendem Tone: „Werde schon machen, Mamsell Line. Schulze Woytasch läßt ja, Gott sei Dank, mit sich reden und Vowinkel auch. Hauptsach is, daß wir den Fuchs überhaupt ins Eisen kriegen. Un is dann am Ende gleich, *wann* wir ihn haben und ob ihm der Balg heut oder morgen abgezogen wird."

Elftes Kapitel

Vierundzwanzig Stunden später kam - und zwar auf die Meldung hin, die Geelhaar, gleich nach seinem Gespräche mit der Jeschke, bei der Behörde gemacht hatte - von Küstrin her ein offener Wagen, in dem, außer dem Kutscher, der Justizrat und Hradscheck saßen. Die Luft ging scharf, und die Sonne blendete, weshalb Vowinkel, um sich gegen beides zu schützen, seinen Mantel aufgeklappt, der Kutscher aber seinen Kopf bis an Nas und Ohren in den Pelzkragen hineingezogen hatte. Nur Hradscheck saß frei da, Luft und Licht, deren er seit länger als vier Wochen entbehrt hatte, begierig einsaugend. Der Wagen fuhr auf der Dammhöhe, von der aus sich das unten liegende Dorf bequem überblicken und beinah jedes einzelne Haus in aller Deutlichkeit erkennen ließ. Das da, mit dem schwarzen, teergestrichenen Gebälk, war das Schulhaus, und das gelbe, mit dem gläsernen Aussichtsturm, mußte Kunickes sein, Kunickes „Villa", wie die Tschechiner es spöttisch nannten. Das niedrige grad gegenüber aber, das war seine, das sah er an dem Birnbaum, dessen schwarzes Gezweig über die mit Schnee bedeckte Dachfläche wegragte. Vowinkel bemerkte wohl, wie Hradscheck sich unwillkürlich auf seinem Sitze hob, aber nichts von Besorgnis drückte sich in seinen Mienen und Bewegungen aus, sondern nur Freude, seine Heimstätte wiederzusehen.

Im Dorfe selbst schien man der Ankunft des justizrätlichen Wagens schon entgegengesehen zu haben. Auf dem Vorplatz der Igelschen Brett- und Schneidemühle, die man, wenn man von der Küstriner Seite her kam, als erstes Gehöft zu passieren hatte (geradeso wie das Orthsche nach der Frankfurter Seite hin), stand der alte Brett- und Schneidemüller und fegte mit einem kurzen storrigen Besen den Schnee von der obersten

Bretterlage fort, anscheinend aufs eifrigste mit dieser seiner Arbeit beschäftigt, in Wahrheit aber nur begierig, den herankommenden Hradscheck eher als irgendein anderer im Dorf gesehen zu haben. Denn Schneidemüller Igel, oder der „Schneidigel", wie man ihn kurzweg und in der Regel mit absichtlich undeutlicher Aussprache nannte, war ein Topfkucker. Aber so topfkuckrig er war, so stolz und hochmütig war er auch, und so wandte er sich in demselben Augenblicke, wo der Wagen an ihm vorüberfuhr, rasch wieder auf sein Haus zu, bloß um nicht grüßen zu müssen. Hier nahm er, um seine Neugier, deren er sich schämen mochte, vor niemandem zu verraten, Hut und Stock mit besonderer Langsamkeit vom Riegel und folgte dann dem Wagen, den er übrigens bald danach schon vor dem Hradscheckschen Hause vorfahren sah.

Frau Hradscheck war nicht da. Statt ihrer übernahm es Kunicke, den sie darum gebeten haben mochte, den Wirt und sozusagen die Honneurs des Hauses zu machen. Er führte denn auch den Justizrat vom Flur her in den Laden und von diesem in die dahinter befindliche Weinstube, wo man einen Imbiß bereitgestellt hatte. Vowinkel nahm aber, unter vorläufiger freundlicher Ablehnung, nur ein kleines Glas Portwein und trat dann in den Garten hinaus, wo sich bereits alles, was zur Dorfobrigkeit gehörte, versammelt hatte: Schulze Woytasch, Gendarm Geelhaar, Nachtwächter Mewissen und drei bäuerliche Gerichtsmänner. Geelhaar, der, zur Feier des Tages, seinen Staatstschako mit dem armslangen schwarzen Lampenputzer aufgesetzt hatte, ragte, mit Hilfe dieser Paradezutaten, um fast drei Haupteslängen über den Rest aller Anwesenden hinaus. Das war der innere Zirkel. Im weitern Umkreis aber standen die, die bloß aus Neugier sich eingefunden hatten, darunter der schon stark gefrühstückte Kantorssohn und Dorfdichter,

während einige zwanzig eben aus der Schule herangekommene Jungens mit ihren Klapp-Pantinen auf das Kegelhaus geklettert waren, um von hier aus Zeuge zu sein, was wohl bei der Sache herauskommen würde. Vorläufig indes begnügten sie sich damit, Schneebälle zu machen, mit denen sie nach den großen und kleinen Mädchen warfen, die hinter dem Gartenzaun der alten Jeschke standen. Alles plapperte, lachte, reckte den Hals, und wäre nicht Hradscheck selbst gewesen, der, die Blicke seiner alten Freunde vermeidend, ernst und schweigend vor sich hin sah, so hätte man glauben können, es sei Kirmes oder eine winterliche Jahrmarktsszene.
Die Gerichtsmänner flüsterten und steckten die Köpfe zusammen, während Woytasch und Geelhaar sich umsahen. Es schien noch etwas zu fehlen, was auch zutraf. Als aber bald danach der alte Totengräber Wonnekamp mit noch zwei von seinen Leuten erschien, rückte man näher an den Birnbaum heran und begann den Schnee, der hier lag, fortzuschippen. Das ging leicht genug, bis statt des Schnees die gefrorne Erde kam, wo nun die Pickaxt aushelfen mußte. Der Frost indessen war nicht tief in die Erde gedrungen, und so konnte man den Spaten nicht nur bald wieder zur Hand nehmen, sondern kam auch rascher vorwärts, als man anfangs gehofft hatte. Die herausgeworfenen Schollen und Lehmstücke wurden immer größer, je weicher der Boden wurde, bis mit einem Male der alte Totengräber einem der Arbeiter in den Arm fiel und mit der seinem Stande zuständigen Ruhe sagte: „Nu giw mi moal; nu kümmt wat." Dabei nahm er ihm das Grabscheit ohne weiteres aus der Hand und fing selber an zu graben. Aber ersichtlich mit großer Vorsicht. Alles drängte vor und wollte sehn. Und siehe da, nicht lange, so war ein Toter aufgedeckt, der zu großem Teile noch in Kleiderresten steckte. Die Bewegung wuchs, und aller Augen richteten sich auf Hradscheck, der

nach wie vor vor sich hin sah und nur dann und wann einen scheuen Seitenblick in die Grube tat.
„Nu hebben se 'n", lief ein Gemurmel den Gartenzaun entlang, unklar lassend, ob man Hradscheck oder den Toten meine; die Jungens auf dem Kegelhäuschen aber reckten ihre Hälse noch mehr als vorher, trotzdem sie weder nah noch hoch genug standen, um irgendwas sehn zu können.
Eine Pause trat ein. Dann nahm der Justizrat des Angeklagten Arm und sagte, während er ihn dicht an die Grube führte. Nun, Hradscheck, was sagen Sie?"
Dieser verzog keine Miene, faltete die Hände wie zum Gebet und sagte dann fest und feierlich: „Ich sage, daß dieser Tote meine Unschuld bezeugen wird."
Und während er so sprach, sah er zu dem alten Totengräber hinüber, der den Blick auch verstand und, ohne weitere Fragen abzuwarten, geschäftsmäßig sagte: „Ja, der hier liegt, liegt hier schon lang. Ich denke zwanzig Jahre. Und der Polsche, der es sein soll, is noch keine zehn Wochen tot."
Und siehe da, kaum daß diese Worte gesprochen waren, so war ihr Inhalt auch schon bewiesen, und jeder schämte sich, so wenig kaltes Blut und so wenig Umsicht und Überlegung gehabt zu haben. In einem gewissen Entdeckungseifer waren alle wie blind gewesen und hatten unbeachtet gelassen, daß ein Schädel, um ein richtiger Schädel zu werden, auch sein Stück Zeit verlangt und daß die Toten ihre Verschiedenheiten und ihre Grade haben, geradesogut wie die Lebendigen.
Am verlegensten war der Justizrat. Aber er sammelte sich rasch und sagte: „Totengräber Wonnekamp hat recht. Das ist nicht der Tote, den wir suchen. Und wenn er zwanzig Jahre in der Erde liegt, was ich keinen Augenblick bezweifle, so kann Hradscheck an diesem Toten keine Schuld haben. Und kann auch von einer früheren Schuld keine Rede sein. Denn

Hradscheck ist erst im zehnten Jahr in diesem Dorf. Das alles ist jetzt erwiesen. Trotz alledem bleiben ein paar dunkle Punkte, worüber Aufklärung gegeben werden muß. Ich lebe der Zuversicht, daß es an dieser Aufklärung nicht fehlen wird, aber ehe sie gegeben ist, darf ich Sie, Herr Hradscheck, nicht aus der Untersuchung entlassen. Es wird sich dabei, was ich als eine weitere Hoffnung hier ausspreche, nur noch um Stunden und höchstens um Tage handeln."

Und damit nahm er Kunickes Arm und ging in die Weinstube zurück, woselbst er nunmehr, in Gesellschaft von Woytasch und den Gerichtsmännern, dem für ihn servierten Frühstücke tapfer zusprach. Auch Hradscheck ward aufgefordert, sich zu setzen und einen Imbiß zu nehmen. Er lehnte jedoch ab und sagte, daß er mit seiner Mahlzeit lieber warten wolle, bis er im Küstriner Gefängnis sei.

So waren seine Worte.

Und diese Worte gefielen den Bauern ungemein. „Er will nicht an seinem eignen Tisch zu Gaste sitzen und das Brot, das er gebacken, nicht als Gnadenbrot essen. Da hat er recht. Das möcht ich auch nicht."

So hieß es, und so dachten die meisten.

Aber freilich nicht alle.

Gendarm Geelhaar ging an dem Zaun entlang, über den, samt andrem Weibervolk, auch Mutter Jeschke weggekuckt hatte. Natürlich auch Line.

Geelhaar tippte dieser mit dem Finger auf den Dutt und sagte: „Nu, Line, was macht der Zopf?"

„Meiner?" lachte diese. „Hören S', Herr Gendarm, jetzt kommt *Ihrer* an die Reih."

„Wird so schlimm nicht werden, Lineken ... Und Mutter Jeschke, was sagt die dazu?"

„Joa, wat sall se seggen? He is nu wedder rut.Awers he kümmt ook woll wedder rin."

Zwölftes Kapitel

Eine Woche war vergangen, in der die Tschechiner viel erlebt hatten. Das Wichtigste war: Hradscheck, nachdem er noch ein Küstriner Schlußverhör durchgemacht hatte, war wieder da. Schlicht und unbefangen, ohne Lücken und Widersprüche, waren die Dunkelheiten aufgeklärt worden, so daß an seiner Unschuld nicht länger zu zweifeln war. Es seien ihm, so hieß es in seiner vor Vowinkel gemachten Aussage, durch Unachtsamkeit, deren er sich selber zu zeihen habe, mehrere große Speckseiten verdorben, und diese möglichst unbemerkt im Garten zu vergraben, hab er an jenem Tage vorgehabt. Er sei denn auch, gleich nachdem seine Gäste die Weinstube verlassen hätten, ans Werk gegangen und habe, genauso wie's die Jeschke gesehn und erzählt, an dem alten Birnbaum ein Loch zu graben versucht; als er aber erkannt habe, daß da was verscharrt liege, ja, dem Anscheine nach ein Toter, hab ihn eine furchtbare Angst gepackt, in Folge deren er nicht weiter gegraben, sondern das Loch rasch wieder zugeschüttet habe. Der Koffer, den die Jeschke gesehen haben wolle, das seien eben jene Speckseiten gewesen, die, dicht übereinandergepackt, an der Gartentür gelegen hätten. „Aber wozu die Heimlichkeit und die Nacht?" hatte Vowinkel nach dieser Erklärung etwas spitz gefragt, worauf Hradscheck, in seiner Erzählung fortfahrend, ohne Verlegenheit und Unruhe geantwortet hatte: „Zu dieser Heimlichkeit seien für ihn zwei Gründe gewesen. Erstens hab er sich die Vorwürfe seiner Frau, die nur zu geneigt sei, von seiner Unachtsamkeit in Geschäftsdingen zu sprechen, ersparen wollen. Und er dürfe wohl hinzusetzen, wer verheiratet sei, der kenne das und wisse nur zu gut, wie gerne man sich solchen Anklagen und Streitszenen entziehe. Der zweite Grund aber sei noch wichtiger gewesen: die Rücksicht auf die Kundschaft. Die Bauern, wie der Herr Justizrat ja wisse, seien die schwierigsten Leute von der Welt, ewig voll Mißtrauen, und wenn sie derlei Dinge, wie Schinken und Speck, auch freilich nicht in seinem Laden zu kaufen pflegten, weil sie ja genug davon im eignen Rauch hätten, so zögen sie doch gleich Schlüsse vom einen aufs andre. Dergleichen hab er mehr als einmal durchgemacht und dann wochenlang aller Ecken und Enden hören müssen, er passe nicht auf. Ja, noch letzten Herbst, als ihm ganz ohne seine Schuld eine Tonne Heringe tranig geworden sei, habe Schneidigel überall im Dorfe geputscht und unter anderm zu Quaas und Kunicke gesagt: ‚Uns wird er damit nicht kommen; aber die kleinen Leute, die, die …'"

Der Justizrat hatte hierbei gelächelt und zustimmend genickt, weil er die Bauern fast so gut wie Hradscheck kannte, so daß, nach Erledigung auch *dieses* Punktes, eigentlich nichts übriggeblieben war als die Frage: „Was denn nun, unter so bewandten Umständen, aus dem durchaus zu beseitigenden Speck geworden sei?" Welche Frage jedoch nur dazu beigetragen hatte, Hradschecks Unschuld vollends ins Licht zu stellen. „Er habe die Speckseiten an demselben Morgen noch an einer anderen Gartenstelle verscharrt; gleich nach Szulskis Abreise." – „Nun, wir werden ja sehn", hatte Vowinkel hierauf geantwortet und einen seiner Gerichtsdiener abgeschickt, um sich in Tschechin selbst über die Richtigkeit oder Unrichtigkeit dieser Aussage zu vergewissern. Und als sich nun in kürzester Frist alles bestätigt oder mit anderen Worten der vergrabene Speck wirklich an der von Hradscheck angegebenen Stelle gefunden hatte, hatte man das Verfahren eingestellt, und an demselben Nachmittage noch war der unter so schwerem Verdacht Gestandene nach Tschechin zurückgekehrt und in einer stattlichen Küstriner Mietschaise vor seinem Hause vorgefahren. Ede, ganz verblüfft, hatte nur noch Zeit gefunden, in die Wohnstube, darin sich Frau Hradscheck befand, hineinzurufen: „Der Herr, der Herr …“, worauf Hradscheck selbst mit der ihm eigenen Jovialität und unter dem Zurufe „Nun, Ede, wie geht's?“ in den Flur seines Hauses eingetreten, aber freilich im selben Augenblick auch wieder mit einem erschreckten „Was is, Frau?“ zurückgefahren war. Ein Ausruf, den er wohl tun durfte. Denn gealtert, die Augen tief eingesunken und die Haut wie Pergament, so war ihm Ursel unter der Tür entgegengetreten.

Hradscheck war da, das war das *eine* Tschechiner Ereignis. Aber das andere stand kaum dahinter zurück: Eccelius hatte, den Sonntag darauf, über Sacharja 7, Vers 9 und 10 gepredigt, welche Stelle lautete: „So spricht der Herr Zebaoth: Richtet recht, und ein jeglicher beweise an seinem Bruder Güte und Barmherzigkeit. Und tuet nicht Unrecht den *Fremdlingen*, und denke keiner wider seinen Bruder etwas Arges in seinem Herzen.“ Schon bei Lesung des Textes und der sich daran knüpfenden Einleitungsbetrachtung hatten die Bauern aufgehorcht; als aber der Pastor das Allgemeine fallenließ und, ohne Namen zu nennen, den Hradscheckschen Fall zu schildern und die Trüglichkeit des Scheines nachzuweisen begann, da gab sich eine Bewegung kund, wie sie seit dem Sonntag (es ging nun ins fünfte Jahr), an welchem Eccelius auf die schweren sittlichen Vergehen eines als Bräutigam vor dem Altar stehenden reichen Bauernsohnes hingewiesen und ihn zu besserem Lebenswandel ermahnt hatte, nicht mehr dagewesen war. Beide Hradschecks waren in der Kirche zugegen und folgten jedem Worte des Geistlichen, der heute viele Bibelsprüche zitierte, mehr noch als gewöhnlich.

Es war unausbleiblich, daß diese Rechtfertigungsrede zugleich zur Anklage gegen alle diejenigen wurde, die sich in der Hradscheck-Sache so wenig freundnachbarlich benommen und durch allerhand Zuträgereien entweder ihr Übelwollen oder doch zum mindesten ihre Leichtfertigkeit und Unüberlegtheit gezeigt hatten. Wer in erster Reihe damit gemeint war, konnte nicht zweifelhaft sein, und vieler Augen, nur nicht die der Bauern, die, wie herkömmlich, keine Miene verzogen, richteten sich auf die mitsamt ihrem „Lineken" auf der vorletzten Bank sitzende Mutter Jeschke, der Kanzel grad gegenüber, dicht unter der Orgel. Line, sonst ein Muster von Nichtverlegenwerden, wußte doch heute nicht wohin und verwünschte die alte Hexe, neben der sie das Kreuzfeuer so vieler Augen aushalten mußte. Mutter Jeschke selbst aber nickte nur leise mit dem Kopf, wie wenn sie jedes Wort billige, das Eccelius gesprochen, und sang, als die Predigt aus war, den Schlußvers ruhig mit. Ja sie blieb selbst unbefangen, als sie draußen, an den zu beiden Seiten des Kirchhofweges stehenden Frauen vorbeihumpelnd, erst die vorwurfsvollen Blicke der Älteren und dann das Kichern der Jüngeren über sich ergehen lassen mußte.

Zu Hause sagte Line: „Das war eine schöne Geschichte, Mutter Jeschke. Hätte mir die Augen aus dem Kopf schämen können."

„Bis doch sünnst nicht so."

„Ach was, sünnst. Hat er recht oder nicht? Ich meine, der Alte drüben?"

„Ick weet nich, Line", beschwichtigte die Jeschke. „He möt et joa weeten."

Dreizehntes Kapitel

„He möt et joa weeten“, hatte die Jeschke gesagt und damit ausgesprochen, wie sie wirklich zu der Sache stand. Sie mißtraute Hradscheck nach wie vor; aber der Umstand, daß Eccelius von der Kanzel her eine Rechtfertigungsrede für ihn gehalten hatte, war doch nicht ohne Eindruck auf sie geblieben und veranlaßte sie, sich einigermaßen zweifelvoll gegen ihren eigenen Argwohn zu stellen. Sie hatte Respekt vor Eccelius, trotzdem sie kaum weniger als eine richtige alte Hexe war und die heiligen Handlungen der Kirche ganz nach Art ihrer sympathetischen Kuren ansah. Alles, was in der Welt wirkte, war Sympathie, Besprechung, Spuk, aber dieser Spuk hatte doch zwei Quellen, und der weiße Spuk war stärker als der schwarze. Demgemäß unterwarf sie sich auch (und zumal wenn er von Altar oder Kanzel her sprach) dem den weißen Spuk vertretenden Eccelius, ihm sozusagen die sichrere Bezugsquelle zugestehend. Unter allen Umständen aber suchte sie mit Hradscheck wieder auf einen guten Fuß zu kommen, weil ihr der Wert einer guten Nachbarschaft einleuchtete. Hradscheck seinerseits, statt den Empfindlichen zu spielen, wie manch anderer getan hätte, kam ihr dabei auf halbem Wege entgegen und war überhaupt von so viel Unbefangenheit, daß, ehe noch die Fastelabend-Pfannkuchen gebacken wurden, die ganze Szulski-Geschichte so gut wie vergessen war. Nur sonntags im Kruge kam sie noch dann und wann zur Sprache.

„Wenn man wenigstens de Pelz wedder in die Hücht käm ...“

„Na, du wührst doch den Polschen sien' Pelz nich antrecken wulln?“

„Nich antrecken? Worümm nich? Dat de Polsche drinn wihr, dat deiht em nix. Un mi ook nich. Un wat sünnst noch drin

wihr, na, dat wahrd nu joa woll rut sinn."
„Joa, joa. Dat wahrd nu joa woll rut sinn."
Und dann lachte man und wechselte das Thema.
Solche Scherze bildeten die Regel, und nur selten war es, daß irgendwer ernsthaft auf den Fall zu sprechen kam und bei der Gelegenheit seine Verwunderung ausdrückte, daß die Leiche noch immer nicht angetrieben sei. Dann aber hieß es, „der Tote lieg im Schlick, und der Schlick gäbe nichts heraus, oder doch erst nach fünfzig Jahren, wenn das angeschwemmte Vorland Acker geworden sei. Dann würd er mal beim Pflügen gefunden werden, geradso, wie der Franzose gefunden wär."
Ja, geradeso wie der Franzose, der jetzt überhaupt die Hauptsache war, viel mehr als der mit seinem Fuhrwerk verunglückte Reisende, was eigentlich auch nicht wundernehmen konnte. Denn Unglücksfälle wie der Szulskische waren häufig, oder wenigstens nicht selten, während der verscharrte Franzos unterm Birnbaum alles Zeug dazu hatte, die Phantasie der Tschechiner in Bewegung zu setzen. Allerlei Geschichten wurden ausgesponnen, auch Liebesgeschichten, in deren einer es hieß, daß Anno 13 ein in eine hübsche Tschechinerin verliebter Franzose beinah täglich von Küstrin her nach Tschechin gekommen sei, bis ihn ein Nebenbuhler erschlagen und verscharrt habe. Diese Geschichte ließen sich auch die Mägde nicht nehmen, trotzdem sich ältere Leute sehr wohl entsannen, daß man einen Chasseur- oder nach andrer Meinung einen Voltigeur-Korporal einfach wegen zu scharfer Fouragierung beiseite gebracht und stillgemacht habe. Diese Besserwissenden drangen aber mit ihrer Prosa Geschichte nicht durch, und unter allen Umständen blieb der Franzose Held und Mittelpunkt der Unterhaltung.
All das kam unsrem Hradscheck zustatten. Aber was ihm noch mehr zustatten kam, war das, daß er denselben „Franzosen

unterm Birnbaum" nicht bloß zur Wiederherstellung, sondern sogar zu glänzender Aufbesserung seiner Reputation zu benutzen verstand.
Und das kam so.
Nicht allzu lange nach seiner Entlassung aus der Untersuchungshaft war in einer Kirchen-Gemeinderatssitzung, der Eccelius in Person präsidierte, davon die Rede gewesen, dem Franzosen auf dem Kirchhof ein christliches Begräbnis zu gönnen. „Der Franzose sei zwar", so hatte sich der den Antrag stellende Kunicke geäußert, „sehr wahrscheinlich ein Katholscher gewesen, aber man dürfe das so genau nicht nehmen; die Katholschen seien, bei Licht besehen, auch Christen, und wenn einer schon so lang in der Erde gelegen habe, dann sei's eigentlich gleich, ob er den gereinigten Glauben gehabt habe oder nicht." Eccelius hatte dieser echt Kunickeschen Rede, wenn auch selbstverständlich unter Lächeln, zugestimmt, und die Sache war schon als angenommen und erledigt betrachtet worden, als sich Hradscheck noch im letzten Augenblick zum Worte gemeldet hatte. „Wenn der Herr Prediger das Begräbnis auf dem Kirchhofe, der, als ein richtiger christlicher Gottesacker, jedem Christen, evangelisch oder katholisch, etwas durchaus Heiliges sein müsse, für angemessen oder gar für pflichtmäßig halte, so könne es ihm nicht einfallen, ein Wort dagegen sagen zu wollen; wenn es aber nicht ganz so liege, mit andern Worten, wenn ein Begräbnis daselbst nicht absolut pflichtmäßig sei, so spräch er hiermit den Wunsch aus, den Franzosen in seinem Garten behalten zu dürfen. Der Franzose sei sozusagen sein Schutzpatron geworden, und kein Tag ginge hin, ohne daß er desselben in Dankbarkeit und Liebe gedenke. Das sei das, was er nicht umhingekonnt habe hier auszusprechen, und er setze nur noch hinzu, daß er, gewünschten Falles, die Stelle mit einem Gitter versehen oder mit einem

Buchsbaum umziehn wolle." Die ganze Rede hatte Hradscheck mit bewegter und die Dankbarkeitsstelle sogar mit zitternder Stimme gesprochen, was eine große Wirkung auf die Bauern gemacht hatte.

„Bist ein braver Kerl", hatte der, wie alle Frühstücker, leicht zum Weinen geneigte Kunicke gesagt und eine Viertelstunde später, als er Woytasch und Eccelius bis vor das Pfarrhaus begleitete, mit Nachdruck hinzugesetzt: „Un wenn's noch ein Russe wär! Aber das is ihm alles eins, Russ' oder Franzos. Der Franzos hat ihm geholfen, und nu hilft er ihm wieder und läßt ihn eingittern. Oder doch wenigstens eine Rabatte ziehen. Und wenn es ein Gitter wird, so hat er's nicht unter zwanzig Taler. Und da rechne ich noch keinen Anstrich und keine Vergoldung."

Das alles war Mitte März gewesen, und vier Wochen später, als die Schwalben zum ersten Male wieder durch die Dorfgasse hinschossen, um sich anzumelden und zugleich Umschau nach den alten Menschen und Plätzen zu halten, hatte Hradscheck ein Zwiegespräch mit Zimmermeister Buggenhagen, dem er bei der Gelegenheit eine Planzeichnung vorlegte.

„Sehen Sie, Buggenhagen, das Haus ist überall zu klein, überall ist angebaut und angeklebt, die Küche dicht neben dem Laden, und für die Fremden ist nichts da wie die zwei Giebelstuben oben. Das ist zuwenig, ich will also ein Stock aufsetzen. Was meinen Sie? Wird der Unterbau ein Stockwerk aushalten?"

„Was wird er nicht!" sagte Buggenhagen. „Natürlich Fachwerk!"

„Natürlich Fachwerk!" wiederholte Hradscheck. „Auch schon der Kosten wegen. Alle Welt tut jetzt immer, als ob meine Frau zum mindesten ein Rittergut geerbt hätte. Ja, hat sich was mit Rittergut. Erbärmliche tausend Taler."

„Na, na."

„Nun, sagen wir zwei", lachte Hradscheck. „Aber mehr nicht, auf Ehre. Und daß davon keine Seide zu spinnen ist, das wissen Sie. Keine Seide zu spinnen und auch keine Paläste zu bauen. Also so billig wie möglich, Buggenhagen. Ich denke, wir nehmen Lehm als Füllung. Stein ist zu schwer und zu teuer, und was wir dadurch sparen, das lassen wir der Einrichtung zugute kommen. Ein paar Öfen mit weißen Kacheln, nicht wahr? Ich habe schon an Feilner geschrieben und angefragt. Und natürlich alles Tapete! Sieht immer nach was aus und kann die Welt nicht kosten. Ich denke, weiße; das ist am saubersten und zugleich das Billigste."

Buggenhagen hatte zugestimmt und gleich nach Ostern mit dem Umbau begonnen.

Und nicht allzulange, das Wetter hatte den Bau begünstigt, so war das Haus, das nun einen aufgesetzten Stock hatte, wieder unter Dach. Aber es war das *alte* Dach, die nämlichen alten Steine, denn Hradscheck wurde nicht müde, Sparsamkeit zu fordern und immer wieder zu betonen, „daß er nach wie vor ein armer Mann sei".

Vier Wochen später standen auch die Feilnerschen Öfen, und nur hinsichtlich der Tapete waren andere Beschlüsse gefaßt und statt der weißen ein paar buntfarbige gewählt worden.

Anfangs, solange das Dach-Abdecken dauerte, hatte Hradscheck in augenscheinlicher Nervosität immer zur Eile angetrieben, und erst als die rechts nach der Kegelbahn hin gelegene Giebelwand eingerissen und statt der Stuben oben nur noch das Balken- und Sparrenwerk sichtbar war, hatte sich seine Hast und Unruhe gelegt, und Aufgeräumtheit und gute

Laune waren an Stelle derselben getreten. In dieser guten Laune war und blieb er auch, und nur ein einziger Tag war gewesen, der ihm dieselbe gestört hatte.

„Was meinen Sie, Buggenhagen", hatte Hradscheck eines Tages gesagt, als er eine aus dem Keller heraufgeholte Flasche mit Portwein aufzog. „Was meinen Sie, ließe sich nicht der Keller etwas höher wölben? Natürlich nicht der ganze Keller. Um Gottes willen nicht, da blieb' am Ende kein Stein auf dem andern, und Laden und Wein- und Wohnstube, kurzum alles müßte verändert und auf einen andern Leisten gebracht werden. Das geht nicht. Aber es wäre schon viel gewonnen, wenn wir das Mittelstück, das grad unter dem Flur hinläuft, etwas höher legen könnten. Ob die Diele dadurch um zwei Fuß niedriger wird, ist ziemlich gleichgültig; denn die Fässer, die da liegen, haben immer noch Spielraum genug, auch nach oben hin, und stoßen nicht gleich an die Decke."

Buggenhagen widersprach nie, teils aus Klugheit, teils aus Gleichgültigkeit, und das einzige, was er sich dann und wann erlaubte, waren halbe Vorschläge, hinsichtlich deren es ihm gleich war, ob sie gutgeheißen oder verworfen wurden. Und so verfuhr er auch diesmal wieder und sagte:

„Versteht sich, Hradscheck. Es geht. Warum soll es nicht gehn? Es geht alles. Und der Keller ist auch wirklich nicht hoch genug (ich glaube keine fünftehalb Fuß) und die Fenster viel zu klein und zu niedrig; alles wird stockig und multrig. Muß also gemacht werden. Aber warum gleich wölben? Warum nicht lieber ausschachten? Wenn wir zehn Fuhren Erde rausnehmen, haben wir überall fünf Fuß im ganzen Keller, und kein Mensch stößt sich mehr die kahle Platte. Nach oben hin wölben macht bloß Kosten und Umstände. Wir können ebensogut nach unten gehn."

Hradscheck, als Buggenhagen so sprach, hatte die Farbe

gewechselt und sich momentan gefragt, „ob das alles vielleicht was zu bedeuten habe?“ Bald aber von des Sprechenden Unbefangenheit überzeugt, war ihm seine Ruhe zurückgekehrt.

„Wenn ich mir's recht überlege, Buggenhagen, so lassen wir's. Wir müssen auch an das Grundwasser denken. Und ist es so lange so gegangen, so kann's auch noch weiter so gehn. Und am Ende, wer kommt denn in den Keller? Ede. Und der hat noch lange keine fünf Fuß.“

Das war einige Zeit vor Beginn der Manöver gewesen, und wenn es ein paar Tage lang ärgerlich und verstimmend nachgewirkt hatte, so verschwand es rasch wieder, als Anfang September die Truppenmärsche begannen und die Schwedter Dragoner als Einquartierung ins Dorf kamen. Das Haus voller Gäste zu haben war überhaupt Hradschecks Vergnügen, und der liebste Besuch waren ihm Rittmeister und Lieutenants, die nicht nur ihre Flasche tranken, sondern auch allerlei wußten und den Mund auf dem rechten Fleck hatten. Einige verschworen sich, daß ein Krieg ganz nahe sei. Kaiser Nikolaus, Gott sei Dank, sei höchst unzufrieden mit der neuen französischen Wirtschaft, und der unsichere Passagier, der Louis Philipp, der doch eigentlich bloß ein Waschlappen und halber Cretin sei, solle mit seiner ganzen Konstitution wieder beiseite geschoben und statt seiner eine bourbonische Regentschaft eingesetzt oder vielleicht auch der vertriebene Karl X. wieder zurückgeholt werden, was eigentlich das beste sei. Kaiser Nikolaus habe recht, überhaupt immer recht. Konstitution sei Unsinn und das ganze Bürgerkönigtum die reine Phrasendrescherei.

Wenn so das Gespräch ging, ging unserm Hradscheck das Herz auf, trotzdem er eigentlich für Freiheit und Revolution war.

Wenn es aber Revolution nicht sein konnte, so war er auch für Tyrannei. Bloß gepfeffert mußte sie sein. Aufregung, Blut, Totschießen - wer ihm das leistete, war sein Freund, und so kam es, daß er über Louis Philipp mit zu Gerichte saß, als ob er die hyperloyale Gesinnung seiner Gäste geteilt hätte. Nur von Ede sah er sich noch übertroffen, und wenn dieser durch die Weinstube ging und ein neues Beefsteak oder eine neue Flasche brachte, so lag allemal ein dümmliches Lachen auf seinem Gesicht, wie wenn er sagen wollte: „Recht so, runter mit ihm; alles muß um einen Kopf kürzer gemacht werden." Ein paar blutjunge Lieutenants, die diese komische Raserei wahrnahmen, amüsierten sich herzlich über ihn und ließen ihn mittrinken, was alsbald dahin führte, daß der für gewöhnlich so schüchterne Junge ganz aus seiner Reserve heraustrat und sich gelegentlich selbst mit dem sonst so gefürchteten Hradscheck auf einen halben Unterhaltungsfuß stellte.

„Da, Herr", rief er eines Tages, als er gerade mit einem Korbe voll Flaschen wieder aus dem Keller heraufkam. „Da, Herr; das hab ich eben unten gefunden." Und damit schob er Hradscheck einen schwarzübersponnenen Knebelknopf zu. „Sind solche, wie der Polsche an seinem Rock hatte."

Hradscheck war kreideweiß geworden und stotterte: „Ja, hast recht, Ede. Das sind solche. Hast recht. Das heißt, die von dem Polschen, die waren größer. Solche kleinen wie die, die hatte Hermannchen, uns' Lütt-Hermann, an seinem Pelzrock. Weißt du noch? Aber nein, da warst du noch gar nicht hier. Bring ihn meiner Frau; vergiß nicht. Oder gib ihn mir lieber wieder; ich will ihn ihr selber bringen."

Ede ging, und die zunächstsitzenden Offiziere, die Hradschecks Erregung wahrgenommen hatten, aber nicht recht wußten, was sie daraus machen sollten, standen auf und wandten sich einem Gespräch mit andren Kameraden zu.

Auch Hradscheck erhob sich. Er hatte den Knebelknopf zu sich gesteckt und ging in den Garten, ärgerlich gegen den Jungen, am ärgerlichsten aber gegen sich selbst.
„Gut, daß es Fremde waren, und noch dazu solche, die bloß an Mädchen und Pferde denken. War's einer von uns hier, und wenn auch bloß der Ölgötze, der Quaas, so hatt ich die ganze Geschichte wieder über den Hals. Aufpassen, Hradscheck, aufpassen. Und das verdammte Zusammenfahren und Sich-Verfärben! Kalt Blut, oder es gibt ein Unglück."
So vor sich hin sprechend, war er, den Blick zu Boden gerichtet, schon ein paarmal in dem Mittelgang auf und ab geschritten. Als er jetzt wieder aufsah, sah er, daß die Jeschke hinter dem Himbeerzaune stand und ein paar verspätete Beeren pflückte.
„Die alte Hexe. Sie lauert wieder."
Aber trotz alledem ging er auf sie zu, gab ihr die Hand und sagte: „Nu, Mutter Jeschke, wie geht's? Lange nicht gesehn. Auch Einquartierung?"
„Nei, Hradscheck."
„Oder is Line wieder da?"
„Nei, Lineken ook nich. De is joa jitzt in Küstrin."
„Bei wem denn?"
„Bi Schoolinspekters. Un doa will se nich weg … Hüren S', Hradscheck, ick glöw, de Schoolinspekters sinn ook man so … Awers wat hebben Se denn? Se sehn joa janz geel ut. Un hier so 'ne Falt. Oh, Se möten sich nich ärgern, Hradscheck."
„Ja, Mutter Jeschke, das sagen Sie wohl. Aber man muß sich ärgern. Da sind nun die jungen Offiziere. Na, die gehen bald wieder und sind auch am Ende so schlimm nicht und eigentlich nette Herrchen und immer fidel. Aber der Ede, dieser Ede! Da hat der Junge gestern wieder ein halbes Faß Öl auslaufen lassen. Das ist doch über den Spaß. Wo soll man denn

das Geld schließlich hernehmen? Und dann die Plackerei treppauf, treppab, und die schmalen Kellerstufen halb abgerutscht. Es ist zum Halsbrechen."

„Na, Se hebben joa doch nu Buggenhagen bi sich. De künn joa doch ne nije Trepp moaken."

„Ach, der, der. Mit dem ist auch nichts; ärgert mich auch. Sollte mir da den Keller höher legen. Aber er will nicht und hat allerhand Ausreden. Oder vielleicht versteht er's auch nicht. Ich werde mal den Küstriner Maurermeister kommen lassen, der jetzt an den Kasematten herumflickt. Kasematten und Keller ist ja beinah dasselbe. Der muß Rat schaffen. Und bald. Denn der Keller ist eigentlich gar kein richtiger Keller; is bloß ein Loch, wo man sich den Kopf stößt."

„Joa, joa. De Wienstuw sitt em to sihr upp 'n Nacken.

„Freilich. Und die ganze Geschichte hat nicht Luft und nicht Licht. Und warum nicht? Weil kein richtiges Fenster da ist. Alles zu klein und zu niedrig. Alles zu dicht zusammen."

„Woll, woll", stimmte die Jeschke zu. „Jott, ick weet noch, as de Polsche hier wihr und dat Licht ümmer so blinzeln deih. Joa, wo wihr dat Licht? Wihr et in de Stuw o'r wihr et in'n Keller? Ick weet et nich."

Alles klang so pfiffig und hämisch, und es lag offen zutage, daß sie sich an ihres Nachbarn Verlegenheit weiden wollte. Diesmal aber hatte sie die Rechnung ohne den Wirt gemacht, und die Verlegenheit blieb schließlich auf ihrer Seite. War doch Hradscheck seit langem schon willens, ihr gegenüber, bei sich bietender Gelegenheit, mal einen andern Ton anzuschlagen. Und so sah er sie denn jetzt mit seinen durchdringenden Augen scharf an und sagte, sie plötzlich in der dritten Person anredend: „Jeschken, ich weiß, wo Sie hin will. Aber weiß Sie denn auch, was eine Verleumdungsklage ist? Ich erfahre alles, was Sie so herumschwatzt; aber seh Sie sich vor, sonst kriegt

Sie's mit dem Küstriner Gericht zu tun; Sie ist 'ne alte Hexe, das weiß jeder, und der Justizrat weiß es auch. Und er wartet bloß noch auf eine Gelegenheit."

Die Alte fuhr erschreckt zusammen. „Ick meen joa man, Hradscheck, ick meen joa man ... Se weeten doch, en beten Spoaß möt sinn."

„Nun gut. Ein bißchen Spaß mag sein. Aber wenn ich Euch raten kann, Mutter Jeschke, nicht zuviel. Hört Ihr wohl, nicht zuviel."

Und damit ging er wieder auf das Haus zu.

Vierzehntes Kapitel

Ängstigungen und Ärgernisse wie die vorgeschilderten kamen dann und wann vor, aber im ganzen, um es zu wiederholen, war die Bauzeit eine glückliche Zeit für unsern Hradscheck gewesen. Der Laden war nie leer, die Kundschaft wuchs, und das dem Grundstück zugehörige, draußen an der Neu-Lewiner Straße gelegene Stück Ackerland gab in diesem Sommer einen besonders guten Ertrag. Dasselbe galt auch von dem Garten hinterm Haus; alles gedieh darin, der Spargel prachtvoll, dicke Stangen mit gelbweißen Köpfen, und die Pastinak- und Dillbeete standen hoch in Dolden. Am meisten aber tat der alte Birnbaum, der sich mehr als seit Jahren anstrengte. „Dat 's de Franzos", sagten die Knechte sonntags im Krug, „de deiht wat för ein", und als die Pflückenszeit gekommen, rief Kunicke, der sich gerade zum Kegeln eingefunden hatte: „Hör, Hradscheck, du könntest uns mal ein paar von deinen Franzosenbirnen bringen." *Franzosen*birnen! Das Wort wurde sehr bewundert, lief rasch von Mund zu Mund, und ehe drei Tage vergangen waren, sprach kein Mensch mehr von Hradschecks „Malvasieren", sondern bloß noch von den

„Franzosenbirnen". Hradscheck selbst aber freute sich des Wortes, weil er daran erkannte, daß man, trotz aller Stichelreden der alten Jeschke, mehr und mehr anfing, die Vorkommnisse des letzten Winters von der scherzhaften Seite zu nehmen.

Ja, die Sommer- und Baumonate brachten lichtvolle Tage für Hradscheck, und sie hätten noch mehr Licht und noch weniger Schatten gehabt, wenn nicht Ursel gewesen wäre. Die füllte, während alles andre glatt und gut ging, seine Seele mit Mitleid und Sorge, mit Mitleid, weil er sie liebte (wenigstens auf seine Weise), mit Sorge, weil sie dann und wann ganz wunderliche Dinge redete. Zum Glück hatte sie nicht das Bedürfnis, Umgang zu pflegen und Menschen zu sehn, lebte vielmehr eingezogener denn je und begnügte sich damit, sonntags in die Kirche zu gehn. Ihre sonst tiefliegenden Augen sprangen dann aus dem Kopf, so begierig folgte sie jedem Wort, das von der Kanzel her laut wurde, *das* Wort aber, auf das sie wartete, das kam nicht. In ihrer Sehnsucht ging sie dann, nach der Predigt, zu dem guten, ihr immer gleichmäßig geneigt bleibenden Eccelius hinüber, um, soweit es ging, Herz und Seele vor ihm auszuschütten und etwas von Befreiung oder Erlösung zu hören; aber Seelsorge war nicht seine starke Seite, noch weniger seine Passion, und wenn sie sich der Sünde geziehn und in Selbstanklagen erschöpft hatte, nahm er lächelnd ihre Hand und sagte: „Liebe Frau Hradscheck, wir sind allzumal Sünder und mangeln des Ruhmes, den wir vor Gott haben sollen. Sie haben eine Neigung. sich zu peinigen, was ich mißbillige. Sich ewig anklagen ist oft Dünkel und Eitelkeit. Wir haben Christum und seinen Wandel als Vorbild, dem wir im Gefühl unsrer Schwäche demütig nachstreben sollen. Aber wahren wir uns vor Selbstgerechtigkeit, vor allem vor der, die sich in Zerknirschung äußert. Das ist die Hauptsache."

Wenn er das trocken-geschäftsmäßig, ohne Pathos und selbst ohne jede Spur von Salbung gesagt hatte, ließ er die Sache sofort wieder fallen und fragte, zu natürlicheren und ihm wichtiger dünkenden Dingen übergehend, „wie weit der Bau sei?“ Denn er wollte nächstes Frühjahr auch bauen. Und wenn dann die Hradscheck, um ihm zu Willen zu sein, von allen möglichen Kleinigkeiten, am liebsten und eingehendsten aber von den Meinungsverschiedenheiten zwischen ihrem Mann und Zimmermeister Buggenhagen geplaudert hatte, rieb er sich schmunzelnd und vor sich hin nickend die Hand und sagte rasch und in augenscheinlicher Furcht, das Seelengespräch wieder aufgenommen zu sehn: „Und nun, liebe Frau Hradscheck, muß ich Ihnen meine Nelken zeigen.“

Um Johanni wußte ganz Tschechin, daß die Hradscheck es nicht mehr lange machen werde. Keinem entging es. Nur sie selber sah es so schlimm nicht an und wollte von keinem Doktor hören. „Sie wissen ja doch nichts. Und dann der Wagen und das viele Geld.“ Auf das letztere, das „viele Geld“, kam sie jetzt überhaupt mit Vorliebe zu sprechen, fand alles unnötig oder zu teuer, und während sie noch das Jahr vorher für ein Palisander-Fortepiano gewesen war, um es, wenn nicht der Amtsrätin in Friedrichsau, so doch wenigstens der Domänenpächterin auf Schloß Solikant gleichzutun, so war sie jetzt sparsam bis zum Geiz. Hradscheck ließ sie gewähren, und nur einmal, als sie gerade beim Schotenpalen war, nahm er sich ein Herz und sagte: „Was ist das nur jetzt, Ursel? Du ringst dir ja jeden Dreier von der Seele.“ Sie schwieg, drehte die Schüssel hin und her und palte weiter. Als er aber stehenblieb und auf Antwort zu warten schien, sagte sie, während sie die Schüssel rasch und heftig beiseite setzte: „Soll es alles umsonst gewesen sein? Oder willst du …“ Weiter kam sie nicht. Ein Herzkrampf, daran sie jetzt häufiger litt, überfiel sie wieder, und Hradscheck sprang zu, um ihr zu helfen.

Ihre Wirtschaft besorgte sie pünktlich, und alles ging am Schnürchen, wie vordem. Aber Interesse hatte sie nur für eins, und das eine war der Bau. Sie wollte ihn, darin Hradschecks Eifer noch übertreffend, in möglichster Schnelle beendet sehn, und so sparsam sie sonst geworden war, so war sie doch gegen keine Mehrausgabe, die Beschleunigung und rascheres Zustandekommen versprach. Einmal sagte sie: „Wenn ich nur erst oben bin. Oben werd ich auch wieder Schlaf haben. Und wenn ich erst wieder schlafe, werd ich auch wieder gesund werden.“ Er wollte sie beruhigen und strich ihr mit der Hand über Stirn und Haar. Aber sie wich seiner Zärtlichkeit aus und kam in ein heftiges Zittern. Überhaupt war es jetzt öfter so, wie wenn sie sich vor ihm fürchte. Mal sagte sie leise: „Wenn er nur nicht so glatt und glau wär. Er ist so munter und spricht so viel und kann alles. Ihn ficht nichts an … Und die drüben in Neu-Lewin war auch mit einem Male weg.“ Solche Stimmungen kamen ihr von Zeit zu Zeit, aber sie waren flüchtig und vergingen wieder.

Und nun waren die letzten Augusttage.

„Morgen, Ursel, ist alles fertig.“

Und wirklich, als der andre Tag da war, bot ihr Hradscheck mit einer gewissen freundlichen Feierlichkeit den Arm, um sie treppauf in eine der neuen Stuben zu führen. Es war die, die nach der Kegelbahn hinaus lag, jetzt die hübscheste, hellblau tapeziert und an der Decke gemalt: ein Kranz von Blüten und Früchten, um den Tauben flogen und pickten. Auch das Bett war schon heraufgeschafft und stand an der Mittelwand, genau da, wo früher die Bettwand der alten Giebel- und Logierstube gewesen war.

Hradscheck erwartete Dank und gute Worte zu hören. Aber die Kranke sagte nur: „Hier? Hier, Abel?"

„Es sind neue Steine", stotterte Hradscheck.

Ursel indes war schon von der Türschwelle wieder zurückgetreten und ging den Gang entlang, nach der andern Giebelseite hinüber, wo sich ein gleichgroßes, auf den Hof hinausgehendes Zimmer befand. Sie trat an das Fenster und öffnete; Küchenrauch, mehr anheimelnd als störend, kam ihr von der Seite her entgegen, und eine Henne mit ihren Küchelchen zog unten vorüber; Jakob aber, der holzsägend in Front einer offnen Remise stand, neckte sich mit Male, die beim Brunnen Wäsche spülte.

„*Hier* will ich bleiben."

Und Hradscheck, der durch den Auftritt mehr erschüttert als verdrossen war, war einverstanden und ließ alles, was sich von Einrichtungsgegenständen in der hellblau tapezierten und für Ursel bestimmten Stube befand, nach der andern Seite hinüberbringen.

Und siehe da, Frau Hradscheck erholte sich wirklich und sogar rascher, als sie selbst zu hoffen gewagt hatte. Schlaf kam, der scharfe Zug um ihren Mund wich, und als die schon erwähnten Manövertage mit ihrer Dragoner-Einquartierung kamen, hatte sich ihr Aussehn und ihre Stimmung derart verbessert, daß sie gelegentlich die Wirtin machen und mit den Offizieren plaudern konnte. Das Hagere, Hektische gab ihr, bei der guten Toilette, die sie zu machen verstand, etwas Distinguiertes, und ein alter Eskadronchef, der sie mit erstaunlicher Ritterlichkeit umcourte, sagte, wenn er ihr beim Frühstück nachsah und mit beiden Händen den langen blonden Schnurrbart drehte: „Famoses Weib. Auf Ehre. Wie *die* nur hierher kommt?" Und dann gab er seiner Bewunderung auch Hradscheck gegenüber

Ausdruck, worauf dieser nicht wenig geschmeichelt antwortete: „Ja, Herr Rittmeister, Glück muß der Mensch haben! Mancher kriegt's im Schlaf."

Und dann lachte der Eskadronchef und stieß mit ihm an.

Das alles war Mitte September.

Aber das Wohlbefinden, so rasch es gekommen, so rasch ging es auch wieder, und ehe noch das Erntefest heran war, waren die Kräfte schon so geschwunden, daß die Kranke die Treppe kaum noch hinunterkonnte. Sie blieb deshalb oben, sah auf den Hof und machte sich, um doch etwas zu tun, mit der Neueinrichtung sämtlicher Oberzimmer zu schaffen. Nur die Giebelstube, nach der Kegelbahn hin, vermied sie. Hradscheck, der immer noch an die Möglichkeit einer Wiederherstellung gedacht hatte, sah jetzt auch, wie's stand, und als der heimlich zu Rate gezogene Doktor Oelze von Abzehrung und Nervenschwindsucht gesprochen, machte sich Hradscheck auf ihr Hinscheiden gefaßt. Daß er darauf gewartet hätte, konnte nicht wohl gesagt werden; im Gegenteil, er blieb seiner alten Neigung treu, war überaus rücksichtsvoll und klagte nie, daß ihm die Frau fehle. Er wollte auch von keiner andern Hilfe wissen und ordnete selber alles an, was in der Wirtschaft zu tun nötig war. Vieles tat er selbst. „Is doch ein Mordskerl", sagte Kunicke. „Was er will, kann er. Ich glaub, er kann auch einen Hasen abziehn und Sülze kochen."

An dem Abend, wo Kunicke so gesprochen, hatte die Sitzung in der Weinstube wieder ziemlich lange gedauert, und Hradscheck war noch keine halbe Stunde zu Bett, als Male, die jetzt oben bei der Kranken schlief, treppab kam und an seine Tür klopfte.

„Herr Hradscheck, steihn S' upp. De Fru schickt mi. Se sülln ruppkoamen."

Und nun saß er oben an ihrem Bett und sagte: „Soll ich nach Küstrin schicken, Ursel? Soll Oelze kommen? Der Weg ist gut. In drei Stunden ist er hier."
„In drei Stunden ..."
„Oder soll Eccelius kommen?"
„Nein", sagte sie, während sie sich mühvoll aufrichtete, „es geht nicht. Wenn ich es nehme, so sag ich es."
Er schüttelte verdrießlich den Kopf.
„Und sag ich es *nicht*, so eß ich mir selber das Gericht."
„Ach, laß doch *das*, Ursel. Was soll *das*? Daran denkt ja keiner. Und ich am wenigsten. Er soll bloß kommen und mit dir sprechen. Er meint es gut mit dir und kann dir einen Spruch sagen."
Es war, als ob sie sich's überlege. Mit einem Mal aber sagte sie: „Selig sind die Friedfertigen; selig sind, die reinen Herzens sind; selig sind die Sanftmütigen. All die kommen in Abrahams Schoß. Aber wohin kommen *wir*?"
„Ich bitte dich, Ursel, sprich nicht so. Frage nicht so. Und wozu? Du bist noch nicht soweit, noch lange nicht. Es geht alles wieder vorüber. Du lebst und wirst wieder eine gesunde Frau werden."
Es klang aber alles nur an ihr hin, und Gedanken nachhängend, die schon über den Tod hinausgingen, sagte sie: „Verschlossen ... Und was aufschließt, das ist der Glaube. Den hab ich nicht ... Aber is noch ein andres, das aufschließt, das sind die guten Werke ... Hörst du. Du mußt ohne Namen nach Krakau schreiben, an den Bischof oder an seinen Vikar. Und mußt bitten, daß sie Seelenmessen lesen lassen ... Nicht für mich. Aber du weißt schon ... Und laß den Brief in Frankfurt aufgeben. Hier geht es nicht und auch nicht in Küstrin. Ich habe mir's abgespart dies letzte halbe Jahr, und du findest es eingewickelt in meinem Wäschschrank unter dem Damast-

tischtuch. Ja, Hradscheck, *das* war es, wenn du dachtest, ich sei geizig geworden. Willst du?"
„Freilich will ich. Aber es wird Nachfrage geben."
„Nein. Das verstehst du nicht. Das ist Geheimnis. Und sie gönnen einer armen Seele die Ruh!"
„Ach, Ursel, du sprichst soviel von Ruh und bangst dich und ängstigst dich, ob du sie finden wirst. Weißt du, was ich denke?"
„Nein."
„Ich denke, leben ist leben, und tot ist tot. Und wir sind Erde, und Erde wird wieder Erde. Das andre haben sich die Pfaffen ausgedacht. Spiegelfechterei, sag ich, weiter nichts. Glaube mir, die Toten haben Ruhe."
„Weißt du das so gewiß, Abel?"
Er nickte.
„Nun, ich sage dir, die Toten stehen wieder auf ..."
„Am Jüngsten Tag."
„Aber es gibt ihrer auch, die warten nicht so lange."
Hradscheck erschrak heftig und drang in sie, mehr zu sagen. Aber sie war schon in die Kissen zurückgesunken, und ihre Hand, der seinigen sich entziehend, griff nur noch krampfhaft in das Deckbett. Dann wurde sie ruhiger, legte die Hand aufs Herz und murmelte Worte, die Hradscheck nicht verstand.
„Ursel", rief er, „Ursel!"
Aber sie hörte nicht mehr.

Fünfzehntes Kapitel

Das war in der Nacht von Sonnabend auf Sonntag gewesen, dem letzten Tag im September. Als am andern Morgen zur Kirche geläutet wurde, standen die Fenster in der Stube weit offen, die weißen Gardinen bewegten sich hin und her, und

alle, die vorüberkamen, sahen nach der Giebelstube hinauf und wußten nun, daß die Hradscheck gestorben sei. Schulze Woytasch fuhr vor, aussprechend, was er sich bei gleichen Veranlassungen zu sagen gewöhnt hatte, „daß ihr nun wohl sei“ und „daß sie vor ihnen allen einen guten Schritt voraushaben.“ Danach trank er, wie jeden Sonntag vor der Predigt, ein kleines Glas Madeira zur Stärkung und machte dann die kurze Strecke bis zur Kirche hin zu Fuß. Auch Kunicke kam und drückte Hradscheck verständnisvoll die Hand, das Auge gerade verschwommen genug, um die Vorstellung einer Träne zu wecken. Desgleichen sprachen auch der Ölmüller und gleich nach ihm Bauer Mietzel vor, welch letztrer sich bei Todesfällen immer der „Vorzüge seiner Kränklichkeit von Jugend auf“ zu berühmen pflegte. Das tat er auch heute wieder. „Ja, Hradscheck, der Mensch denkt und Gott lenkt. Ich piepe nun schon so lang; aber es geht immer noch.“
Auch noch andre kamen und sagten ein Wort. Die meisten indessen gingen ohne Teilnahmsbezeigung vorüber und stellten Betrachtungen an, die sich mit der Toten in nur wenig freundlicher Weise beschäftigten.
„Ick weet nich“, sagte der eine, „wat Hradscheck an ehr hebben deih. Man blot, dat se ’n beten scheel wihr.“
„Joa“, lachte der andre. „Dat wihr se. Un am Enn’, so wat künn he hier ook hebb’n.“ – „Un denn dat hannüversche Geld. Ihrst schmeet se’t weg, un mit eens fung se to knusern an.“
In dieser Weise ging das Gespräch einiger ältrer Leute; das junge Weiberzeug aber beschränkte sich auf die eine Frage: „Weck’ een he nu woll frigen deiht?“
Auf Mittwoch vier Uhr war das Begräbnis angesetzt, und viele Neugierige standen schon vorher in einem weiten Halbkreis um das Trauerhaus herum. Es waren meist Mägde, die schwatzten und kicherten, und nur einige waren ernst, darunter die

Zwillings-Enkelinnen einer armen alten Witwe, welche letztre, wenn Wäsche bei den Hradschecks war, allemal mitwusch. Diese Zwillinge waren in ihren schwarzen, von der Frau Hradscheck herrührenden Einsegnungskleidern erschienen und weinten furchtbar, was sich noch steigerte, als sie bemerkten, daß sie durch ihr Geheul und Geschluchze der Gegenstand allgemeiner Aufmerksamkeit wurden. Dabei gingen jetzt die Glocken in einem fort, und alles drängte dichter zusammen und wollte sehn. Als es nun aber zum dritten Mal ausgeläutet hatte, kam Leben in die drin und draußen Versammelten, und der Zug setzte sich in Bewegung. Vorn die von Kantor Graumann geführte Schuljugend, die, wie herkömmlich, den Choral „Jesus, meine Zuversicht" sang; nach ihr erschien der von sechs Trägern getragene Sarg; dann Eccelius und Hradscheck; dahinter die Bauernschaft in schwarzen Überröcken und hohen schwarzen Hüten, und endlich all die Neugierigen, die bis dahin das Haus umstanden hatten. Es war ein wunderschöner Tag, frische Herbstluft bei klarblauem Himmel. Aber die würdevoll vor sich hin blickende Dorfhonoratiorenschaft achtete des blauen Himmels nicht, und nur Bauer Mietzel, der noch Heu draußen hatte, das er am andern Tag einfahren wollte, schielte mit halbem Auge hinauf. Da sah er, wie von der andern Oderseite her ein Weih über den Strom kam und auf den Tschechiner Kirchturm zuflog. Und er stieß den neben ihm gehenden Ölmüller an und sagte: „Süh, Quaas, doa is he wedder."

„Wihr denn?"

„De Weih. Weetst noch?"

„Nei."

„Dunn, as dat mit Szulski wihr. Ick segg di, de Weih, de weet wat."

Als sie so sprachen, bog die Spitze des Zuges auf den Kirchhof ein, an dessen höchster Stelle, dicht neben dem Turm, das Grab gegraben war. Hier setzte man den Sarg auf darübergelegte Balken, und als sich der Kreis gleich danach geschlossen hatte, trat Eccelius vor, um die Grabrede zu halten. Er rühmte von der Toten, daß sie, den ihr anerzogenen Aberglauben abschüttelnd, nach freier Wahl und eignem Entschluß den Weg des Lichtes gegangen sei, was nur der wissen und bezeugen könne, der ihr so nahgestanden habe wie er. Und wie sie das Licht und die reine Lehre geliebt habe, so habe sie nicht minder das Recht geliebt, was sich zu keiner Zeit schöner und glänzender gezeigt als in jenen schweren Tagen, die der selig Entschlafenen nach dem Ratschlusse Gottes auferlegt worden seien. Damals, als er ihr nicht ohne Mühe das Zugeständnis erwirkt habe, den, an dem ihr Herz und ihre Seele hing, wiedersehn zu dürfen, wenn auch freilich nur vor Zeugen und auf eine kurze halbe Stunde, da habe sie die wohl jedem hier in der Erinnerung gebliebenen Worte gesprochen: „Nein, nicht jetzt; es ist besser, daß ich warte. Wenn er unschuldig ist, so werd ich ihn wiedersehn, früher oder später; wenn er aber schuldig ist, so will ich ihn nicht wiedersehn." Er freue sich, daß er diese Worte, hier am Grabe der Heimgegangenen, ihr zu Ruhm und Ehre, wiederholen könne. Ja, sie habe sich allezeit bewährt in ihrem Glauben und ihrem Rechtsgefühl. Aber vor allem auch in ihrer Liebe. Mit Bangen habe sie die Stunden gezählt, in schlaflosen Nächten ihre Kräfte verzehrend, und als endlich die Stunde der Befreiung gekommen sei, da sei sie zusammengebrochen. Sie sei das Opfer arger, damals herrschender Mißverständnisse, das sei zweifellos, und alle die, die diese Mißverständnisse geschürt und genährt hätten, anstatt sie zu beseitigen, die hätten eine schwere Verantwortung auf ihre Seele geladen. Ja, dieser frühe Tod, er müsse das wiederholen, sei das Werk derer, die das Gebot unbeachtet gelassen hätten: „Du sollst nicht falsch Zeugnis reden wider deinen Nächsten."

Und als er dieses sagte, sah er scharf nach einem entblätterten Hagebuttenstrauch hinüber, unter dessen roten Früchten die Jeschke stand und dem Vorgange, wie schon damals in der Kirche, mehr neugierig als verlegen folgte.

Gleich danach aber schloß Eccelius seine Rede, gab einen Wink, den Sarg hinabzulassen, und sprach dann den Segen. Dann kamen die drei Hände voll Erde, mit sich anschließendem Schmerzblick und Händeschütteln, und ehe noch der am Horizont schwebende Sonnenball völlig unter war, war das Grab geschlossen und mit Asterkränzen überdeckt.

Eine halbe Stunde später, es dämmerte schon, war Eccelius wieder in seiner Studierstube, das Sammetkäppsel auf dem Kopf, das ihm Frau Hradscheck vor gerade Jahresfrist gestikkt hatte. Die Bauern aber saßen in der Weinstube, Hradscheck zwischen ihnen, und faßten alles, was sie an Trost zu spenden hatten, in die Worte zusammen: „Immer Courage, Hradscheck! Der alte Gott lebt noch" - welchen Trost- und Weisheitssprüchen sich allerlei Wiederverheiratungsgeschichten beinah unmittelbar anschlossen. Eine davon, die beste, handelte von einem alten Hauptmann von Rohr, der vier Frauen gehabt und beim Hinscheiden jeder einzelnen mit einer gewissen trotzigen Entschlossenheit gesagt hatte: „Nimmt Gott, so nehm ich wieder." Hradscheck hörte dem allen ruhig und kopfnicken zu, war aber doch froh, die Tafelrunde heute früher als sonst aufbrechen zu sehn. Er begleitete Kunicke bis an die Ladentür und stieg dann, er wußte selbst nicht warum, in die Stube hinauf, in der Ursel gestorben war. Hier nahm er Platz an ihrem Bett und starrte vor sich hin, während allerlei Schatten an Wand und Decke vorüberzogen.

Als er eine Viertelstunde so gesessen, verließ er das Zimmer wieder und sah, im Vorübergehn, daß die nach rechts hin gelegene Giebelstube halb offenstand, dieselbe Stube, drin die Verstorbene nach vollendetem Umbau zu wohnen und zu schlafen so bestimmt verweigert hatte.
„Was machst du hier, Male?" fragte Hradscheck.
„Wat ick moak? Ick treck em sien Bett öwer."
„Wem?"
„Is joa wihr ankoamen. Wedder een mit 'n Pelz."
„So, so", sagte Hradscheck und stieg die Treppe langsam hinunter. „Wedder een ... wedder een ... Immer noch nicht vergessen."

Sechzehntes Kapitel

Frau Hradscheck war nun unter der Erde, Male hatte das Umschlagetuch gekriegt, auf das ihre Wünsche sich schon lange gerichtet hatten, und alles wäre gut gewesen, wenn nicht der Letzte Wille der Verstorbenen gewesen wäre: die Geldsendung an den Krakauer Bischof um der zu lesenden Seelenmessen willen. Das machte Hradscheck Sorge, nicht wegen des Geldes, davon hätt er sich leicht getrennt, einmal weil Sparen und Knausern überhaupt nicht in seiner Natur lag, vor allem aber, weil er das seiner Frau gegebene Versprechen gern zu halten wünschte, schon aus abergläubischer Furcht. Das Geld also war es nicht, und wenn er trotzdem in Schwanken und Säumnis verfiel, so war es, weil er nicht selber dazu beitragen wollte, die kaum begrabene Geschichte vielleicht wieder ans Licht zu ziehn. Ursel hatte freilich von Beichtgeheimnis und ähnlichem gesprochen, er mißtraute jedoch solcher Sicherheit, am meisten aber dem ohne Namensunterschrift in Frankfurt aufzugebenden Briefe.

In dieser Verlegenheit beschloß er endlich, Eccelius zu Rate zu ziehn und diesem die halbe Wahrheit zu sagen, und wenn nicht die halbe, so doch wenigstens so viel, wie zu seiner Gewissensbeschwichtigung gerade nötig war. Ursel, so begann er, habe zu seinem allertiefsten Bedauern ernste katholische Rückfälle gehabt und ihm beispielsweise in ihrer letzten Stunde noch eine Summe Geldes behändigt, um Seelenmessen für sie lesen zu lassen (der, dem es eigentlich galt, wurde hier unterschlagen). Er, Hradscheck, hab ihr auch, um ihr das Sterben leichter zu machen, alles versprochen, sein protestantisches Gewissen aber sträube sich jetzt dagegen, ihr das Versprochene wörtlich und in all und jedem Stücke zu halten, weshalb er anfrage, ob er das Geld wirklich an die Katholschen aushändigen oder nicht lieber nach Berlin reisen und ein marmornes oder vielleicht auch gußeisernes Grabkreuz, wie sie jetzt Mode seien, bestellen solle.

Eccelius zögerte keinen Augenblick mit der Antwort und sagte genau das, was Hradscheck zuhören wünschte. Versprechungen, die man einem Sterbenden gäbe, seien natürlich bindend, das erheische die Pietät, das sei die Regel. Aber jede Regel habe bekanntlich ihren Ausnahmefall, und wenn das einem Sterbenden gegebene Versprechen falsch und sündhaft sei, so hebe das Erkennen dieser Sündhaftigkeit das Versprechen wieder auf. Das sei nicht bloß Recht, das sei sogar Pflicht. Die ganze Sache, wie Hradscheck sie geschildert, gehöre zu seinen schmerzlichsten Erfahrungen. Er habe große Stücke von der Verstorbenen gehalten und allezeit einen Stolz darein gesetzt, sie für die gereinigte Lehre gewonnen zu haben. Daß er sich darin geirrt oder doch wenigstens halb geirrt habe, sei, neben anderem, auch persönlich kränkend für ihn, was er nicht leugnen wolle. Diese persönliche Kränkung indes sei nicht das, was sein eben gegebenes Urteil bestimmt habe. Hradscheck solle getrost bei seinem Plane bleiben und nach Berlin reisen, um das Kreuz zu bestellen. Ein Kreuz und ein guter Spruch zu Häupten der Verstorbenen werde derselben genügen, dem Kirchhof aber ein Schmuck und eine Herzensfreude für jeden sein, der sonntags daran vorüberginge.

Es war Ende Oktober gewesen, daß Eccelius und Hradscheck dies Gespräch geführt hatten, und als nun Frühling kam und der ganze Tschechiner Kirchhof, so kahl auch seine Bäume noch waren, in Schneeglöckchen und Veilchen stand, erschien das gußeiserne Kreuz, das Hradscheck mit vieler Wichtigkeit und nach langer und minutiöser Beratung auf der königlichen Eisengießerei bestellt hatte. Zugleich mit dem Kreuze traf ein Steinmetz mit zwei Gesellen ein, Leute, die das Aufrichten und Einlöten aus dem Grunde verstanden, und nachdem die Dorfjugend ein paar Stunden zugesehen hatte, wie das Blei geschmolzen und in das Sockelloch eingegossen wurde, stand das Kreuz da mit Spruch und Inschrift, und viele Neugierige kamen, um die goldblanken Verzierungen zu sehn: unten ein Engel, die Fackel senkend, und oben ein Schmetterling. All das wurde von alt und jung bewundert. Einige lasen auch die Inschrift: „Ursula Vincentia Hradscheck, geb. zu Hickede bei Hildesheim im Hannöverschen den 29. März 1790, gest. den 30. September 1832." Und darunter: „Evang. Matthäi 6, V. 14." Auf der Rückseite des Kreuzes aber stand ein mutmaßlich von Eccelius selbst herrührender Spruch, darin er seinem Stolz, aber freilich auch seinem Schmerz Ausdruck gegeben hatte. Dieser Spruch lautete: „Wir wandelten in Finsternis, bis wir das Licht sahen. Aber die Finsternis blieb, und es fiel ein Schatten auf unsren Weg."

Unter denen, die sich das Kreuz gleich am Tage der Errichtung angesehen hatten, waren auch Gendarm Geelhaar und Mutter Jeschke gewesen. Sie hatten denselben Heimweg und gingen nun gemeinschaftlich die Dorfstraße hinunter, Geelhaar etwas verlegen, weil er den zu seiner eignen Würdigkeit schlecht passenden Ruf der Jeschke besser als irgendwer anders kannte. Seine Neugier überwand aber seine Verlegenheit, und so blieb er denn an der Seite der Alten und sagte:

„Hübsch is es. Un der Schmetterling so natürlich; beinah wie 'n Zitronenvogel. Aber ich begreife Hradscheck nich, daß er sie so dicht an dem Turm begraben hat. Was soll sie da? Warum nicht bei den Kindern? Eine Mutter muß doch da liegen, wo die Kinder liegen."

„Woll, woll, Geelhaar. Awers Hradscheck is klook. Un he weet ümmer, wat he deiht."

„Gewiß weis er das. Er ist klug. Aber gerade weil er ist ..."

„Joa, joa."

„Nu was denn?"

Und der sechs Fuß hohe Mann beugte sich zu der alten Hexe nieder, weil er wohl merkte, daß sie was sagen wollte.

„Was denn, Mutter Jeschke?" wiederholte er seine Frage.

„Joa, Geelhaar, wat sall ick seggen? Eccelius möt et weten. Un de hett nu ook wedder de Inschrift moakt. Awers *een* is, de weet ümmer noch en beten mihr."

„Und wer is das? Line?"

„Ne, Line nich. Awers Hradscheck sülwsten. Hradscheck, de will de Kinnings und de Fru nich tosoamen hebb'n. Nich so upp enen Humpel."

„Nun gut, gut. Aber warum nicht, Mutter Jeschke?"

„Nu, he denkt, wenn't losgeiht."

Und nun blieb sie stehn und setzte dem halb verwundert, halb entsetzt aufhorchenden Geelhaar auseinander, daß die

Hradscheck an dem Tage, „wo's losgehe", doch natürlich nach ihren Kindern greifen würde, vorausgesetzt, daß sie sie zur Hand habe. „Un dat wull de oll Hradscheck nich."
„Aber, Mutter Jeschke, glaubt Ihr denn an so was?"
„Joa, Geelhaar, worümm nich? Worümm sall ick an so wat nich glöwen?"

Siebzehntes Kapitel

Als das Kreuz aufgerichtet stand, es war Nachmittag geworden, kam auch Hradscheck, sonntäglich und wie zum Kirchgange gekleidet, und die Neugierigen, an denen den ganzen Tag über, auch als Geelhaar und die Jeschke längst fort waren, kein Mangel blieb, sahen, daß er den Spruch las und die Hände faltete. Das gefiel ihnen ausnehmend, am meisten aber gefiel ihnen, daß er das teure Kreuz überhaupt bestellt hatte. Denn Geld ausgeben (und noch dazu *viel* Geld) war das, was den Tschechinern als echten Bauern am meisten imponierte. Hradscheck verweilte wohl eine Viertelstunde, pflückte Veilchen, die neben dem Grabhügel aufsprossen, und ging dann in seine Wohnung zurück. Als es dunkel geworden war, kam Ede mit Licht, fand aber die Tür von innen verriegelt, und als er nun auf die Straße ging, um wie gewöhnlich die Fensterladen von außen zu schließen, sah er, daß Hradscheck, eine kleine Lampe mit grünem Klappschirm vor sich, auf dem Sofa saß und den Kopf stützte. So verging der Abend. Auch am andern Tage blieb er auf seiner Stube, nahm kaum einen Imbiß, las und schrieb und ließ das Geschäft gehn, wie's gehen wollte.
„Hür, Jakob", sagte Male, „dat's joa grad, as ob se nu ihrst dod wihr. Süh doch, wie he doa sitt. He kann doch nu nich wedder anfang'n."

„Ne", sagte Jakob, „dat kann he nich."
Und Ede, der hinzukam und heute gerade seinen hochdeutschen Tag hatte, stimmte bei, freilich mit der Einschränkung, daß er auch von der vorausgegangenen „ersten Trauer" nicht viel wissen wollte.
„Wieder anfangen! Ja, was heißt wieder anfangen? Damals war es auch man soso. Drei Tag und nich länger. Und paß auf, Male, diesmal knappst er noch was ab."
Und wirklich, Ede, der, aller Dummheit unerachtet, seinen Herrn gut kannte, behielt recht, und ehe noch der dritte Tag um war, ließ Hradscheck die Träumerei fallen und nahm das gesellige Leben wieder auf, das er schon während der zurückliegenden Wintermonate geführt hatte. Dazu gehörte, daß er alle vierzehn Tage nach Frankfurt und alle vier Wochen auch mal nach Berlin fuhr, wo er sich, nach Erledigung seiner kaufmännischen Geschäfte, kein anderes Vergnügen als einen Theaterabend gönnte. Deshalb stieg er auch regelmäßig in dem an der Ecke von Hohen-Steinweg und Königsstraße gelegenen „Gasthofe zum Kronprinzen" ab, von dem aus er bis zu dem damals in Blüte stehenden Königsstädtischen Theater nur ein paar hundert Schritte hatte. War er dann wieder in Tschechin zurück, so gab er den Freunden und Stammgästen in der Weinstube, zu denen jetzt auch Schulze Woytasch gehörte, nicht bloß Szenen aus dem Angelyschen „Fest der Handwerker" und Holteis „Altem Feldherrn" und den „Wienern in Berlin" zum besten, sondern sang ihnen auch allerlei Lieder und Arien vor: „War's vielleicht um eins, war's vielleicht um zwei, war's vielleicht drei oder vier." Und dann wieder: „In Berlin, sagt er, mußt du fein, sagt er, immer sein, sagt er" etc. Denn er besaß eine gute Tenorstimme. Besonderes Glück aber, weit über die Singspiel-Arien hinaus, machte er mit dem Leierkastenlied von „Herrn Schmidt und seinen sieben

heiratslustigen Töchtern", dessen erste Strophe lautete:

Herr Schmidt, Herr Schmidt,
Was kriegt denn Julchen mit?
„Ein Schleier und ein Federhut,
Das kleidet Julchen gar zu gut."

Dies Lied von Herrn Schmidt und seinen Töchtern war das Entzücken Kunickes, das verstand sich von selbst, aber auch Schulze Woytasch versicherte jedem, der es hören wollte: „Für Hradscheck ist mir nicht bange; der kann ja jeden Tag aufs Theater. Ich habe Beckmann gesehn; nu ja, Beckmann is gut, aber Hradscheck is besser; er hat noch so was, ja wie soll ich sagen, er hat noch so was, was Beckmann nicht hat."
Hradscheck gewöhnte sich an solchen Beifall, und wenn es sich auch gelegentlich traf, daß er bei seinem Berliner Aufenthalte, während dessen er allemal eine goldene Brille trug, keine Novität gesehen hatte, so kam er doch nie mit leeren Händen zurück, weil er sich nicht eher zufriedengab, als bis er an den Schaufenstern der Buchläden irgendwas Komisches und unbändig Witziges ausgefunden hatte. Das hielt auch nie schwer, denn es war gerade die „Glaßbrenner- oder Brennglas-Zeit", und wenn es solche Glaßbrenner-Geschichten nicht sein konnten, nun, so waren es Sammlungen alter und neuer Anekdoten, die damals in kleinen dürftigen Viergroschen-Büchelchen unter allerhand Namen und Titeln, so beispielsweise als „Brausepulver", feilgeboten wurden. Ja diese Büchelchen fanden bei den Tschechinern einen ganz besondern Beifall, weil die darin erzählten Geschichten immer kurz waren und nie lange auf die Pointe warten ließen, und wenn das Gespräch mal stockte, so hatte Kunicke den Stammwitz: „Hradscheck, ein Brausepulver."

Es war Anfang Oktober, als Hradscheck wieder mal in Berlin war, diesmal auf mehrere Tage, während er sonst immer den dritten Tag schon wieder nach Hause kam. Ede, der mittlerweile das Geschäft versah, paßte gut auf den Dienst, und nur in der Stunde von eins bis zwei, wo sich kaum ein Mensch im Laden sehen ließ, gefiel er sich darin, den Herrn zu spielen und, ganz so wie Hradscheck zu tun pflegte, mit auf den Rücken gelegten Händen im Garten auf und ab zu gehen. Das tat er auch heute wieder, zugleich aber rief er nach Jakob und trug ihm auf, und zwar in ziemlich befehlshaberischem Tone, daß er einen neuen Reifen um die Wassertonne legen solle. Dann sah er nach den Starkästen am Birnbaum und zog einen Zweig zu sich herab, um noch eine der nachgereiften „Franzosenbirnen" zu pflücken. Es war ein Prachtexemplar, in das er sofort einbiß. Als er aber den Zweig wieder losließ, sah er, daß die Jeschke drüben am Zaune stand.

„Dag, Ede."

„Dag, Mutter Jeschke."

„Na, schmeckt et?"

„I worümm nich? Is joa 'ne Malvasier."

„Joa. Vördem wihr et 'ne Malvesier. Awers nu ..."

„Nu is et 'ne ‚Franzosenbeer'. Ick weet woll. Awers dat's joa all een."

„Joa, wer weet, Ede. Doa is nu so wat mang. Heste noch nix maarkt?"

Der Junge ließ erschreckt die Birne fallen, das alte Weib aber bückte sich danach und sagte: „Ick meen joa nich de Beer'. Ick meen sünnsten." – „Wat denn? Wo denn?"

„Na, so rümm um't Huus."

„Nei, Mutter Jeschke."

„Un ook nich unnen in 'n Keller? Hest noch nix siehn o'r hürt?"

„Nei, Mutter Jeschke. Man blot …"
„Un grapscht ook nich?"
Der Junge war ganz blaß geworden.
„Joa, Mutter Jeschke, mal wihr mi so. Mal wihr mi so, as hüll mi wat an de Hacken. Joa, ick glöw, et grapscht."
Die Jeschke sah ihren Zweck erreicht und lenkte deshalb geschickt wieder ein. „Ede, du bist 'ne Bangbüchs. Ick hebb joa man spoaßt. Is joa man all dumm Tüg."
Und damit ging sie wieder auf ihr Haus zu und ließ den Jungen stehn.

Drei Tage danach war Hradscheck wieder aus Berlin zurück, in vergnüglicherer Stimmung als seit lange, denn er hatte nicht nur alles Geschäftliche glücklich erledigt, sondern auch die Bekanntschaft einer jungen Dame gemacht, die sich seiner Person wie seinen Heiratsplänen geneigt gezeigt hatte. Diese junge Dame war die Tochter aus einem Destillationsgeschäft, groß und stark, mit etwas hervortretenden, immer lachenden Augen, eine Vollblut-Berlinerin. „Forsch und fidel" war ihre Losung, der auch ihre Lieblingsredensart „Ach, das ist ja zum Totlachen" entsprach. Aber dies war nur so für alle Tage. Wurd ihr dann wohliger ums Herz, so wurden es auch ihre Redewendungen, und sie sagte dann: „I da muß ja 'ne alte Wand wackeln", oder: „Das ist ja gleich, um einen Puckel zu kriegen." Ihr Schönstes waren Landpartien einschließlich gesellschaftlicher Spiele wie Zeck oder Plumpsack, dazu saure Milch mit Schwarzbrot und Heimfahrt mit Stocklaternen und Gesang: „Ein freies Leben führen wir", „Frisch auf, Kameraden", „Lützows wilde verwegene Jagd" und „Steh ich in finstrer Mitternacht". In Folge welcher ausgesprochenen Vorliebe sie sich in den Kopf gesetzt hatte, nur aufs Land hinaus heiraten zu wollen. Und darüber war sie dreißig Jahr alt geworden, alles bloß aus Eigensinn und Widerspenstigkeit. Ihren Namen „Editha" aber hatte die Mutter in Dittchen abgekürzt.

So die Bekanntschaft, die Hradscheck während seines letzten Berliner Aufenthaltes gemacht hatte. Mit Editha selbst war er so gut wie einig, und nur die Eltern hatten noch kleine Bedenken. Aber was bedeutete das? Der Vater war ohnehin daran gewöhnt, nicht gefragt zu werden, und die Mutter, die nur wegen der neun Meilen Entfernung noch einigermaßen schwankte, wäre keine richtige Mutter gewesen, wenn sie nicht schließlich auch hätte Schwiegermutter sein wollen.

Also Hradscheck war in bester Stimmung, und ein Ausdruck derselben war es, daß er diesmal mit einem besonders großen Vorrat von Berliner Witzliteratur nach Tschechin zurückkehrte, darunter eine komische Romanze, die letzten Sonntag erst vom Hofschauspieler Rüthling im Konzertsaale des Königlichen Schauspielhauses vorgetragen worden war, und zwar in einer Matinee, der, neben der ganzen Hautevolee von Berlin, auch Hradscheck und Editha beigewohnt hatten. Diese Romanze behandelte die berühmte Geschichte vom Eckensteher, der einen armen Apothekerlehrling, „weil das Räucherkerzchen partout nicht stehn wolle", Schlag Mitternacht aus dem Schlaf klingelte, welche Geschichte damals nicht bloß die ganze vornehme Welt, sondern besonders auch unsern auf alle Berliner Witze ganz wie versessenen Hradscheck derart hingenommen hatte, daß er die Zeit, sie seinem Tschechiner Konvivium vorzulegen, kaum erwarten konnte. Nun aber war es soweit, und er feierte Triumphe, die fast noch größer waren, als er zu hoffen gewagt hatte. Kunicke brüllte vor Lachen und bot den dreifachen Preis, wenn ihm Hradscheck das Büchelchen ablassen wolle. „Das müß er seiner Frau vorlesen, wenn er nach Hause komme, diese Nacht noch; so was sei noch gar nicht dagewesen." Und dann sagte Schulze Woytasch: „Ja, die Berliner! Ich weiß nicht! Und wenn mir einer tausend Taler gäbe, so was könnt ich nich machen. Es sind doch verflixte Kerls."

Die „Romanze vom Eckensteher" indes, so glänzend ihr Vortrag abgelaufen war, war doch nur Vorspiel und Plänkelei gewesen, darin Hradscheck sein bestes Pulver noch nicht verschossen hatte. Sein Bestes, oder doch das, was er persönlich dafür hielt, kam erst nach und war die Geschichte von einem der politischen Polizei zugeteilten Gendarmen, der einen unter Verdacht des Hochverrats stehenden und in der Kurstraße wohnenden badischen Studenten namens Haitzinger ausfindig machen sollte, was ihm auch gelang und einige Zeit danach zu der amtlichen Meldung führte, daß er den pp. Haitzinger, der übrigens Blümchen heiße, gefunden habe, trotzdem derselbe nicht in der Kurstraße, sondern auf dem Spittelmarkt wohnhaft und nicht badischer Student, sondern ein sächsischer Leinenweber sei. „Und nun, ihr Herren und Freunde", schloß Hradscheck seine Geschichte, „dieser ausbündig gescheite Gendarm, wie hieß er? Natürlich Geelhaar, nicht wahr? Aber nein, ihr Herren, fehlgeschossen, er hieß bloß Müller II. Ich habe mich genau danach erkundigt, sonst hätt ich bis an mein Lebensende geschworen, daß er Geelhaar geheißen haben müsse."

Kunicke schüttelte sich und wollte von keinem andern Namen als Geelhaar wissen, und als man sich endlich ausgetobt und ausgejubelt hatte (nur Woytasch, als Dorfobrigkeit, sah etwas mißbilligend drein), sagte Quaas: „Kinder, so was haben wir nicht alle Tage, denn Hradscheck kommt nicht alle Tage von Berlin. Ich denke deshalb, wir machen noch eine Bowle: drei Mosel, eine Rheinwein, eine Burgunder. Und nicht zu süß. Sonst haben wir morgen Kopfweh. Es ist erst halb zwölf, fehlen noch fünf Minuten. Und wenn wir uns ranhalten, machen wir um Mitternacht die Nagelprobe."

„Bravo!" stimmte man ein. „Aber nicht zu früh; Mitternacht ist zu früh."

Und Hradscheck erhob sich, um Ede, der verschlafen im Laden auf einem vorgezogenen Zuckerkasten saß, in den Keller zu schicken und die fünf Flaschen heraufholen zu lassen. „Und paß auf, Ede; der Burgunder liegt durcheinander, roter und weißer, der mit dem grünen Lack ist es."

Ede rieb sich den Schlaf aus den Augen, nahm Licht und Korb und hob die Falltür auf, die zwischen den übereinandergepackten Ölfässern, und zwar an der einzig frei gebliebenen Stelle, vom Flur her in den Keller führte.

Nach ein paar Minuten war er wieder oben und klopfte vom Laden her an die Tür, zum Zeichen, daß alles da sei.

„Gleich", rief der wie gewöhnlich mitten in einem Vortrage steckende Hradscheck, „gleich", und trat erst, als er seinen Satz beendet hatte, von der Weinstube her in den Laden. Hier schob er sich eine schon vorher aus der Küche heranbeorderte Terrine bequem zurecht und griff nach dem Korkzieher, um die Flaschen aufzuziehn. Als er aber den Burgunder in die Hand nahm, gab er dem Jungen, halb ärgerlich, halb gutmütig, einen Tipp auf die Schulter und sagte: „Bist ein Döskopp, Ede. Mit grünem Lack, hab ich dir gesagt. Und das ist gelber. Geh und hole ne richtige Flasche. Wer's nich im Kopp hat, muß es in den Beinen haben."

Ede rührte sich nicht.

„Nun, Junge, wird es? Mach flink."

„Ick geih nich."

„Du gehst nich? Warum nich?"

„Et spökt."

„Wo?"

„Unnen ... Unnen in 'n Keller."

„Junge, bist du verrückt? Ich glaube, dir steckt schon der Mitternachtsgrusel im Leibe. Rufe Jakob. Oder nein, der is schon zu Bett; rufe Male, *die* soll kommen und dich beschämen. Aber laß nur."

Und dabei ging er selber bis an die Küchentür und rief hinaus: „Male."

Die Gerufene kam.

„Geh in den Keller, Male."

„Nei, Herr Hradscheck, ick geih nich."

„Auch *du* nich. Warum nich?"

„Et spökt."

„In 's Dreideibels Namen, was soll der Unsinn?"

Und er versuchte zu lachen. Aber er hielt sich dabei nur mit Müh auf den Beinen, denn ihn schwindelte. Zu gleicher Zeit empfand er deutlich, daß er kein Zeichen von Schwäche geben dürfe, vielmehr umgekehrt bemüht sein müsse, die Weigerung der beiden ins Komische zu ziehn, und so riß er denn die Tür zur Weinstube weit auf und rief hinein: „Eine Neuigkeit, Kunicke ..."

„Nu, was gibt's?"

„Unten spukt es. Ede will nicht mehr in den Keller und Male natürlich auch nicht. Es sieht schlecht aus mit unsrer Bowle. Wer kommt mit? Wenn zwei kommen, spukt es nicht mehr."

„Wir alle", schrie Kunicke. „Wir alle. Das gibt einen Hauptspaß. Aber Ede muß auch mit."

Und bei diesen Worten eines der zur Hand stehenden Lichter nehmend, zogen sie - mit Ausnahme von Woytasch, dem das Ganze mißhagte - brabbelnd und plärrend und in einer Art Prozession, als ob einer begraben würde, von der Weinstube her durch Laden und Flur und stiegen langsam und immer einer nach dem andern die Stufen der Kellertreppe hinunter.

„Alle Wetter, is *das* ein Loch!" sagte Quaas, als er sich unten umkuckte. „Hier kann einem ja gruslig werden. Nimm nur gleich ein paar mehr mit, Hradscheck. Das hilft. Je mehr Fidélité je weniger Spuk."
Und bei solchem Gespräch, in das Hradscheck einstimmte, packten sie den Korb voll und stiegen die Kellertreppe wieder hinauf. Oben aber warf Kunicke, der schon stark angeheitert war, die schwere Falltür zu, daß es durch das ganze Haus hin dröhnte.
„So, nu sitzt er drin."
„Wer?"
„Na wer? Der Spuk."
Alles lachte; das Trinken ging weiter, und Mitternacht war lange vorüber, als man sich trennte.

Achtzehntes Kapitel

Hradscheck, sonst mäßig, hatte mit den andern um die Wette getrunken, bloß um eine ruhige Nacht zu haben. Das war ihm auch geglückt, und er schlief nicht nur fest, sondern auch weit über seine gewöhnliche Stunde hinaus. Erst um acht Uhr war er auf. Male brachte den Kaffee, die Sonne schien ins Zimmer, und die Sperlinge, die das aus den Häckselsäcken gefallene Futterkorn aufpickten, flogen, als sie damit fertig waren, aufs Fensterbrett und meldeten sich. Ihre Zwitschertöne hatten etwas Heitres und Zutrauliches, das dem Hausherrn, der ihnen reichlich Semmelkrume zuwarf, unendlich wohltat, ja, fast war's ihm, als ob er ihren Morgengruß verstände: „Schöner Tag heute, Herr Hradscheck; frische Luft; alles leichtnehmen!"
Er beendete sein Frühstück und ging in den Garten. Zwischen den Buchsbaumrabatten stand viel Rittersporn, halb noch in Blüte, halb schon in Samenkapseln, und er brach eine der

Kapseln ab und streute die schwarzen Körnchen in seine Handfläche. Dabei fiel ihm, wie von ungefähr, ein, was ihm Mutter Jeschke vor Jahr und Tag einmal über Farnkrautsamen und Sich-unsichtbar-Machen gesagt hatte. „Farnkrautsamen in die Schuh gestreut ..." Aber er mochte es nicht ausdenken und sagte, während er sich auf eine neuerdings um den Birnbaum herum angebrachte Bank setzte: „Farnkrautsamen! Nun fehlt bloß noch das Licht vom ungebornen Lamm. Alles Altweiberschwatz. Und wahrhaftig, ich werde noch selber ein altes Weib ... Aber da kommt sie ..."

Wirklich, als er so vor sich hin redete, kam die Jeschke zwischen den Spargelbeeten auf ihn zu.

„Dag, Hradscheck. Wie geiht et? Se kümmen joa goar nich mihr."

„Ja, Mutter Jeschke, wo soll die Zeit herkommen? Man hat eben zu tun. Und der Ede wird immer dummer. Aber setzen Sie sich. Hierher. Hier ist Sonne."

„Nei, loaten S' man, Hradscheck, loaten S' man. Ick sitt schon so veel. Awers Se möten sitten bliewen." Und dabei malte sie mit ihrem Stock allerlei Figuren in den Sand.

Hradscheck sah ihr zu, ohne seinerseits das Wort zu nehmen, und so fuhr sie nach einer Pause fort: „Joa, veel to dohn is woll. Wihr joa gistern wedder Klock een. Kunicke kunn woll wedder nich loskoamen? *Den* kenn ick. Na, sien Vader, de oll Kunicke, wihr ook so. Man blot noch en beten mihr."

„Ja", lachte Hradscheck, „spät war es. Und denken Sie sich, Mutter Jeschke, Klock zwölf oder so herum sind wir noch fünf Mann hoch in den Keller gestiegen. Und warum? Weil der Ede nicht mehr wollte."

„Nu, süh eens. Un worümm wull he nich?"

„Weil's unten spuke. Der Junge war wie verdreht mit seinem ewigen ‚et spökt' und ‚et grapscht'. Und weil er dabei blieb und wir unsre Bowle doch haben wollten, so sind wir am Ende selber gegangen.“

„Nu, süh eens“, wiederholte die Alte. „Hätten em salln ’ne Muulschell gewen.“

„Wollt ich auch. Aber als er so dastand und zitterte, da konnt ich nicht. Und dann dacht ich auch ...“

„Ach wat, Hradscheck, is joa all dumm Tüg ... Un wenn et wat is, na, denn möt et de Franzos sinn.“

„Der Franzose?“

„Joa, de Franzos. Kucken S’ moal; de Ihrd geiht hier so n beten dahl. He moak woll en beten rutscht sinn.“

„Rutscht sinn“, wiederholte Hradscheck und lachte mit der Alten um die Wette. „Ja, der Franzos ist gerutscht. Alles gut. Aber wenn ich nur den Jungen erst wieder in Ordnung hätte. Der macht mir das ganze Dorf rebellisch. Und wie die Leute sind, wenn sie von Spuk hören, da wird ihnen ungemütlich. Und dann kommt zuletzt auch die dumme Geschichte wieder zur Sprache. Sie wissen ja ...“

„Woll, woll, ick weet.“

„Und dann, Mutter Jeschke, Spuk ist Unsinn. Natürlich. Aber es gibt doch welche ...“

„Joa, joa.“ – „Es gibt doch welche, die sagen: Spuk ist nicht Unsinn. Wer hat nu recht? Nu mal heraus mit der Sprache.“

Der Alten entging nicht, in welcher Pein und Beklemmung Hradscheck war, weshalb sie, wie sie stets zu tun pflegte, mit einem „Ja“ antwortete, das ebensogut ein „Nein“, und mit einem „Nein“, das ebensogut ein „Ja“ sein konnte.

„Mien leew Hradscheck“, begann sie. „Se wullen wat weten von mi. Joa, wat weet ick? Spök! Gewen moak et joa woll so wat. Un am Enn’ ook wedder nich. Un ick segg ümmer: wihr sich jrult, för den is et wat, und wihr sich nich jrult, för den is et nix.“

Hradscheck, der mit gespanntester Aufmerksamkeit gefolgt war, nickte zustimmend, während die sich plötzlich neben ihn setzende Alte mit wachsender Vertraulichkeit fortfuhr: „Ick will Se wat seggen, Hradscheck. Man möt man blot Kurasch hebben. Un Se hebben joa. Wat is Spök? Spök, dat's grad so, as wenn de Müüs knabbern. Wihr ümmer hinhürt, na, de slöppt nich; wihr awers so bi sich seggen deiht: ‚Na, worümm salln se nich knabbern', de slöppt.

Und bei diesen Worten erhob sie sich rasch wieder und ging, zwischen den Beeten hin, auf ihre Wohnung zu. Mit einem Mal aber blieb sie stehn und wandte sich wieder, wie wenn sie was vergessen habe. „Hüren S', Hradscheck, wat ick Se noch seggen wull, uns' Line kümmt ook wedder. Se hett gestern schrewen. Wat mienen S'? De wihr so wat för Se."

„Geht nicht, Mutter Jeschke. Was würden die Leute sagen? Un is auch eben erst ein Jahr."

„Woll. Awers se kümmt ook ihrst um Martini rümm ... Und denn, Hradscheck, Se bruken se joa nich glieks to frijen."

Neunzehntes Kapitel

„De Franzos is rutscht", hatte die Jeschke gesagt und war dabei wieder so sonderbar vertraulich gewesen, alles mit Absicht und Berechnung. Denn wenn das Gespräch auch noch nachwirkte, darin ihr, vor länger als einem Jahr, ihr sonst so gefügiger Nachbar mit einer Verleumdungsklage gedroht hatte, so konnte sie, trotz alledem, von der Angewohnheit nicht lassen, in dunklen Andeutungen zu sprechen, als wisse sie was und halte nur zurück.

„Verdammt!" murmelte Hradscheck vor sich hin. „Und dazu der Ede mit seiner ewigen Angst."

Er sah deutlich die ganze Geschichte wieder lebendig werden, und ein Schwindel ergriff ihn, wenn er an all das dachte, was bei diesem Stande der Dinge jeder Tag bringen konnte.

„Das geht so nicht weiter. Er muß weg. Aber wohin?"

Und bei diesen Worten ging Hradscheck auf und ab und überlegte. „Wohin? Es heißt, er liege in der Oder. Und dahin muß er ... Je eher, je lieber ... Heute noch. Aber ich wollte, dies Stück Arbeit wäre getan. Damals ging es, das Messer saß mir an der Kehle. Aber jetzt! Wahrhaftig, das Einbetten war nicht so schlimm, als es das Umbetten ist."

Und von Angst und Unruhe getrieben, ging er auf den Kirchhof und trat an das Grab seiner Frau. Da war der Engel mit der Fackel, und er las die Inschrift. Aber seine Gedanken konnten von dem, was er vorhatte, nicht los, und als er wieder zurück war, stand es fest: „Ja, heute noch ... Was du tun willst, tue bald."

Und dabei sann er nach, *wie's* geschehn müsse.

„Wenn ich nur etwas Farnkraut hätte. Aber wo gibt es Farnkraut hier? Hier wächst ja bloß Gras und Gerste, weiter nichts, und ich kann doch nicht zehn Meilen in der Welt herumkutschieren, bloß um mit einem großen Busch Farnkraut wieder nach Hause zu kommen. Und warum auch? Unsinn ist es doch."

Er sprach noch so weiter. Endlich aber entsann er sich, in dem benachbarten Gusower Park einen ganzen Wald von Farnkraut gesehn zu haben. Und so rief er denn in den Hof hinaus und ließ anspannen.

Um Mittag kam er zurück, und vor ihm, auf dem Rücksitze des Wagens, lag ein riesiger Farnkrautbusch. Er kratzte die Samenkörnchen ab und tat sie sorglich in eine Papierkapsel und die Kapsel in ein Schubfach. Dann ging er noch einmal alles durch, was er brauchte, trug das Grabscheit, das für gewöhnlich neben der Gartentür stand, in den Keller hinunter

und war wie verwandelt, als er mit diesen Vorbereitungen fertig war.
Er pfiff und trällerte vor sich hin und ging in den Laden.
„Ede, du kannst heute nachmittag ausgehn. In Gusow ist Jahrmarkt mit Karussell, und sind auch Kunstreiter da, das heißt Seiltänzer. Ich hab heute vormittag das Seil spannen sehn. Und vor acht brauchst du nicht wieder hier zu sein. Da nimm, das ist für dich, und nun amüsiere dich gut. Und is auch 'ne Waffelbude da, mit Eierbier und Punsch. Aber hübsch mäßig, nich zuviel; hörst du, keine Dummheiten machen." Ede strahlte vor Glück, machte sich auf den Weg und war Punkt acht wieder da. Zugleich mit ihm kamen die Stammgäste, die, wie gewöhnlich, ihren Platz in der Weinstube nahmen. Einige hatten schon erfahren, daß Hradscheck am Vormittag in Gusow gewesen und mit einem großen Busch Farnkraut zurückgekommen sei. „Was du nur mit dem Farnkraut willst?" fragte Kunicke.
„Anpflanzen."
„Das wuchert ja. Wenn das drei Jahr in deinem Garten steht, weißt du vor Unkraut nicht mehr, wo du hin sollst."
„Das soll es auch. Ich will einen hohen Zaun davon ziehn. Und je rascher es wächst, desto besser."
„Na, sieh dich vor damit. Das ist wie die Wasserpest; wo sich das mal eingenistet hat, ist kein Auskommen mehr. Und vertreibt dich am Ende von Haus und Hof."
Alles lachte, bis man zuletzt auf die Kunstreiter zu sprechen kam und an Hradscheck die Frage richtete, was er denn eigentlich von ihnen gesehen habe.
„Bloß das Seil. Aber Ede, der heute nachmittag da war, der wird wohl Augen gemacht haben."
Und nun erzählte Hradscheck des breiteren, daß der, dem die Truppe jetzt gehöre, des alten Kolter Schwiegersohn sei, ja, die

Frau desselben nenne sich noch immer nach dem Vater und habe den Namen ihres Mannes gar nicht angenommen.
Er sagte das alles so hin, wie wenn er die Kolters ganz genau kenne, was den Ölmüller zu verschiedenen Fragen über die berühmte Seiltänzerfamilie veranlaßte. Denn Springer und Kunstreiter waren Quaasens unentwegte Passion, seit er als zwanzigjähriger Junge mal auf dem Punkte gestanden hatte, mit einer Kunstreiterin auf und davon zu gehn. Seine Mutter jedoch hatte Wind davon gekriegt und ihn nicht bloß in den Milchkeller gesperrt, sondern auch den Direktor der Truppe gegen ein erhebliches Geldgeschenk veranlaßt, die „gefährliche Person" bis nach Reppen hin vorauszuschicken. All das, wie sich denken läßt, gab auch heute wieder Veranlassung zu vielfachen Neckereien, und um so mehr, als Quaas ohnehin den Vorzug genoß, Stichblatt der Tafelrunde zu sein.
„Aber was is das mit Kolter?" fragte Kunicke. „Du wolltest von ihm erzählen, Hradscheck. Is es ein Reiter oder ein Springer?"
„Bloß ein Springer. Aber was für einer!"
Und nun fing Hradscheck an, eine seiner Hauptgeschichten zum besten zu geben, die vom alten Kolter nämlich, der Anno 14 schon sehr berühmt und mit in Wien auf dem Kongreß gewesen sei.
„Was, was? Mit auf dem Kongreß?"
„Versteht sich. Und warum nicht?"
„Auf dem Kongreß also."
Und da habe denn, so fuhr Hradscheck fort, der König von Preußen zum Kaiser von Rußland gesagt: „Höre, Bruderherz, was du von deinem Stiglischeck auch sagen magst, Kolter ist doch besser, Parole d'honneur, Kolter ist der erste Springer der Welt, und was ihm auch passieren mag, er wird sich immer zu helfen wissen." Und als nun der Kaiser von Rußland das bestritten, da hätten sie gewettet, und wäre bloß die

Bedingung gewesen, daß nichts vorher gesagt werden solle. Das hätten sie denn auch gehalten. Und als nun Kolter halb schon das zwischen zwei Türmen ausgespannte Seil hinter sich gehabt habe, da sei mit einem Male, von der andern Seite her, ein andrer Seiltänzer auf ihn losgekommen, das sei Stiglischeck gewesen, und keine Minute mehr, da hätten sie sich gegenübergestanden, und der Russe, was ihm auch keiner verdenken könne, habe bloß gesagt: „Alles perdu, Bruder: du verloren, ich verloren." Aber Kolter habe nur gelacht und ihm was ins Ohr geflüstert, einige sagen, einen frommen Spruch, andre aber sagen, das Gegenteil, und sei dann mit großer Anstrengung und Geschicklichkeit zehn Schritte rückwärts gegangen, während der andre sich niedergeduckt habe. Und nun habe Kolter einen Anlauf genommen und sei mit eins, zwei, drei über den andern weggesprungen. Da sei denn ein furchtbares Beifallklatschen gewesen, und einige hätten laut geweint und immer wieder und wieder gesagt, „das sei mehr als Napoleon". Und der Kaiser von Rußland habe seine Wette verloren und auch wirklich bezahlt.

„Wird er wohl, wird er wohl", sagte Kunicke. „Der Russe bezahlt immer. Hat's ja … Bravo, Hradscheck; bravo!"

So war Hradscheck mit Beifall belohnt worden und hatte von Viertelstunde zu Viertelstunde noch vieles andre zum besten gegeben, bis endlich um elf die Stammgäste das Haus verließen.

Ede war schon zu Bett geschickt, und in dem weiten Hause herrschte Todesstille. Hradscheck schritt auf und ab in seiner Stube, mußte sich aber setzen, denn der Aufregungen dieses Tages waren so viele gewesen, daß er sich, trotz fester Nerven, einer Ohnmacht nahe fühlte. Solang er drüben Geschichten erzählt hatte, munterer und heiterer, so wenigstens schien es, als je zuvor, war kein Tropfen Wein über seine Lippen gekommen, jetzt aber nahm er Kognak und Wasser und fühlte, wie Kraft und Entschlossenheit ihm rasch wiederkehrten. Er ging auf das Schubfach zu, drin er das Kapselchen versteckt hatte, zog gleich danach seine Schuh aus und pulverte von dem Farnkrautsamen hinein.

„So!“

Und nun stand er wieder in seinen Schuhen und lachte.

„Will doch mal die Probe machen! Wenn ich jetzt unsichtbar bin, muß ich mich auch selber nicht sehen können.“

Und das Licht zur Hand nehmend, trat er vor den schmalen Trumeau mit dem weißlackierten Rahmen und sah hinein und nickte seinem Spiegelbilde zu. „Guten Tag, Abel Hradscheck. Wahrhaftig, wenn alles soviel hilft wie der Farnkrautsamen, so werd ich nicht weit kommen und bloß noch das angenehme Gefühl haben, ein Narr gewesen zu sein und ein Dummkopf, den ein altes Weib genasführt hat. Die verdammte Hexe! Warum lebt sie? Wäre sie weg, so hätt ich längst Ruh und brauchte diesen Unsinn nicht. Und brauchte nicht ...“

Ein Grusel überlief ihn, denn das Furchtbare, was er vorhatte, stand mit einem Male wieder vor seiner Seele. Rasch aber bezwang er sich. „Eins kommt aus dem andern. Wer A sagt, muß B sagen.“

Und als er so gesprochen und sich wieder zurechtgerückt hatte, ging er auf einen kleinen Eckschrank zu und nahm ein Laternchen heraus, das er sich schon vorher durch Überkleben mit Papier in eine Art Blendlaterne umgewandelt hatte. Die Alte drüben sollte den Lichtschimmer nicht wieder sehn und ihn nicht zum wievielten Male mit ihrem „Ick weet nich, Hradscheck, wihr et in de Stuw or wihr et in 'n Keller“ in Wut und Verzweiflung bringen. Und nun zündete er das Licht an, knipste die Laternentür wieder zu und trat rasch entschlossen auf den Flur hinaus. Was er brauchte, darunter auch ein Stück alter Teppich, aus langen Tuchstreifen geflochten, lag längst unten in Bereitschaft.

„Vorwärts, Hradscheck!“

Und zwischen den großen Ölfässern hin ging er bis an den Kellereingang, hob die Falltür auf und stieg langsam und vorsichtig die Stufen hinunter. Als er aber unten war, sah er, daß die Laterne, trotz der angebrachten Verblendung, viel zuviel Licht gab und nach oben hin, wie aus einem Schlot, einen hellen Schein warf. Das durfte nicht sein, und so stieg er die Treppe wieder hinauf, blieb aber in halber Höhe stehn und griff bloß nach einem ihm in aller Bequemlichkeit zur Hand liegenden Brett, das hier an das nächstliegende Ölfaß herangeschoben war, um die ganze Reihe der Fässer am Rollen zu verhindern. Es war nur schmal, aber doch gerade breit genug, um unten das Kellerfenster zu schließen.

„Nun mag sie sich drüben die Augen auskucken. Meinetwegen. Durch ein Brett wird sie ja wohl nicht sehn können. Ein Brett ist besser als Farnkrautsamen ...“

Und damit schloß er die Falltür und stieg wieder die Stufen hinunter.

Zwanzigstes Kapitel

Ede war früh auf und bediente seine Kunden. Dann und wann sah er nach der kleinen, im Nebenzimmer hängenden Uhr, die schon auf ein Viertel nach acht zeigte.

„Wo der Alte nur bleibt?“

Ede durfte die Frage schon tun, denn für gewöhnlich erschien Hradscheck mit dem Glockenschlage sieben, wünschte guten Morgen und öffnete die nach der Küche führende kleine Tür, was für die Köchin allemal das Zeichen war, daß sie den Kaffee bringen solle. Heut aber ließ sich kein Hradscheck sehn, und als es nah an neun heran war, steckte statt seiner nur Male den Kopf in den Laden hinein und sagte:

„Wo he man bliewt, Ede?"

„Weet nich."

„Ick will geihn un en beten an sine Dör bullern."

„Joa, dat du man."

Und wirklich, Male ging, um ihn zu wecken. Aber sie kam in großer Aufregung wieder. „He is nich doa, nich in de Vör- un ook nich in de Hinnerstuw. Allens open un keene Dör to."

„Un sien Bett?" fragte Ede.

„Allens glatt un ungeknüllt. He's goar nich in west."

Ede kam nun auch in Unruhe. Was war zu tun? Er wie Male hatten ein unbestimmtes Gefühl, daß etwas ganz Absonderliches geschehen sein müsse, worin sie sich durch den schließlich ebenfalls erscheinenden Jakob nur noch bestärkt sahen. Nach einigem Beraten kam man überein, daß Jakob zu Kunicke hinübergehn und wegen des Abends vorher anfragen solle; Kunicke müsse es wissen, der sei immer der letzte. Male dagegen solle rasch nach dem Krug laufen, wo Gendarm Geelhaar um diese Stunde zu frühstücken und der alten Krügerschen, die manchen Sturm erlebt hatte, schöne Dinge zu sagen pflegte. Das geschah denn auch alles, und keine Viertelstunde, so sah man Geelhaar die Dorfstraße herunterkommen, mit ihm Schulze Woytasch, der sich, einer abzuhaltenden Versammlung halber, zufällig ebenfalls im Kruge befunden hatte. Vor Hradschecks Tür trafen beide mit Kunicke zusammen. Man begrüßte sich stumm und überschritt mit einer gewissen Feierlichkeit die Schwelle.

Drin im Hause hatte sich mittlerweile die Szene verändert.

Ede, der noch eine Zeitlang in allen Ecken und Winkeln umhergesucht hatte, stand jetzt, als die Gruppe sich näherte, mitten auf dem Flur und wies auf ein großes Ölfaß, das um ein geringes vorgerollt war, nur zwei Fingerbreit, nur bis an den großen Eisenring, aber doch gerade weit genug, um die Falltür zu schließen.

„Doa sitt he in", schrie der Junge.

„Schrei nicht so!" fuhr ihn Schulze Woytasch an. Und Kunicke setzte mit mehr Derbheit, aber auch mit größerer Gemütlichkeit hinzu:

„Halt's Maul, Junge."

Dieser jedoch war nicht zur Ruh zu bringen, und sein bißchen Schläfenhaar immer mehr in die Höh schiebend, fuhr er in demselben Weinertone fort: „Ick weet allens. Dat 's de Spök. De Spök hett noah em grappscht. Un denn wull he rut un kunn nich."

Um diese Zeit war auch Eccelius aus der Pfarre herübergekommen, leichenblaß und so von Ahnungen geängstigt, daß er, als man das Faß jetzt zurückgeschoben und die Falltür geöffnet hatte, nicht mit hinuntersteigen mochte, sondern erst in den Laden und gleich danach auf die Dorfgasse hinaustrat.

Geelhaar und Schulze Woytasch, schon von Amts wegen auf beßre Nerven gestellt, hatten inzwischen ihren Abstieg bewerkstelligt, während Kunicke, mit einem Licht in der Hand, von oben her in den Keller hineinleuchtete. Da nicht viele Stufen waren, so konnte er das Nächste bequem sehn: unten lag Hradscheck, allem Anscheine nach tot, ein Grabscheit in der Hand, die zerbrochene Laterne daneben. Unser alter Anno-Dreizehner sah sich bei diesem Anblick seiner gewöhnlichen Gleichgültigkeit entrissen, erholte sich aber und kroch, unten angekommen, in Gemeinschaft mit Geelhaar und Woytasch auf die Stelle zu, wo hinter einem Lattenverschlage der Weinkeller war. Die Tür stand auf, etwas Erde war aufgegraben, und man sah Arm und Hand eines hier Verscharrten. Alles andre war

noch verdeckt. Aber freilich, was sichtbar war, war gerade genug, um alles Geschehene klarzulegen.
Keiner sprach ein Wort, und mit einem scheuen Seitenblick auf den entseelt am Boden Liegenden stiegen alle drei die Treppe wieder hinauf.
Auch oben, wo sich Eccelius ihnen wieder gesellte, blieb es bei wenig Worten, was schließlich nicht wundernehmen konnte. Waren doch alle, mit alleiniger Ausnahme von Geelhaar, viel zu befreundet mit Hradscheck gewesen, als daß ein Gespräch über ihn anders als peinlich hätte verlaufen können. Peinlich und mit Vorwürfen gegen sich selbst gemischt. Warum hatte man bei der gerichtlichen Untersuchung nicht besser aufgepaßt, nicht schärfer gesehn? Warum hatte man sich hinters Licht führen lassen?
Nur das Nötigste wurde festgestellt. Dann verließ man das durch so viele Jahre hin mit Vorliebe besuchte Haus, das nun für jeden ein Haus des Schreckens geworden war. Kunicke schritt quer über den Damm auf seine Wohnung, Eccelius auf seine Pfarre zu. Woytasch war mit ihm.
„Das Küstriner Gericht", hob Eccelius an, „wird nur wenig noch zu sagen haben. Alles ist klar, und doch ist nichts bewiesen. Er steht vor einem höheren Richter."
Woytasch nickte. „Höchstens noch, was aus der Erbschaft wird", bemerkte dieser und sah vor sich hin. „Er hat keine Verwandten hier herum und die Frau, so mir recht is, auch nich. Vielleicht, daß es der Polsche wiederkriegt. Aber das werden die Tschechiner nich wollen." Eccelius erwiderte: „Das alles macht mir keine Sorge. Was mir Sorge macht, ist bloß das: Wie kriegen wir ihn unter die Erde und wo? Sollen wir ihn unter die guten Leute legen, das geht nicht, das leiden die Bauern nicht und machen uns eine Kirchhofs-Revolte. Und was das schlimmste ist, haben auch recht dabei. Und sein Feld

wird auch keiner dazu hergeben wollen. Eine solche Stelle mag niemand auf seinem ehrlichen Acker haben."

„Ich denke", sagte der Schulze, „wir bringen ihn auf den Kirchhof. Bewiesen ist am Ende nichts. Im Garten liegt der Franzos, und im Keller liegt der Polsche. Wer will sagen, wer ihn da hingelegt hat? Keiner weiß es, nicht einmal die Jeschke. Schließlich ist alles bloß Verdacht. Auf den Kirchhof muß er also. Aber seitab, wo die Nesseln stehn und der Schutt liegt."

„Und das Grab der Frau?" fragte Eccelius. „Was wird aus dem? Und aus dem Kreuz?"

„Das werden sie wohl umreißen, da kenn ich meine Tschechiner. Und dann müssen wir tun, Herr Pastor, als sähen wir's nicht. Kirchhofsordnung ist gut, aber der Mensch verlangt auch seine Ordnung."

„Brav, Schulze Woytasch!" sagte Eccelius und gab ihm die Hand. „Immer's Herz auf dem rechten Fleck!"

Geelhaar war im Hradscheckschen Hause zurückgeblieben. Er hatte den Polizei-Kehrmichnichtdran und machte nicht viel von der Sache. Was war es denn auch groß? Ein Fall mehr. Darüber ging die Welt noch lange nicht aus den Fugen. Und so ging er denn in den Laden, legte die Hand auf Edes Kopf und sagte: „Hör, Ede, das war heut ein bißchen scharf. So zwei Dodige gleich morgens um neun! Na, schenk mal was ein. Was nehmen wir denn?"

„Na, 'nen Rum, Herr Geelhaar."

„Nei, Rum is mir heute zu schwach. Gib erst 'nen Kognak. Und dann ein' Rum."

Ede schenkte mit zitternder Hand ein. Geelhaars Hand aber war um so sicherer. Als er ein paar Gläser geleert hatte, ging er in den Garten und spazierte drin auf und ab, als ob nun alles sein wäre. Das ganze Grundstück erschien ihm wie herrenloser Besitz, drin man sich ungeniert ergehen könne.

Die Jeschke, wie sich denken läßt, ließ auch nicht lang auf sich warten. Sie wußte schon alles und sah mal wieder über den Zaun.

„Dag, Geelhaar."

„Dag, Mutter Jeschke ... Nu, was macht Line?"

„De kümmt to Martini. Se brukt sich joa nu nich mihr to jrulen."

„Vor Hradscheck?" lachte Geelhaar. „Joa. Vor Hradscheck. Awers nu sitt he joa fast."

„Das tut er. Und gefangen in seiner eigenen Falle."

„Joa, joa. De oll Voß! Nu kümmt he nich wedder rut. Fien wihr he. Awers to fien, loat man sien!"

Was noch geschehen mußte, geschah still und rasch, und schon um die neunte Stunde des folgenden Tages trug Eccelius nachstehende Notiz in das Tschechiner Kirchenbuch ein:

„Heute, den 3. Oktober, früh vor Tagesanbruch, wurde der Kaufmann und Gasthofsbesitzer Abel Hradscheck ohne Sang und Klang in den hiesigen Kirchhofsacker gelegt. Nur Schulze Woytasch, Gendarm Geelhaar und Bauer Kunicke wohnten dem stillen Begräbnisakte bei. Der Tote, so nicht alle Zeichen trügen, wurde von der Hand Gottes getroffen, nachdem es ihm gelungen war, den schon früher gegen ihn wach gewordenen Verdacht durch eine besondere Klugheit wieder zu beschwichtigen. Er verfing sich aber schließlich in seiner List und grub sich, mit dem Grabscheit in der Hand, in demselben Augenblicke sein Grab, in dem er hoffen durfte, sein Verbrechen für immer aus der Welt geschafft zu sehn. Und bezeugte dadurch aufs neue die Spruchweisheit: *‚Es ist nichts so fein gesponnen, 's kommt doch alles an die Sonnen'"*

Stine

Erstes Kapitel

In der Invalidenstraße sah es aus wie gewöhnlich: Die Pferdebahnwagen klingelten, und die Maschinenarbeiter gingen zu Mittag, und wer durchaus was Merkwürdiges hätte finden wollen, hätte nichts anderes auskundschaften können, als daß in Nummer 98e die Fenster der ersten Etage - trotzdem nicht Ostern und nicht Pfingsten und nicht einmal Sonnabend war - mit einer Art Bravour geputzt wurden. Und nicht zu glauben: diese Merkwürdigkeit ward auch wirklich bemerkt, und die schräg gegenüber an der Scharnhorststraßen-Ecke wohnende alte Lierschen brummte vor sich hin: „Ich weiß nicht, was der Pittelkow'n wieder einfällt. Aber sie kehrt sich an nichts. Un was ihre Schwester is, die Stine, mit ihrem Stübeken oben bei Polzins un ihren Sep'ratschlüssel, daß keiner was merkt, na, die wird grad ebenso. Schlimm genug. Aber die Pittelkow'n is schuld dran. Wie sie man bloß wieder dasteht und rackscht und rabatscht! Und wenn es noch Abend wär', aber am hellen, lichten Mittag, wo Borsig und Schwarzkoppen seine grade die Straße runterkommen. Is doch wahrhaftig, als ob alles Mannsvolk nach ihr raufkucken soll; 'ne Sünd' und 'ne Schand."

So brummelte die Lierschen vor sich hin, und so wenig freundlich ihre Betrachtungen waren, so waren sie doch nicht ganz ohne Grund; denn oben auf dem Fensterbrett und kniehoch aufgeschürzt stand eine schöne, schwarze Frauensperson mit einem koketten und wohlgepflegten Wellenscheitel und wusch und rieb, einen Lederlappen in der Hand, die Scheiben der einen Fensterseite, während sie den linken Arm, um sich besser zu stützen, über das andere Querholz gelegt hatte.

Mitunter gönnte sie sich einen Stillstand in der Arbeit und sah dann auf die Straße hinunter, wo jenseits des Pferdebahngeleises ein dreirädriger, beinahe eleganter Kinderwagen in greller Mittagssonne hielt. Dem im Wagen sitzenden, allem Anscheine nach überaus ungebärdigen Kinde, das ganz aristokratisch in weiße Spitzen gekleidet war, war ein zehnjähriges Mädchen zur Aufsicht beigegeben, das, als alles Bitten und Zureden nichts helfen wollte, dem Schreihals einen tüchtigen Klaps gab. Im selben Augenblick aber schielte die Zehnjährige, die diesen Erziehungsakt gewagt hatte, scheu nach dem Fenster hinauf, und richtig, es war alles von drüben her gesehen worden, und die schöne, schwarze Person, die „klapsen und erziehen" durchaus als ihre Sache betrachtete, drohte sofort mit dem Lederlappen nach der bei ihrem Übergriff Ertappten hinüber. Auch schien ein Zornausbruch in Worten trotz der weiten Entfernung folgen zu sollen; aber ein befreundeter Briefbote, der gerade die Straße heraufkam, hielt einen Brief in die Höh', zum Zeichen, daß er ihr etwas bringe. Sie verstand es auch so, stieg sofort vom Fensterbrett auf einen nebenstehenden Stuhl und verschwand im Hintergrunde des Zimmers, um den Brief draußen auf dem Korridor in Empfang zu nehmen. Eine Minute später kam sie zurück und setzte sich ins Licht, um bequemer lesen zu können. Aber was sie da las, schien ihr mehr Ärger als Freude zu machen, denn ihre Stirn legte sich sofort in ein paar Verdrießlichkeitsfalten, und den Mund aufwerfend, sagte sie spöttisch: „Altes Ekel. Immer verquer." Aber sie war keine Person, sich irgendwas auf lange zu Herzen zu nehmen, und so lehnte sie sich, den Brief immer noch in der Hand haltend, weit über die Fensterbrüstung hinaus und rief mit jener enrhümierten Altstimme, wie sie den unteren Volksklassen unserer Hauptstadt nicht gerade zum Vorteil eigen ist, über die Straße hin: „Olga!"

„Was denn, Mutter?"

„‚Was denn, Mutter!' Dumme Jöhre! Wenn ich dir rufe, kommste. Verstehste?"

Ein mit einem alten Dampfkessel bepackter Lastwagen, der dröhnend und schütternd gerade des Weges kam, hinderte die unverzügliche Ausführung des Befehls; kaum aber, daß der Rollwagen vorüber war, so nahm Olga den Stoßgriff des Kinderwagens in die Hand und fuhr, quer über den Damm hin, auf das Haus zu und mit einem Ruck in den Hausflur hinein. Hier nahm sie das Kind heraus und ging, während sie den Wagen zunächst unten stehen ließ, treppauf in die Wohnung der Mutter.

Diese hatte sich mittlerweile beruhigt, die Stirnfalte war fort, und Olga bei der Hand nehmend, sagte sie mit jenem Übermaß von Vertraulichkeit, das gewöhnliche Leute gerade bei Behandlung intimster Dinge zu zeigen pflegen: „Olga, der Olle kommt heute wieder. Immer, wenn's nich paßt, is er da. Grad als wollt' er mir ein'n Tort antun. Ja, so is er. Na, es hilft nu nich, und, Gott sei Dank, vor achten kommt er nich. Und nun gehst du zu Wanda und sagst ihr … Ne, laß man … Bestellen kannst du's doch nich, es is zu lang zum Bestellen. Ich werde dir lieber einen Zettel schreiben."

Und mit diesen Worten trat sie, von der Tür her, wo dies Gespräch stattgefunden, an einen überaus eleganten und um eben deshalb zu Haus und Wohnung wenig passenden Rokokoschreibtisch heran, auf dem eine fast noch mehr überraschende ledergepreßte Schreibmappe lag. In dieser Mappe begann jetzt die noch immer hochaufgeschürzte Frau nach einem Stück Briefpapier zu suchen, anfangs ziemlich ruhig, als sich aber, nach dreimaligem Durchblättern der roten Löschpapierbogen immer noch nichts gefunden hatte, brach ihre schlechte Laune wieder los und richtete sich, wie

gewöhnlich, gegen Olga: „Hast es wieder weggenommen und Puppen ausgeschnitten?"
„Nein, Mutter, wahr und wahrhaftig nich; ich kann es dir zuschwören."
„Ach, geh mir mit dein ewiges Geschwöre. Haste denn gar nichts?"
„Ja, mein Schreibebuch."
Und Olga lief, so rasch es ging, in das Neben- und Hinterzimmer und kam dann mit einem blauen Schreibhefte zurück. Die Mutter riß ohne weiteres die letzte Seite heraus, auf deren oberster Zeile lauter ch's standen, und kritzelte nun mit verhältnismäßiger Schnelligkeit einen Brief fertig, faltete das Blatt zweimal und verklebte die noch offene Stelle mit Briefmarkenstreifen, von denen sie die gummireichsten immer mit dem Bemerken: „Is besser als Englischpflaster" aufzuheben pflegte. „So, Olgachen. Nun gehst du zu Wanda un gibst ihr das. Und wenn sie nich da is, gibst du's an den alten Schlichting. Aber nich an seine Frau un auch nich an die Flora, die kuckt immer rein und braucht nicht alles zu wissen. Und wenn du zurückkommst, dann gehst mit zu Bolzanin ran un bestellst 'ne Torte."
„Was für eine?" fragte Olga, deren Gesicht sich plötzlich verklärte.
„Appelsine ... Un bezahlst sie gleich. Un wenn du sie bezahlt hast, sagste, daß er nichts darauflegen soll, auch keine Appelsinenstücke, die doch bloß Pelle un Steine sind ... Und nun geh, Olgachen, un mach' flink, un wenn du wieder da bist, kannst du dir drüben bei Marzahn auch für'n Sechser Gerstenbonbons kaufen."

Zweites Kapitel

Olga säumte nicht und ging in die Hinterstube, um hier ihr rot- und schwarzkariertes Umschlagtuch zu holen, das, neben einem etwas verschlissenen Schnurrenhut, ihr gewöhnliches Straßenkostüm bildete.

Witwe Pittelkow in Person aber stieg, nachdem sie das immer noch schreiende Kind in eine ganz vornehm ausgestattete Himmelwiege gelegt und ihm die Flasche mit Saugpfropfen in den Mund gesteckt hatte, zwei Treppen höher zu Polzins hinauf, wo ihre Schwester Stine Chambre garnie wohnte.

Polzins waren gutsituierte Leute, die das mit dem Chambre garnie gar nicht nötig gehabt hätten, aber trotzdem, aus purem Geiz, alles vermieteten, oder doch soviel wie irgend möglich, um ihrerseits frei wohnen zu können, oder wie Frau Polzin sich ausdrückte: „für umsonst einzusetzen". Er, Polzin, war seiner eigenen Angabe nach „Teppichfabrikant" (allerdings niedrigster Observanz) und beschränkte sich darauf, unter geflissentlicher Verachtung aller Komplementärfarbengesetze, schmale, kaum fingerbreite Tuchstreifen wie Stroh oder Binsen nebeneinander zu flechten und dies Geflecht als „Polzinsche Teppiche" zu verkaufen. „Sehen Sie", so schloß jedes seiner Geschäftsgespräche, „solch ‚Polzinscher' (er behandelte sich dabei ganz als historische Person) wird nie alle; wenn eine Stelle weggetreten is oder der Eßtisch mit seinem Rollfuß ein Loch eingerissen hat, nehm' ich ein paar alte Streifen raus und setz' ein paar neue rein, un alles is wieder propper und fix und fertig. Sehen Sie, so sind die ‚Polzinschen'. Aber wenn der Smyrnaer ein Loch hat, dann hat er's, und da hilft kein Gott nich."

Polzin, wie sich aus diesem Redestück ergibt, neigte zu philosophischer Betrachtung: ein Zug, der durch das zweite Metier, das er betrieb, noch eine ganz erhebliche Stärkung erfuhr. Während der Abendstunden nämlich war er bei sich bietenden Gelegenheiten auch noch Lohndiener und wegen seiner Vorsicht und Geschicklichkeit beim Präsentieren in dem zwischen Invaliden- und Chausseestraße gelegenen Stadtteil allgemein beliebt, was Frau Polzin in ihren Gesprächen mit der Pittelkow immer wieder betonte: „Sehn Sie, liebe Pittelkow, mein Mann is ein ordentlicher und manierlicher Mensch, der, weil wir selber ganz klein angefangen haben, am besten weiß, daß es nich jeder zum Wegschmeißen hat. Un sehn Sie, danach präsentiert er auch, und Saucieren, die nich feststehn und immer hin- und herrutschen, die nimmt er gar nich. Und wenn Polzin schon eine einzige Plüschtaille verdorben hat, so will ich sterben. Und ebenso galant und manierlich is er auch bei's Mitnehmen. Er is mein Mann, aber das muß ich sagen; er hat was Feines un Bescheidenes un überhaupt so was, was die andern nich haben. Ja, das muß ich ihm lassen. Und da reichen nich hundertmal, daß er mir gesagt hat: ‚Emilie, heut' hab ich mir mal wieder über meine Kollegen geschämt. Natürlich war es wieder der mit'n Plattfuß aus der Charitéstraße. Glaubst du, daß er sich auch bloß geniert und ein ganz klein bißchen für Schein und Anstand gesorgt hätte? I, Gott bewahre. Ganz dreiste weg, als ob er sagen wollte: ja, meine Herrschaften, da steht der Rotwein, un nu nehm' ich ihn mit nach Hause'"

So waren die Polzins, an deren Flurtür, trotz einer daneben befindlichen Klingel, die Pittelkow jetzt klopfte, zum Zeichen (so hatte man abgemacht), daß es bloß „Freundschaft" sei, was zu Besuch käme. Und gleich danach erschien denn auch Frau Polzin und öffnete.

Die nur drei Stuben zählende Polzinsche Wohnung erfreute sich des Vorzugs eines Korridors, der aber freilich nicht größer war als ein aufgeklappter Spieltisch und augenscheinlich nur den Zweck hatte, drei auf ihn ausmündende Türen zu zeigen, von denen die links gelegene zu der verwitweten Privatsekretär Kahlbaum, die mittlere zu Polzins selbst, die rechts gelegene zu Stine führte. Diese hatte das beste Zimmer der Wohnung, hell und freundlich, mit dem Blick auf die Straße, während sich die Kahlbaum mit etwas Beleuchtung vom Hof her und die Polzinschen Eheleute mit einem schrägen Dachlicht begnügen mußten, das, wie bei photographischen Ateliers, von oben her einfiel.

„Liebe Polzin“, sagte die Pittelkow, als beide Frauen sich oberflächlich begrüßt hatten, „es riecht wieder so sehr nach Petroleum bei Ihnen. Warum nehmen Sie nicht Koks? Sie werden sich mit Ihrem ewigen Petroleumkocher noch alle Mieter aus der Wohnung kochen. Und Ihr lieber Mann! Was sagt denn der eigentlich dazu? Der muß doch nachgerade bei Puten und Fasanen eine feine Nase gekriegt haben. Und ich weiß nicht, wenn ich ein herrschaftlicher Lohndiener wäre, so was litt' ich nich. In Gesellschaften immer was Delikats un zu Hause so. Na, meinetwegen. Is denn Stine drin?“

„Ich denke doch, ich habe sie nicht weggehen hören. Und denn wissen Sie ja, liebe Pittelkow, wir sehen nichts un hören nichts.“

„Versteht sich, versteht sich“, lachte die Pittelkow, „sehen nichts un hören nichts. Und das ist auch immer das beste.“

Sehr wahrscheinlich, daß sich dies Gespräch noch fortgesetzt hätte, wenn nicht in ebendiesem Augenblick die Tür von rechts her aufgemacht und Stine herausgetreten wäre.

„Jott, Stine“, sagte die Pittelkow mit einem Ausdruck von Freude. „Na, das ist recht, Kind. Ein Glück, daß du da bist. Du mußt heute noch runterkommen un helfen.“

Unter diesen Worten waren die Schwestern, während sich Frau Polzin artig, aber grienend zurückzog, in Stines Zimmer eingetreten und auf ein paar kleine Stühle zugegangen, die zu beiden Seiten des Fensters auf einem Trittbrett standen. Draußen am Fenster aber war ein Dreh- und Straßenspiegel angebracht, bei dessen Anbringung der ebenso praktische wie pfiffige Polzin vor Jahr und Tag schon zu seiner Frau gesagt hatte: „Emilie, solange *der* da ist, solange vermieten wir."
Die Pittelkow setzte sich gegenüber dem Drehspiegel, der denn auch heute wieder, wie zur Bestätigung der Worte Polzins, eine Quelle herzlichen Vergnügens für die hübsche Witwe wurde, nicht aus Eitelkeit (denn sie sah sich gar nicht), sondern aus bloßer Neugier und Spielerei. Stine, die alles schon kannte, lächelte vor sich hin; auch sie trug einen gewellten Scheitel, aber ihr Haar war flachsgelb, und die Ränder der überaus freundlichen Augen zeigten sich leicht gerötet, was, aller sonst blühenden Erscheinung und einer gewissen Ähnlichkeit mit der Pittelkow unerachtet, doch auf eine zarte Gesundheit hinzudeuten schien. Und so war es auch. Die brünette Witwe war das Bild einer südlichen Schönheit, während die jüngere Schwester als Typus einer germanischen, wenn auch freilich etwas angekränkelten Blondine gelten konnte.
Stine sah der immer noch mit dem Spiegel beschäftigten Schwester eine Weile zu, dann erhob sie sich, hielt ihr die Hand vor die Augen und sagte: „Nun hast du aber genug, Pauline. Du mußt doch nachgerade wissen, wie die Invalidenstraße aussieht."
„Hast recht, Kind. Aber so is der Mensch; immer das Dummste gefällt ihm un beschäftigt ihn, un wenn ich in den Spiegel kucke und all die Menschen und Pferde drin sehe, dann denk' ich, es is doch woll anders als so mit bloßen Augen. Un ein bißchen anders is es auch. Ich glaube, der Spiegel verkleinert,

un verkleinern is fast ebensogut wie verhübschen. Aber *du* brauchst nicht kleiner zu werden, Stine, du kannst so bleiben, wie du bist. Ja, wahrhaftig. Aber, warum ich komme. Jott, man hat doch keine ruhige Stunde."

„Was is denn?"

„Er kommt heute wieder."

„Nu, Pauline, das is doch kein Unglück. Bedenke doch, daß er für alles sorgt. Und so gut wie er ist und gar nicht so."

„Na, ich wollt' ihm auch. Und den alten Baron bringt er auch mit und noch einen."

„Und noch einen? *Wen* denn?"

„Lies."

Und sie reichte Stine den eben erhaltenen Brief, und diese las nun mit halblauter Stimme:

„Mein lieber schwarzer Deibel. Ich komme heute, aber nicht allein; Papageno kommt mit und ein Neffe von mir auch; natürlich noch jung und etwas blaß. ‚Aber bleich und blaß, ei, die Weiber lieben das.' Sorge nur, daß Wanda kommt und Stine. Wein schick' ich und eine Salatschüssel. Aber für alles andre mußt Du sorgen. Nichts Apartes, nichts Großes, bloß so wie immer. Dein Sarastro."

„Wer ist denn der Neffe?" fragte Stine.

„Weiß ich nich. Wer kann alle Neffen kennen? Denkst du, daß ich mich um seinen Stammbaum kümmere? Jott, wie mag es damit aussehen! Na, überhaupt Stammbäume!"

„Laß ihn das nich hören."

„Oh der hört noch ganz andres. Oder denkst du, daß ich mir wegen eine Treppe hoch mit Klavier un Diwan un wegen 'nem Schreibtisch, der immer wackelt, weil er dünne Beine hat, ein Pechpflaster aufkleben soll? Nein, Stinechen, da kennst du deine Schwester schlecht. Oder wegen den blassen Neffen? Ich denk' ihn mir so." Und dabei zog sie das Gesicht in die

Länge und drückte mit Daumen und Zeigefinger die beiden Backen ein.

Stine lachte. „Ja, damit wirst du's wohl getroffen haben. Und überhaupt, ich find' es unpassend und ungebildet, daß er den jungen Menschen mitbringt. Ein Onkel ist doch immer so was wie 'ne Respektsperson. Für sich mag er ja tun, was er will; aber solchen jungen Menschen ... ich weiß nicht, Pauline. Findst du nich auch?"

„Na, ob ich finde. Natürlich; erst recht. Aber, Kind, wenn wir davon erst reden wollen, denn is kein Ende. Das is nu mal so; sie taugen alle nichts un is auch recht gut so; wenigstens für unsereins (mit *dir* is es was anders) und für alle, die so tief drin sitzen un nich aus noch ein wissen. Denn wovon soll man denn am Ende leben?"

„Von Arbeit."

„Ach Jott, Arbeit. Bist du jung, Stine. Gewiß, Arbeiten ist gut, un wenn ich mir so die Ärmel aufkremple, is mir eigentlich immer am wohlsten. Aber, du weißt ja, denn is man mal krank un elend, un Olga muß in die Schule. Wo soll man's denn hernehmen? Ach, das is ein langes Kapitel, Stine. Na, du kommst doch? So Klocker acht oder lieber noch ein bißchen eh'r."

Drittes Kapitel

Während die Pittelkow oben bei Stine war, um sich dieser für den Abend zu versichern, ging Olga die Invalidenstraße hinauf, um erst den Brief abzugeben und dann auf dem Rückwege bei Konditor Bolzani die Torte zu bestellen. Es war ihr Eile befohlen, aber sie kehrte sich nicht dran, freute sich vielmehr, eine Stunde lang ohne mütterliche Kontrolle zu sein, und getröstete sich, „daß es noch lange hin sei bis Abend". An allen Läden blieb sie stehen, am längsten vor dem Schaufenster eines Putzgeschäfts, aus dessen buntem Inhalt sie sich abwechselnd eine rote Schärpe mit Goldfransen und dann wieder einen braunen Kastorhut mit Reiherfeder als Schönstes wünschte. Diesen Wunsch in Erfüllung gehen zu sehen war freilich wenig Aussicht vorhanden, aber es schadete nicht viel, weil sich ihre nächste Zukunft unter allen Umständen angenehm genug gestalten mußte. Wanda, wie sie von Tante Stine her wußte, hatte meistens Sandtorte, ja mitunter sogar Schokoladenplätzchen in ihrem Schrank, und wenn sich beides auch nicht erfüllte, so blieben doch immer noch die Gerstenbonbons.

Solchen Betrachtungen hingegeben, kam Olga bis an die Chausseestraße, wo, wie gewöhnlich in dieser kirchhofreichen Gegend, ein großes Begräbnis die Straßenpassage hemmte. Olga, weitab davon, irgendwelchen Anstoß an dieser Wegestörung zu nehmen, wünschte ganz im Gegenteil, dieselbe so lange wie möglich andauern zu sehen, und stellte sich, besseren Überblicks halber, auf eine vor einem Öl- und Spiritusgeschäft angebrachte Steintreppe. Der Wagen mit dem Sarge war schon eine Weile vorüber, so daß sie nur noch das versilberte Kreuz über einem Meer von schwarzen Hüten hin und her schwanken sah. Kutschen fehlten im Zuge (so wenigstens schien es), dafür aber folgten allerlei Baugewerke mit Bannern und Musik, und während noch aus der Front her der Trauermarsch der Zimmerleute bis weit nach rückwärts tönte, klang schon aus der Mitte des Zuges und vom Oranienburger Tor her ein zweiter und dritter Trauermarsch herauf, so daß Olga nicht wußte, worauf sie hören und welchem Geblase sie den Vorzug geben sollte. Neben dem eigentlichen Gefolge drängten breite Volksmassen mit vorwärts und ließen nur allemal eine schmale Gasse frei, wenn reitende Schutzleute von der Queue her bis an die Spitze des Zuges und dann wieder zurück sprengten. „Wer es nur is?“ dachte Olga, in deren Herzen etwas wie Neid aufkeimte, so schön begraben zu werden; aber soviel sie horchte, sie konnte es bei den mit ihr auf der Steintreppe Stehenden nicht mit Bestimmtheit in Erfahrung bringen. Einer versicherte, daß es ein alter Maurerpolier, ein anderer, daß es ein reicher Ratszimmermeister sei, während eine mit braunem Torfstaub ganz überdeckte Frau, die der herannahende Zug sichtlich beim Abladen unterbrochen hatte, von nichts Geringerem als von einem Minister für Maurer und Zimmerleute wissen wollte. „Dummes Zeug“, unterbrach sie der nebenan wohnende Budiker, „so was gibt es ja gar nich.“ Aber das Torfweib ließ sich nicht stören und sagte nur: „Warum nich, warum soll es so was nich geben?“ Und so stritt man sich hin und her. Endlich aber war der Zug vorüber, und Olga passierte nun den Damm und bog hundert Schritte weiter abwärts in die Tieckstraße ein.

Nummer 27a war das dritte Haus von der Ecke: fünf Fenster Front, drei Stock und eine kleine Mansarde. Der Wirt, ein Kupferschmied, hatte den Hof in eine halboffene Werkstatt verwandelt, in der nun den ganzen Tag über auf oft zweimannshohen Braukesseln herumgehämmert wurde, bei welchem Gedröhn und Gehämmre Wanda ihre Rollen lernte. Es tat ihr nichts; ja, sie hätte nirgends lieber wohnen mögen, und der Kupferschmiedegeselle, der auf der obersten Kesselrundung oft stundenlang herumritt und sich dabei in platonischer Liebe (der einzigen, die Wanda so kleinen Leuten gestattete) verzehrte, war jedesmal ihr guter Freund. Ihre von Glasermeister Schlichting abgemietete Wohnung lag nämlich nach dem Hofe hinaus und hatte hier ihren eigentlichen Auf- und Eingang. Hier befand sich denn auch ihre Klingel und ihre Karte: „Wanda Grützmacher, Schauspielerin am Norden-Theater."

Und dieses Titels durfte sie sich rühmen wie manche Berühmtere. War sie doch ein Liebling der Bühne, die das Glück hatte, sie zu besitzen, und nicht nur ein Liebling des Publikums, sondern auch des Direktors, der, persönlicher Beziehungen zu geschweigen, vor allem *das* an ihr schätzte, daß sie, mit Ausnahme der Gage, vollkommen prätentionslos war und alles spielte, was vorkam. „Immer tapfer in die Bresche," war einer ihrer Lieblingssätze. Sie war überhaupt für Leben und Lebenlassen, behandelte delikate Vorkommnisse von einem gewissen höheren Standpunkt aus und hatte stereotype, dem ältesten Berliner Witzfonds entnommene Wendungen, in denen sich ihre Stellung zum „Ideal" ausdrückte. Sie zog dementsprechend „ein gutes Gehalt einer schlechten Behandlung vor," und wenn ihr bei Soupers mit Bourgeoiswitwern, einer ihr besonders sympathischen Gesellschaftsklasse, die Speisekarte gereicht wurde, so zeigte sie mit einem sie kleidenden und seine Wirkung nie verfehlenden Ernst auf das rasch als Bestes und Teuerstes Erkannte, jedesmal feierlich hinzusetzend: „Dafür laß' ich mein Leben."

So Wanda Grützmacher, Tieckstraße 27a.

Olga, die sonderbarerweise noch nie Bestellungen bei der Schauspielerin zu machen gehabt hatte, klingelte zunächst vorn bei Schlichtings, und Fräulein Flora Schlichting erschien denn auch, halb verschlafen, an der Tür und öffnete.

„Is Fräulein Wanda zu Haus?"

„Zu Haus is sie; ich glaube, sie schläft. Hast du was abzugeben?"

„Ja, aber ich soll es ihr selber geben."

„I, gib man ..." Und damit griff sie nach dem Brief.

Olga zog aber energisch zurück. „Nein, ich darf nich ..."

„Na, denn komme morgen wieder."

Wanda, trotzdem sie nicht Wand an Wand mit der Schlichtingschen Vorderstube wohnte, mußte trotzdem von dieser Unterhaltung gehört haben; denn als eben die Tür zugeworfen werden sollte, war sie, wie aus der Erde gewachsen, da und sagte: „Gott, Olgachen. Was bringst du denn, Kind? Mutter is doch nich krank?" Olga hielt ihr statt aller Antwort den Brief entgegen. „Ach, ein Brief. Na, denn komm in meine Stube, daß ich ihn lesen kann. Hier is es ja stockduster un wahrhaftig nicht zu merken, daß man bei 'nem Glaser wohnt."

Dabei nahm sie das Kind bei der Hand und zog es mit sich durch die mit jedem Schritte dunkler werdende Schlichtingsche Wohnung bis in ihre Hinterstube hinein. Hier mußte sie lachen, als sie den sonderbaren Briefverschluß ihrer Freundin Pauline sah; dann aber öffnete sie die verklebte Stelle mit einer aus ihrem dicken, schwarzen Zopf genommenen Haarnadel und las nun mit sichtlicher Freude:

„Liebe Wanda. Er kommt heute wieder, was mir sehr verkwehr is, denn ich mache gerade reine. Jott, ich bin so ärgerlich und bitte Dich bloß: komm. Ohne Dir is es nichts. Stine kommt auch. Komm Klocker acht, aber nich später und behalte lieb Deine Freundin

Pauline Pittelkow, geb. Rehbein."

Wanda steckte den Brief unter die Taille, schnitt Olga ein großes Stück von einem in einer Fayenceterrine mit Deckel aufbewahrten altdeutschen Napfkuchen ab und sagte dann: „Un nu grüße Mutterchen und sag ihr, ich käme Punkt acht. Mit'm Schlag. Denn wir vom Theater sind pünktlich, sonst geht es nich. Und wenn du wiederkommst, Olgachen, so kannst du gleich die kleine Hoftreppe raufkommen, bloß drei Stufen, da brauchst du vorn nich durch un is kein Fräulein Flora nich da, die dich anschreit und wegschicken will. Hörst du?" Und in einer Art Selbstgespräch setzte sie hinzu: „Gott, diese Flora; je weniger Bildung, je mehr Einbildung. Ich begreife diese Menschen nich."

Olga versprach, alles zu bestellen, und eilte mit ihrem Beutestück ins Freie. Kaum draußen, sah sie sich noch einmal um und biß dann herzhaft ein und schmatzte vor Vergnügen. Aber schnöder Undank keimte bereits in ihrer Seele, und während es ihr noch ganz vorzüglich schmeckte, sagte sie schon vor sich hin: „Eigentlich is es gar kein richtiger ... Ohne Rosinen ... Einen mit Rosinen ess' ich lieber."

Viertes Kapitel

Als Olga, nach Erledigung aller ihr aufgetragenen Gänge, den zu Kaufmann Marzahn an der Ecke natürlich mit eingerechnet, wieder nach Hause kam, fand sie hier alles verändert und Tante Stine damit beschäftigt, die rote Wollschnur der Tüllgardinen in die messingblechenen Halter einzuhaken. Überall herrschte Sauberkeit und Ordnung - nur in der Nebenstube war man nicht fertig geworden -, und das einzige, was als Störung gelten konnte, war ein eben abgegebener Korb mit Weinflaschen und eine vorläufig auf einen danebenstehenden Stuhl gesetzte Hummermayonnaise.

Olga berichtete, daß Wanda kommen würde, was von seiten der Pittelkow mit sichtlicher Freude vernommen wurde. „Wenn Wanda nich da is, is es immer bloß halb. Ich möchte mir nich alle Tage hinstellen un Prinzessin spielen; aber das muß wahr sein, alle vom Theater haben so was un kriegen einen Schick un können reden. Wo's ihnen eigentlich sitzt, ich weiß es nich, und am wenigsten bei Wanda. Wanda war immer die Faulste von uns un die Klügste auch nich un ließ sich vorsagen, und ohne Lehrer Kulike ... na, mit dem hatte sie's. Überhaupt, es war 'ne pfiffige Kröte, was sonst die Dicken eigentlich nich sind. Aber immer gut und kein Neidhammel und gab immer was ab."

Während dieser Rede, die sich nur halb an Stine richtete, war die mitten auf dem Sofa stehende Witwe mit Geraderückung dreier Bilder beschäftigt und trat, als sie damit fertig war, vom Sofa her bis an die Türschwelle zurück, um von hier aus noch einmal alles überblicken und sich von dem Gelungensein ihres Arrangements überzeugen zu können. Wegen solcher Dinge gelobt zu werden, war ihr, bei ihrer im Grunde genommen ganz auf Wirtschaftlichkeit und Ordnung gestellten Natur, ein wahres Herzensbedürfnis, und wenn sie je zuvor einen Anspruch auf ein dafür einzuheimsendes Lob gehabt hatte, so sicherlich heute. Alles, was aus dem ihr zur Verfügung stehenden Material gemacht werden konnte, war daraus gemacht worden und ließ wenigstens momentan übersehen, wie sehr und zum Teil auch in wie komischer Weise sich die hier aufgestellten Sachen untereinander widersprachen. Ein Büfett, ein Sofa und ein Pianino, die, hintereinander weg, die von keiner Tür unterbrochene Längswand des Zimmers einnahmen, hätten auch bei „Geheimrats" stehen können; aber die von der Pittelkow eben geradegerückten drei Bilder stellten das im übrigen erstrebte Ensemble wieder stark in Frage. Zwei davon: „Entenjagd" und „Tellskapelle", waren nichts als schlecht kolorierte Lithographien allerneusten Datums, während das dazwischenhängende dritte Bild, ein riesiges, stark nachgedunkeltes Ölporträt, wenigstens hundert Jahre alt war und einen polnischen oder litauischen Bischof verewigte, hinsichtlich dessen Sarastro schwor, daß die schwarze Pittelkow in direkter Linie von ihm abstamme. Gegensätze wie diese zeigten sich in der gesamten Zimmereinrichtung, ja, schienen mehr gesucht als vermieden zu sein, und während sich an einem der Wandpfeiler ein prächtiger Trumeau mit zwei vorspringenden goldenen Sphinxen breit machte, standen auf dem Bücherschrank zwei jämmerliche Gipsfiguren, eine Polin und ein Pole, beide kokett und in Nationaltracht zum Tanze ansetzend. Am interessantesten aber präsentierte sich der eben erwähnte Bücherschrank selbst, dessen vier Mittelfächer leer waren, während auf seinem obersten Brett zwölf prachtvoll in Leder gebundene Bände von Humes History of England und achtzehn Bände Œuvres posthumes de Frédéric le Grand standen und einen wundervollen Gegensatz zu dem „Berliner Pfennigmagazin" bildeten, das, in zwei Haufen übereinandergetürmt, unten im Schrank lag. All dies Einrichtungsmaterial, Kleines und Großes, Kunst und Wissenschaft, war an ein und demselben Vormittage gekauft und mittels Handwagen, der ein paarmal fahren mußte, von einem Trödler in der Mauerstraße nach der Invalidenstraße geschafft worden. Auf die vor allem verwunderlichen französischen und englischen Prachtbände hatte der, aus dessen Mitteln dies alles kam, eigens und mit besonderem Nachdruck bestanden, „auf daß“, wie er sich in seiner spöttisch huldigenden Weise auszudrücken liebte, „die Welt erfahre, wer Pauline Pittelkow eigentlich sei“.

Das waren die Schätze, die jetzt, von der Tür her, einer letzten Musterung unterworfen wurden, und als schließlich auch noch die Fransen des vor dem Sofa liegenden Brüsseler Teppichs geradegezupft waren, sagte die Pittelkow: „So, Stine, nu komm, nu kochen wir uns einen Kaffee, das heißt einen orntlichen. Und Olga holt uns was dazu. Willst du Streusel oder bloß mit Zucker und Zimt?“

„Ach, Pauline, du weißt ja ...“

„Na, dann Streusel ... Olga.“

Und diese, die, weil die Tür aufstand, jedes Wort gehört und sich nur zum Schein, aber eben deshalb auch um so zudringlich liebevoller mit dem „Brüderchen“ beschäftigt hatte, stürzte jetzt, wie besessen, aus der Hinterstube nach vorn und war ganz Ohr und Auge.

„Da, Olga. Nu geh. Aber von Katzfuß, nich von Zachow. Und nasche nich wieder und rede nachher von Krümel.“

„Und nu, Stine“, fuhr die Pittelkow fort, während Olga verschwand und das längst blankgewordene Treppengeländer im Nu herunterrutschte, „nu wird's auch wohl Zeit, uns fein zu machen. Aber komme nich wieder in deinem grünen Kamlott. Du weißt, so was kann er nich leiden. Und solang es so is, wie es is, muß man doch machen, was er will. Und denn bringt er ja auch das ausgepustete Ei mit. Und die kenn' ich, die verlangen immer am meisten, und wenn's weiter nichts is, wollen sie wenigstens was sehn un Augen machen. Und das weiß auch die Wanda. Paß mal auf, die kommt wieder mits schwarze Samtkleid und 'ne Rose vorn. Ich muß immer lachen."

Und wirklich, Wanda kam in schwarzem Samt und sah sehr stattlich aus. Ihr Kopf hatte nichts von der frappierenden Schönheit ihrer alten Schul- und Jugendfreundin, aber an „Pli" war sie dieser, wie die Pittelkow selbst zugestand, sehr überlegen. „In Pli kann ich gegen Elisabetten nich an." Das war die letzte Rolle, worin sie Wanda gesehen und beinahe widerwillig bewundert hatte.

„Ah, Wanda," so begrüßte sie jetzt die Freundin, „das is nett, daß du da bist; immer pünktlich."

„Ja, liebe Pauline, das is so bei uns, das lernen wir wie die Soldaten. Wenn's Stichwort fällt, müssen wir vor, und wenn's das Leben kostet."

Die Pittelkow lachte herzlich, was sie jedoch nicht abhielt, Wanda mit einer gewissen Feierlichkeit in den rechten Sofaplatz hineinzukoplimentieren. Stine, die sehr gut aussah und auf Wunsch der Schwester ihr getüpfeltes „Perlhuhnkleid" anhatte, sollte sich neben Wanda setzen, bestand aber hartnäckig auf ihrem Willen und nahm einen Lehnstuhl der Schauspielerin gegenüber. Zwischen beiden stand ein Riesenbukett, das im Invalidenhausgarten für diesen Festabend geschnitten worden war; ein Dutzend Rosen, aus deren Mitte hohe Feuerlilien aufwuchsen. Wanda, die riechen wollte, bückte sich zu tief hinein und machte sich dadurch einen gelben Bart, was Paulinen ungemein amüsierte. Sogar Olga wurde herbeigerufen. „Sieh, Olga, sieh, Tante Wanda hat 'nen Schnurrbart. Und was für einen! Ihr sollt mal sehn, Kinder, der junge Graf hat gar keinen!"

In diesem Augenblick wurde die Klingel gezogen, und die Pittelkow ging, und in Person zu öffnen. Stine folgte, weil sie nicht sitzen bleiben und großartig die Dame spielen wollte. Wanda dagegen, im Vollgefühl dessen, was sie sich und der Kunst schuldig sei, rührte sich nicht vom Fleck und thronte weiter. Erst als der Besuch eintrat, erhob sie sich und erwiderte leichthin den Gruß der beiden älteren Herren, während sie vor dem jungen Grafen einen Hofknicks machte.

„Darf ich die Herrschaften miteinander bekannt machen?" fragte jetzt Sarastro verbindlich und mit anscheinend ernstester Miene. „Mein Neffe Waldemar (dieser verbeugte sich), Frau Pauline Pittelkow, geborene Rehbein, Fräulein Ernestine Rehbein, Fräulein Wanda Grützmacher. Einer Vorstellung unseres Freundes Papageno bedarf es nicht; er genießt den Vorzug, allen Anwesenden bekannt zu sein."

In der *Art*, wie diese Vorstellung von den drei Damen aufgenommen wurde, zeigte sich durchaus die Verschiedenheit ihrer Charaktere: Wanda fand alles in der Ordnung, Pauline brummte was von Unsinn und Afferei vor sich hin, und nur Stine, das Verletzende der Komödie herausfühlend, wurde rot.

„Hat Borchardt geschickt?"

„Versteht sich, hat er ..."

„Nun, dann bitt' ich also ..."

Der ungewöhnliche Bestimmtheitston, in dem das alles von seiten Sarastros gesagt wurde, verschnupfte die Pittelkow nicht wenig; sie hielt es aber für angemessen, ihren Ärger darüber auf andere Zeit zu vertagen, und ging mit Stine hinaus, um den schon vorher gedeckten Tisch aus dem Hinterzimmer in das Vorderzimmer zu tragen.

Inzwischen war der alte Graf, der sehr feine Nerven hatte, durch die Feuerlilien und ihren Geruch heftig inkommodiert worden; er nahm sie darum ohne weiteres aus dem Bukett, öffnete das Fenster und warf sie hinaus. „Ein mir unerträglicher Geruch; halb Kirchhof, halb Pfarrgarten. Und von beiden halt' ich nicht viel."

Ehe fünf Minuten um waren, war die Tafelrunde geschlossen. Alle saßen an einem ovalen Tisch: obenan der alte Graf, neben ihm Wanda und Stine, dann Papageno und Waldemar, zuunterst aber, also dem alten Grafen gegenüber, seine Freundin Pauline. Sie saß so, daß sie bei jedem Aufblick in den Trumeau sehen mußte, was den alten Grafen, als er es merkte, zu dem halb scherzhaften, halb huldigenden Zuruf: „Ehre, wem Ehre gebührt!" veranlaßte. Die Pittelkow aber gefiel sich heute in Ablehnung solcher Huldigungen und sagte: „Jott, Ehre! Mir ist nichts gräßlicher, als immer meine Visage sehn."

„Dann bitt' ich meine schöne Freundin, ihren Augenaufschlag etwas niedriger zu richten; sie sieht dann mich."

Das erheiterte sie. „Da bin ich doch lieber fürs Gewesene. Da bin ich doch noch lieber für mich."

Sarastro und Papageno waren entzückt und tranken ihrer schwarzen Freundin zu.

„Immer dieselbe", sagte Sarastro. „Nicht wahr, Fräulein Wanda?"

Diese stimmte zu, schon einfach, weil sie mußte, begann aber doch an ihrer Rose zu zupfen, zum Zeichen, daß sie nicht hergekommen sei, sich vor den Triumphwagen der Witwe Pittelkow zu spannen. Dann lehnte sie sich zurück und sah nach der Tellskapelle.

Papageno trug dieser Stimmung Rechnung und kam der Künstlerin, die durchaus versöhnt werden mußte, mit einem Kunstgespräch entgegen, was sich um so eher tun ließ, als auch der alte Graf an allem Theaterklatsch einen ehrlichen Anteil nahm und keinen Unterschied machte, gleichviel, ob sich's um die Lucca oder Patti oder um die letzte Choristin in

der „Fledermaus“ handelte.
„Meine Gnädigste“, begann Papageno, „was dürfen wir demnächst an Neuigkeiten auf Ihrem Kunstinstitut erwarten?“
„Unser Alter“, erwiderte Wanda, „will es mit einem Ausstattungsstück versuchen. Er meint, es sei noch das einzige ...“
„Da hat er recht. Ist es eine Reise nach dem Mond oder in den Mittelpunkt der Erde?“
„Hoffentlich das letztere“, warf der alte Graf ein. „Ich bin für Mittelpunkte.“
Wanda lächelte. Das Eis war gebrochen, und es wurde ihr von diesem Augenblick an einigermaßen schwer, in einem öden, weil wenigstens zunächst noch unpersönlich verbleibenden Kunstgespräch weiter fortzufahren. Sie bezwang sich aber und sagte, während sie nur dann und wann den alten Grafen verständnisvoll streifte: „Wegen Beschaffung eines Textes hat sich der Alte natürlich kein graues Haar wachsen lassen. Er bleibt bei seiner Abneigung, für Dinge zu zahlen, die man umsonst haben kann, und glaubt, wie mein Kollege Pöltrig sagt, der übrigens studiert hat, anstandslos in das Gebiet der Dichtung übergreifen zu können. Unser Alter ist überhaupt der Mann der Übergriffe, woran ich immer nur mit Unwillen denken kann.“
„Empörend!“ sagte der alte Graf. „Übrigens ahn' ich bereits, an welche Tür er geklopft haben wird. Wohlzuverstehen: an welche Dichtertür. Ich wette zehn gegen eins: Shakespeare ...“
„Der Herr Graf treffen immer ins Schwarze. Ja, das ‚Wintermärchen‘, und mir ist die Hauptrolle zugefallen, die der Hermióne, von der ich vorläufig nur weiß, daß ich eine ganze Szene lang auf einem Postamente stehe, ganz schmucklos, aber doch was Weißes um.“
Sarastro lächelte. „Diese Besetzung der Rolle kann niemand überraschen, und Sie, mein gnädigstes Fräulein, wenn Sie nicht

blind gegen Ihre so deutlich hervortretenden Gaben und Vorzüge sind, am wenigsten. Die Natur hat Sie zu glücklich ausgestattet, als daß das Marmorbräutliche, das hier beinahe ausschließlich in Frage kommt, an Ihnen vorübergehen konnte. Wenn ich mir Sie so denke, ganz Stein, und mit einem Male durchdringt Sie das warme, pulsierende Leben, alles wogt, und in rötlicher Beleuchtung steigen Sie vom Sockel hernieder, um wieder Mensch unter Menschen zu sein - ein erhabener Gedanke ..."

„Der Herr Graf schmeicheln. Es ist eine Rolle, die durchaus Jugend fordert, ja, mehr als Jugend; ich möchte sagen dürfen: Jugend und Zartheit ..."

„Eigenschaften, die Sie sich in übergroßer Bescheidenheit nur absprechen, um unsres heftigsten Widerspruchs sicher zu sein. Hermione, soviel mir vorschwebt, ist schon zu Beginn des Stücks Gattin und Mutter, zudem auf Untreue verklagt - Ereignisse, die doch nur ausnahmsweise vor das vierzehnte Lebensjahr fallen. Ich bitte Sie, was heißt jung, und vor allem, was heißt zart. Es wird mit diesem Worte ‚zart' ein beständiger Mißbrauch getrieben, und alles, was bleich oder schwindsüchtig ist, das ist sicher, als zart bezeichnet zu werden. Eine der vielen Verirrungen unsres modernen Geschmacks. Zart, zart; zart ist etwas Innerliches, Seelisches, das auch innerhalb einer vollsten Formengebung existieren kann. Fragen Sie meinen Neffen. Er reist seit fünf Jahren in Italien umher, namentlich in Kirchen, und kennt, schlecht gerechnet, fünftausend Heilige weiblichen Geschlechts. Und was heilig ist, muß doch auch zart sein. Und nun soll er uns Rede stehen über den Begriff der Zartheit. Ich will seinem bessern Urteile nicht vorgreifen, aber ich wage vorweg die Behauptung, alles, was er von heiligen Cäcilien und Barbaras und selbstverständlich auch von Genovevas, die immer die Hauptsache bleiben, gesehen hat -

alle waren Damen von Ihrer Konstitution, meine Gnädigste, Damen, denen alles Mondscheinene fehlte, Damen in schwarzem Samt und roter Rose. Waldemar, ich bitte dich dringend, unterstütze mich in einer Sache, die meinem Herzen und meinem Kunstgefühl gleich viel bedeutet."

Er stieß mit Wanda an und hatte die Freude, daß Waldemar auf den angestimmten Ton einging und unter verbindlichem Lächeln versicherte: der Onkel habe recht; alle Heiligen seien wohlproportioniert, und auch das Zarteste könne sich noch innerhalb der Wellenlinie ...

„Brav, brav", unterbrach hier der Graf. „Und so bitt' ich denn, die Gläser zu füllen, um auf das Wohl Hermiónens zu trinken – eine von Fräulein Wanda bevorzugte Akzentverschiebung, die mir eine ganz neue Auffassung verspricht. Denn die Akzente machen's im Leben und in der Kunst. Es lebe die Kunst, es lebe das Zarte, es lebe die Wellenlinie, vor allem, es lebe Hermióne-Hermíone, es lebe Fräulein Wanda, es lebe die rote Rose!"

Wanda verneigte sich und überreichte dem alten Grafen die rote Rose, die so sinnig den Schluß seiner Rede gebildet hatte. Der alte Baron aber stieß von der andere Seite her mit beiden an.

Es folgte nun Toast auf Toast, Papageno ließ Stine leben, und nachdem auch noch Waldemar, ebenfalls an Stine sich wendend, ein paar Worte gesprochen, sprach Wanda, wie herkömmlich, in Klappreimen, die sie sich übrigens auf die einfachste Weise, indem sie „Liebe" statt „Freundschaft" setzte, für Gelegenheiten wie die heutige aus einem alten Stammbuchvers zurechtgemacht hatte. Zuletzt ergriff der alte Graf noch einmal das Wort, um seine Freundin Pauline leben zu lassen. Er verschwieg aber ihren Namen dabei, sprach nur ganz allgemein über den Zauber und die Vorzüge der

Witwenschaft und schloß mit dem Aufruf: „Es lebe meine Mohrenkönigin, meine Königin der Nacht!"

Alles erhob sich, und Baron Papageno versicherte, daß das ein echter Sarastro-Toast gewesen sei, und daß die Reihe der Trinksprüche nicht würdiger hätte schließen können.

Alle stimmten zu, nur nicht *die*, der der Trinkspruch gegolten hatte. Das Drastische darin mochte gehen (verhöhnte sie doch selber alles, was sie „sich zieren" nannte), der Spott aber, der durchklang, und ein behagliches Sichergehen in Witzeleien, die sie nur halb verstand, und die gerade deshalb ihr schlimmer erschienen, als sie waren - das verdarb ihr die Stimmung, und so sagte sie, während sie sich verfärbte: „Na, Graf, bloß nich so, bloß nich übermütig. Das lieb' ich nich. Un so vor alle! Was sollen denn der junge Herr Graf davon denken?"

„Immer das Beste!"

„Na, das Jute wäre mir lieber." Und während sie sich Wasser einschenkte, wiederholte sie: „Königin der Nacht. Is nich zu glauben."

Fünftes Kapitel

Die sich im Herzen der Witwe Pittelkow regende Verstimmung würde sich bei der vorherrschenden Tafelheiterkeit unter allen Umständen rasch wieder verzogen haben; der alte Graf aber, der die beispiellose Heftigkeit seiner „Königin der Nacht“ nur zu gut kannte, hielt es nichtsdestoweniger für angezeigt, auch der bloßen Möglichkeit eines Sturmes vorzubeugen. „Ich denke“, sagte er, „wir sorgen für etwas frische Luft und nehmen im Nebenzimmer den Kaffee.“

„Geht nich“, erwiderte die Pittelkow. „Alle Gardinen ab; alles wie Kraut und Rüben …“

„Gut denn, so bleiben wir. Auch eng und warm hat seine Vorzüge … Darf ich bitten …“ Und damit nahm er, die Tafel aufhebend, Wandas Arm und geleitete sie bis an den Sofaplatz, den sie beim Erscheinen der Herren innegehabt hatte. Der junge Graf führte Stine, während der mit der Sitte solcher Pittelkow-Abende längst vertraute Baron ohne weiteres einen eleganten Likörkasten und eine Zigarrenkiste vom Büfett her auf den Sofatisch setzte. Der alte Graf nickte zustimmend, strich ein Phosphorholz an der Sohle seines Lackstiefels und zündete sich eine sorgfältig gewählte Havanna an. Als er den ersten Zug getan und die Wolke weggeblasen hatte, wandte er sich kavalierhaft verbindlich an Wanda und Stine und sagte: „Die Damen erlauben doch?“

Frau Pauline hatte sich gleich von Tisch in die Küche begeben und kam schon nach wenigen Minuten mit dem Kaffee zurück, eine Schnelligkeit, die sich nur daraus erklärte, daß sich Olga der ihr gewordenen Doppelaufgabe: das Kind ruhig und das Wasser im Kochen zu erhalten, mit einer durch Furcht und Hoffnung gleichmäßig geschärften Gewissenhaftigkeit unterzogen hatte. Der Kaffee wurde präsentiert, auch der alte

Baron nahm aus dem Zigarrenkistchen, und einen Augenblick später kräuselten sich die Rauchwolken von zwei Seiten her durch die Luft.
„In der ganzen Welt gibt es keine zweite solche Zigarre“, versicherte Papageno.
„Zugestanden“, erwiderte der Graf. „Und zudem eine Zigarre hier, im Hause meiner Freundin, ist mir immer wie Opiumrauchen, das glücklich macht, und bei jedem neuen Zuge seh’ ich die Gefilde der Seligen oder, was dasselbe sagen will, die Huris im Paradiese.“
„Na, na“, sagte die Pittelkow, die, wenn sie nicht schon da waren, neue Verhöhnungen fürchten mochte.
Der alte Graf aber ließ sich durch diesen Zuruf nicht stören und fuhr seinerseits fort: „Überhaupt alles wundervoll, und ich vermisse nur eins: die Liköre. Papageno hat freilich für den Kasten gesorgt (dafür ist er Papageno), aber nicht für den Schlüssel ... Ah, sieh da, Fräulein Stine bringt ihn schon. Ich glaube, sie hat überhaupt den Schlüssel und schließt uns jedes Glück auf, vorausgesetzt, daß sie will ... Und nun überlassen Sie mir die Wahl, meine Damen. Ich wette, daß ich’s für jede von Ihnen treffe.“
„Das wäre“, sagte Wanda, „da bin ich doch neugierig.“
„Es ist leichter, als Sie denken. Jedem sind seine Neigungen von der Stirn zu lesen: hier, meine Freundin, ist für Curaçao (die Pittelkow nickte), der früher unter dem schlichteren Namen ‚Pomeranzen‘ eine nicht verächtliche Karriere machte; Fräulein Stine ist natürlich für Anisette, und Fräulein Wanda für einen Benediktiner oder zwei. Kosten Sie, meine Gnädigste. Wie denken Sie über solche Mönche? Nicht wahr, nicht übel?“
Es wurde nun immer belebter, und je mehr sich eine narkotische Wolke durch das Zimmer verbreitete, desto mysteriöser wurde auch die Sprache. Der alte Graf übernahm dabei die

Führung, während Baron Papageno sekundierte. Beider Intimitäten aber richteten sich ausschließlich an Wanda, weil sie vor den beiden Schwestern eine gewisse Scheu hatten, vor der älteren um ihres unberechenbaren Temperaments, vor der jüngeren um ihrer Unschuld willen. Wanda, die die momentane Vernachlässigung zu Beginn der Tafel längst vergessen hatte, sah in diesem beständigen Sichwenden an ihre Person selbstverständlich nichts als einen ihr zustehenden Triumph und berauschte sich in der Fülle der ihr immer eindringlicher zuteil werdenden Huldigungen. Und was die Huldigungen nicht taten, das tat der Benediktiner. Alle Grandezza war längst abgestreift, und als sie mit einigen Kulissengeheimnissen debütiert und namentlich den alten Direktor in seiner eigentlichsten Sphäre, der des Serails, gekennzeichnet hatte, war sie vorgeschritten genug, dem Wunsche des alten Grafen, der nach Proben ihrer Kunst verlangte, nachzugeben. Ein paar auch jetzt noch verbleibende Bedenken wurden durch Baron Papageno beseitigt, der im rechten Momente erzählte, „die Rachel habe, mit nichts als einem Spitzenschleier drapiert, auf der Pfaueninsel die Phädra gespielt und den Kaiser Nikolaus zur Bewunderung hingerissen: er bezweifle nicht, daß Wanda dasselbe könne, gleichviel nun, ob sie den Ritter Toggenburg oder den Gang nach dem Eisenhammer oder auch bloß den Handschuh deklamiere. Aber einer müsse hinter ihr stehen und die Gesten machen; ohne Gesten sei der Erfolg nur halb." Diese Frage wurde weiter ausgesponnen, und nachdem man die verschiedenen Formen und Zusätze durchgenommen hatte, durch deren Anfügung die Schillersche Ballade zu höherer Wirkung gelangen sollte, kam man schließlich überein, da doch alles auf den dramatischen Effekt hinauslaufe, lieber die Deklamation ganz fallen zu lassen und statt dessen ein Stück aufzuführen: ein Schattenspiel oder am liebsten eine

Kartoffelkomödie. Dieses Wort, kaum gefallen, wurde mit Begeisterung aufgenommen, und Wanda, nachdem sie die noch vor ihr stehende kleine Tasse geleert, erhob sich von ihrem Sofasitze, zum Zeichen, daß sie nunmehr bereit sei, mit einer dramatischen Aufführung zu beginnen.

„Aber was? Was? ... Lustspiel oder Trauerspiel?"

„Natürlich Trauerspiel ..." so klang es durcheinander, und selbst der junge Graf und Stine, die sich bis dahin zurückgehalten hatten, wurden lebendig. Wanda selbst aber verbeugte sich und sagte nicht ohne Anflug von Humor: „Ein verehrungswürdiges Publikum wird seinerzeit über Inhalt und Titel des näheren verständigt werden."

„Bravo! Bravo!"

Hierauf zog sie sich in der Tat zurück und ging in die Küche, wo sie das Nötigste für die Komödie zu finden hoffte. Die Pittelkow folgte. Bald danach aber erschienen beide wieder in Front der Wohnung, wo man sofort, die nach der Nebenstube führende Flügeltür öffnend, innerhalb eben dieser Türöffnung ein kariertes Plaid auszuspannen und in etwa Manneshöhe zu befestigen begann. Dahinter nahm jetzt Wanda ihren Stand und drückte das Plaid gerade weit genug herunter, um bequem darüber fortsehen zu können. Und nun verkündigte sie: „Judith und Holofernes, Trauerspiel in zwei Akten von Tussauer, ohne Musik. Wir beginnen mit dem ersten Akt („sehr gut" ... „merkwürdig") oder, was dasselbe sagen will, mit der Zeltgasse des Holofernes."

Und nach dieser Ankündigung schnellte das Plaid wieder in die Höhe, und an Stelle von Wandas brünettem Gesicht erschien eine weißgekleidete Kartoffelprinzessin mit rotem Turban und rotem Siegellackmund. Natürlich Judith. Diese verneigte sich, geschickt dirigiert, vor dem Publikum, sah abwechselnd nach links und rechts, wie wenn sie jemand erwartete, und begann dann in etwas heiserem Ton:

„Er ist es, Holofern, der schwergeprüfte Mann,
Ich seh' sein großes Schwert und einen Klunker dran."

Wirklich zeigte sieh eben in diesem Augenblicke von der einen Seite her eine hagere Rotmantelgestalt mit einer Papierkrone:

„Wer bist du, schöne Frau? Wo kommst du hergereist?
Im Krieg ist mancher Mann manchmalen etwas dreist."
„Auch im Frieden", tuschelte Sarastro dem Baron zu. Judith aber fuhr fort:

„Ergebne Dreistigkeit erleid' ich sittig gern,
Ich nenne *Judith* mich und suche *Holofern*."

„So bin *ich's*, den du suchst ... Wie war ich so allein ..."
„Doch nur durch *deine* Schuld" ....- „Es soll nicht länger
sein."

Und unter einem halb befehlshaberischen, halb vertraulichen Augen- und Fingerwink auf sein Zelt zuschreitend, folgte Judith, während das gleichzeitig im Nebenzimmer erlöschende Licht anzeigte, daß der Vorhang vorläufig falle.
Der junge Graf wollte Beifall klatschen, der Oheim aber hielt ihn zurück und erklärte, „daß man sein Feuer, auch in solchen Dingen, nie zu früh verknattern müsse. Dies alles sei nur Vorspiel und stelle viel, viel Intrikateres in Aussicht. Er, für seine Person, sei vor allem neugierig, wie Fräulein Wanda gewisse szenische Schwierigkeiten, so beispielsweise das Konnubium und in zweiter Reihe die Dekapitation, überwinden werde. Freilich bestreite man jetzt das Vorhandensein sze-

nischer Schwierigkeiten, aber alles habe doch seine Grenze." Sarastro würde noch weiter gesprochen haben, wenn nicht das sich wieder erhellende Nebenzimmer den Fortgang der Handlung angezeigt hätte. Wirklich erschien im nächsten Augenblicke Judith aufs neue, diesmal, um ihren entscheidenden Monolog zu halten.

„Er sterbe ... Muß er's denn? Mir selber ist es leid,
Er sprach von einem Schmuck und sprach von einem Kleid,
Allein, wer bürgt dafür? Ich weiß, wie Männer sind,
Ist erst der Sturm vorbei, so dreht sich auch der Wind:
Er sprach von Frau sogar, allein, was ist es wert? ...
Komm denn an meine Brust, geliebtes Racheschwert;
Er hat es so gewollt, - ich fasse seinen Schopf,
Daß er mich zubegehrt, das kostet ihm den Kopf."

Und im selben Augenblicke (die Gestalt des Holofernes war inzwischen aus der Tiefe heraufgestiegen) vollzog sich auch schon der Enthauptungsakt, und der Kopf des Holofernes flog, über die Gardine fort, ins andre Zimmer hinein, und fiel hier vor Baron Papageno nieder. Alles klatschte dem Stück und mehr noch dem virtuosen Schwerthiebe Beifall, der alte Baron aber nahm den ihm zu Füßen liegenden Kopf auf und sagte: „Wahrhaftig, bloß eine Kartoffel. Kein Holofernes. Und doch war es mir, als ob er lebe. Was eigentlich auch nicht wundernehmen kann. Denn früher oder später ist eine derartige Dekapitation unser aller Los. Irgend eine Judith, die wir ‚zubegehren' - beiläufig eine herrliche Wortbildung -, entscheidet über uns und tötet uns so oder so."
„Lassen Sie's, Baron. Wozu diese schwermütigen Betrachtungen. Ich find' es einfach superb. Und glücklich der Dichter, der derlei schaffen konnte. Sie, Fräulein Wanda, nannten vorhin

einen Namen, aber vielleicht nur, um von sich persönlich abzulenken ... Eigene Schöpfung?"
„O nein, Herr Graf."
„Nun, wenn nicht von Ihnen, meine Gnädigste, von wem denn?"
„Von einem jungen Freunde."
„Will sagen von einem alten Anbeter."
„Nein, Herr Graf, von einem wirklichen jungen Freunde, von einem Studenten."
„Das sind wir alle. *Was* studiert er? Darauf kommt es an."
„Ich habe das Wort vergessen, und auf seiner Karte steht es immer nur halb. Und sein Museum ist in der Königgrätzer Straße. Da wollen sie, wenn mir recht ist, herauskriegen, wie die Welt entstanden ist und woraus und wann."
„Und vielleicht auch warum? Ein sehr interessantes Studium ... Und er dichtet auch?"
Wanda bejahte, zugleich hinzusetzend, daß es nichts Leichtes gewesen sei, seiner ernsten Richtung in der Kunst ein Stück wie Judith und Holofernes abzugewinnen. „Er werde seine Muse nicht entweihen", seien damals seine Worte gewesen. Aber sie habe, Gott sei Dank, Mittel in Händen gehabt, ihn zu zwingen.
„Ah, ich verstehe ..."
„Nein, nicht *das*, Herr Graf. Er ist ein sehr verschämter junger Mann und liest mir bloß seine großen Trauerspiele vor, immer mit einem Vorspiel. Und dabei hofft er auf meine Fürsprache. Damit hab' ich ihn in der Gewalt. Freilich, ich muß es sagen, es wird nichts mit ihm. Aber ein guter Junge, der mir alles zuliebe tut."
„Glaub' ich", lachte der Baron. „Aber, meine Gnädigste, wer wollt' es auch anders? Und nun denk' ich, wir machen einen Whist."

Ein Spieltisch wurde herbeigeschafft und aufgeklappt, und die drei Herren und Wanda nahmen Platz. Auf ein niedriges Tischchen daneben wurde ein Champagnerkühler gesetzt, und der alte Graf in Person machte den Wirt. Eigentlich trank nur Wanda, trotzdem auch ihr ein Spatenbräu sehr viel lieber gewesen wäre. Stine stand hinter Papagenos Stuhl und mußte die Versicherung mit anhören: „eine reine Jungfrau bringe Glück". Die Pittelkow machte sich wirtschaftlich zu tun und putzte bereits die Gabeln wieder blank.

So verging eine gute Weile. Zuletzt aber warf der alte Graf die Karten hin und sagte: „Kommt nichts dabei heraus. Ein Spiel ist eigentlich nur was, wenn es la banque ou la vie geht. Ich glaub', ich habe sieben Mark verloren und quäle mich nun schon eine Glockenstunde. Wanda, sind Sie bei Stimme? Natürlich; was frag' ich noch. Eine Dame wie Sie hat ihre Requisiten immer bei sich. Omnia mea mecum portans ..."

Papageno lachte.

Der alte Graf aber fuhr fort: „Omnia mea ... Welche Perspektive! Auf Ihr Wohl, Wanda. Und auf das Ihre, Fräulein Stine. Pauline braucht unser Wohl nicht, *der* ist wohl von selbst."

„Na, na, Graf. Bloß nich so. Von selbst? Wovon denn? Weiß es Gott, es is auch nich immer 'n Vergnügen."

„O vorzüglich, Pauline. Du bist doch die Beste. Stoß an, Kind. Aber nun singen, Wanda."

„Ja, wer begleitet?"

„Natürlich der, der allein begleiten kann: Papageno."

„Gut, gut."

Und der alte Baron schob einen Stuhl ans Klavier, drehte den kleinen Schlüssel und öffnete. „Was soll es sein?"

„Nun", sagte der alte Graf, „das wenigstens sind wir dir schuldig, Freund, daß wir mit der Papageno-Arie beginnen. Also: ‚Bei

Männern, welche Liebe fühlen, fehlt auch ein gutes Herze nicht.' Aber freilich, das ist eine Plattitüde, das ist selbstverständlich. Erst was folgt, ist das Eigentliche: ,Die süßen Triebe mitzufühlen, ist dann des Weibes erste Pflicht.'"

Der Baron nickte zustimmend und wiederholte den Schluß: „... ist dann des Weibes erste Pflicht". Wanda aber, die, wie die meisten ihrer Art, an ganz unmotivierten Anstands- und Tugendrückfällen litt, sagte mit einem Male: „Nein, meine Herren, es ist noch zu früh. Ich finde, dies Lied ist schon über der Grenze."

Die Herren sahen einander an, weil keiner wußte, was er aus diesem Unsinn machen sollte; die Pittelkow aber, die sich über das „Wandasche Gehabe" ganz aufrichtig ärgerte, fuhr energisch dazwischen und sagte: „Jott, Wanda, bloß keine Geschichten. Jrenze! Wenn einer so was hört! Man is entweder rüber, oder man is nich rüber. Un wenn man erst rüber is, und wir sind rüber, dann is es auch ganz egal, ob es Klock zehn is oder Klock elfe. Nein, Wanda, bloß nich zieren. Immer anständig, dafür bin ich; aber zieren kann ich nich leiden."

Es schien sich ein Streit zu entspinnen, der, bei dem rücksichtslosen Charakter der Pittelkow, bei der alles immer biegen oder brechen mußte, leicht zu sehr unliebsamen Erörterungen hätte führen können. Niemand wußte das – nach allerpersönlichsten Erfahrungen – besser als der alte Graf selbst. Er sprang also über den Streitpunkt rasch weg und sagte: „Dann bin ich, wenn es die Zauberflöte nicht sein kann, für den Alten Feldherrn. Aber im Kostüm."

Das wurde denn auch allerseits freudig aufgenommen, und nach kurzem Rückzug in die Nebenstube trat Wanda wieder ein, rot drapiert und eine Gardinenstange statt des Fahnenstocks in der Hand.

„Singen, singen!"

„Ich werde ja", sagte Wanda, sich vor ihrem Publikum verneigend, „aber was? Der Alte Feldherr hat zwei Stücke."
„Nun denn, das Hauptstück: ‚Fordre niemand, mein Schicksal zu hören.' Ein wundervolles Lied und ebenso wahr wie ergreifend. Eigentlich könnt' es jeder singen, vor allem solche alte Feldherren wie wir. Nicht wahr, Papageno? Aber nun anfangen. Schnell, schnell."
Und im nächsten Augenblick brach es los, und durch alle drei Stockwerke hin, so daß selbst die Polzins oben es hören konnten, klang es in immer erneutem Refrain:

„Ist mir nichts, ist mir gar nichts geblieben,
Als die Ehr' und dies alternde Haupt."

Die Pittelkow hatte sich dabei hinter den Stuhl des alten Grafen gestellt und schlug mit ihrem Zeigefinger den Takt auf seiner kahlen Kopfstelle.
Wanda war glücklich und gab immer Neues zum besten, wobei die Pittelkow, die viel Gehör hatte, die zweite Stimme sang, während Sarastro mit seinem Baß und der nach wie vor am Klavier begleitende Papageno mit seinem schadhaft gewordenen Bariton einfielen.
Nur der junge Graf und Stine schwiegen und wechselten Blicke.

Sechstes Kapitel

So verging noch eine Stunde. Dann brach man endlich auf, und Sarastro und Papageno baten mit aller Dringlichkeit um die Ehre, Fräulein Wanda, „damit ihr nichts zustoße“, gemeinschaftlich nach Hause bringen zu dürfen. Der junge Graf schloß sich wohl oder übel an. Die so doppelt und dreifach Gefeierte drang freilich ihrerseits auf Vereinfachung des Verfahrens, immer wieder versichernd, „daß einer genüge“. Sie sah sich aber überstimmt. „Die Verantwortung sei zu groß.“

Als alle fort waren, nahm die Pittelkow ihre Schwester um die Taille, walzte mit ihr dreimal im Zimmer umher und sagte dann: „So, Stine, nu wird es erst nett. Eine braune Kanne voll hab' ich uns gleich noch beiseite gestellt, und ein paar Morgensemmeln sind auch noch da. Die werden nu wohl zäh genug sein; aber mit Butter geht es doch, da rutschen sie ... Nein, diese Wanda, nich zu glauben. Und eine Stimme wie 'ne Harfenjule.“

Stine versuchte zum Guten zu reden, und warf der Schwester vor, daß sie, wie gewöhnlich, viel zu streng sei. Zudem verrate sie sich; alles, was sie da sage, sei doch bloß aus Eifersucht. Aber sie brauche gar nicht eifersüchtig zu sein, denn alle drei seien ja mitgegangen, und drei seien immer besser als einer. Die gute Wanda! Nun ja, wenn man wolle, so ließe sich jedem was am Zeug flicken (ihnen beiden auch; alles in allem aber sei die Grützmacher eigentlich eine nette Person, und jedenfalls eine sehr gutmütige).

„Ja“, sagte Pauline, „das ist sie; man bloß so wichtig und zierig. Und wenn sie sich dann ausgeziert hat, denn ziert sie sich wieder nicht genug und hat so etwas Johliges und Genierliches.“

„Du bist heute gut im Zuge“, lachte Stine. „Das also ist Wanda.

Und nun sage mir, wie bin *ich* denn? Aber nein, sag es nur lieber nicht …"
„Will auch nicht …"
„Sage mir lieber etwas über die drei. Wie steht es mit dem alten Grafen?"
„Ein Ekel."
„Und mit dem Baron?"
„Ein Dummbart."
„Und mit dem jungen Grafen?"
„Ein armes, krankes Huhn."

Siebentes Kapitel

Der nächste Tag verging, ohne daß sich die Schwestern auch nur gesehen hätten: Die Pittelkow hatte wieder Ordnung zu schaffen, und Stine sollte bis Sonnabendabend noch eine große Rahmenstickerei abliefern.

Und still und ohne Begegnung wie der erste Tag schien auch der zweite vergehen zu sollen. Niemand kam zu Stine hinauf, und diese - nachdem Olga den Drücker gebracht hatte - wußte nur das eine, daß ihre Schwester Pauline mit beiden Kindern in die Stadt gegangen sei. Langsam schwanden die Stunden, und die niedergehende Sonne hing schon tief zwischen den zwei Türmen des Hamburger Bahnhofs, als ein elegant gekleideter Herr die Invalidenstraße heraufkam und in Nähe des von Stine bewohnten Hauses eine Häusermusterung begann. Es war der junge Graf, der, seinem Sehen und Suchen nach zu schließen, die Pittelkowsche Hausnummer samt ihrem a, b, c vergessen haben mußte, trotzdem aber darauf rechnete, sich in dem Wirrwarr zurechtzufinden. Und sei's nun aus Zufall oder mit Hilfe kleiner Zeichen, er traf es wirklich; und als er gleich danach auf dem ersten Treppenflur „Witwe Pittelkow" las, stieg er, nunmehr sicher geworden, ohne weiteres bis ins dritte Stock hinauf und klingelte. Stine, die die Schwester erwartet haben mochte, kam rasch und öffnete.

„Gott, Herr Graf."

„Ja, Fräulein Stine."

„Sie wollen zu meiner Schwester; meine Schwester muß gleich zurückkommen. Ich habe Drücker und Schlüssel und kann Ihnen aufschließen."

„Nein, ich will *nicht* zu Ihrer Schwester; ich will zu Ihnen, Fräulein Stine."

„Das geht nicht, Herr Graf. Ich bin allein, und ein alleinstehendes Mädchen muß auf sich halten. Sonst gibt es ein Gerede. Die Leute sehen alles.“

Er lächelte. „Wenn es so ist, Fräulein Stine, dann ist rasches Eintreten immer noch das sicherste.“

„Nun gut, Herr Graf … Ich bitte …“

Und damit trat sie von der Korridortür zurück und ging ihm voran, auf ihr Zimmer zu.

Die Polzin hatte, solange das Gespräch dauerte, beobachtend an ihrem Türguckloch gestanden, im selben Augenblick aber, wo Stine voranschreitend, den Grafen in ihr Zimmer führte, wandte sie sich ebenfalls in ihre halbdunkle Stube zurück, in der auf einem kleinen Klapptisch bereits das Abendbrot für ihren Mann stand: ein Bückling und ein rundes Landbrot, von dem sie jedesmal zwei kaufte, „weil sich das frische zu sehr wegschneide“.

„Na“, sagte Polzin, „was meinst du, Mutter? Drei Mark mehr is nu woll nich zuviel?“

„Drei …? Wo denkst du hin? Wenigstens fünfe. Man bloß, daß es noch nich sicher is. Er war so zittrig und bibberte so.“

Und bei diesen Worten legte sie das Ohr wieder an die Wand, während Polzin, der mit seiner Klapperei die Horcherszene nicht stören wollte, von seiner Arbeit aufstand und sich an sein Abendbrot machte.

Achtes Kapitel

Der unerwartete Besuch war inzwischen in das Frontzimmer eingetreten, und während Stine wieder auf das Fenster und ihre hier aufgestellte Rahmenstickerei zuschritt, forderte sie den jungen Grafen auf, auf dem schräg zur Seite stehenden Sofa Platz zu nehmen. Er lehnte dies aber ab und schob statt dessen einen Stuhl in die Nähe Stines, die sich ihrerseits sofort wieder ihrer Arbeit zuwandte, freilich in sichtlicher Erregung. Die Nadel flog, und der orangefarbene Faden von Flockseide blitzte bei jedem neuen Stich, den sie machte.

„Nun, Herr Graf", begann sie, während sich ihr Kopf immer tiefer auf die Stickerei senkte, „was verschafft mir die Ehre? Was führt Sie zu mir?"

Aber ehe der, an den sich die Frage richtete, noch antworten konnte, fuhr sie schon mit einer ihr sonst fremden Lebendigkeit fort: „Ich glaube, Sie verkennen mich. Sie mögen darüber lachen; aber ich bin ein ordentliches Mädchen, und ist keiner in der Welt, der hintreten und zu mir sagen kann: ‚Du lügst.' Ich sehe ja, wie's geht ... nein, nein, lassen Sie mich ausreden ... und solch ein Leben, wie's meine Schwester führt, verführt mich nicht; es schreckt mich bloß ab, und ich will mich lieber mein Leben lang quälen und im Spital sterben, als jeden Tag alte Herren um mich haben, bloß um Unanständigkeiten mit anhören zu müssen oder Anzüglichkeiten und Scherze, die vielleicht noch schlimmer sind. Das kann ich nicht, das will ich nicht.

Und nun wissen Sie, woran Sie sind."

„Fräulein Stine", sagte der junge Graf, „Sie sagen, ich irrte mich in Ihnen. Ich glaube nicht, daß ich mich in Ihnen irre. Aber selbst, wenn es so wäre, so lassen Sie mich Ihnen sagen, Sie irren sich auch in mir. Ich komme zu Ihnen, weil Sie mir gefallen und mir eine Teilnahme eingeflößt haben, oder lieber rundheraus, weil Sie mir leid tun. Ich hab' es Ihnen wohl angesehen, daß an dem Abende neulich nicht alles nach Ihrem Sinn und Geschmack war, und da nahm ich mir vor, du willst sehen, wie's dem Fräulein Stine geht. Ja, Fräulein, das nahm ich mir vor, und wenn ich Ihnen helfen kann, so will ich Ihnen helfen und Ihnen Ihre Freiheit wiedergeben und Sie losmachen aus dieser Umgebung. Ich glaube, daß ich es kann, trotzdem ich kein Prinz bin und noch weniger ein Wundertäter. Und Sie dürfen auch nicht fürchten, daß ich eines Tages mit der Absicht kommen werde, mir einen schönen Dank dafür zu holen. Nein, nichts davon. Ich bin krank und ohne Sinn für das, was die Glücklichen und Gesunden ihre Zerstreuung nennen. Eine lange Geschichte, womit ich Sie nicht behelligen will, wenigstens heute nicht."

Er hatte sich, während er diese letzten Worte sprach, erhoben und sah, seine Hand auf Stines Stuhl lehnend, in den Sonnenball, der eben zwischen den nach Westen stehenden Bäumen des Invalidenparks niederging. Alles schwamm in einem goldenen Schimmer, und das Schweigen, in das er verfiel, zeigte, daß er auf Augenblicke von nichts als von der Schönheit des sich vor ihm auftuenden Bildes hingenommen war. Endlich aber nahm er sich Stines Hand und sagte: „Was hab' ich da gesprochen von Freiheit geben und Sie wieder losmachen wollen! Geben Sie mir keine Antwort darauf. Alles falsch und eingebildet und töricht dazu. Weil ich mich selber hilfebedürftig fühle, war ich wohl des Glaubens, Sie müßten auch hilfebedürftig sein. Aber ich empfinde mit einem Male, daß Sie's *nicht* sind, daß Sie's nicht sein können."

Stine lächelte vor sich hin. Der junge Graf aber, der es nicht sah oder nicht sehen wollte, fuhr in dem ihm eigentümlich elegischen Tone fort: „Ja, Fräulein Stine, das Kranksein, das eigentlich von Jugend auf mein Lebensberuf war, es hat auch seine Vorteile; man kriegt allerlei Nerven in seinen zehn Fingerspitzen und fühlt es den Menschen und Verhältnissen ab, ob sie glücklich sind oder nicht. Und mitunter sogar den Räumen, darin die Menschen wohnen. Und *hier* lehren mich meine Sinne, Sie können nicht unglücklich sein. Es ist nicht ein Zufall, daß ein solches Bild hier vor Ihnen ausgebreitet liegt, und ein Zimmer, in das die Sonne jeden Abend so freundlich blickt, das ist ein gutes Zimmer."

„Ja", sagte Stine, „das ist es. Freilich, man soll sich seines Glückes nicht rühmen, schon um's nicht zu berufen. Aber es ist wahr, ich bin glücklich."

Der junge Graf sah sie bei diesen Worten forschend und beinahe verwundert von der Seite her an. Er hatte sich darin gefallen, ihr, um der freundlichen Umgebung willen, in der er sie gegen Erwarten antraf, ohne weiteres das Glück zuzusprechen, und war nun doch betroffen, sie so rundheraus das bestätigen zu hören, was er ihr selber eben gesagt hatte. Stine sah das alles und setzte deshalb hinzu: „Sie müssen nun freilich nicht denken, ich wisse vor lauter Glück nicht ein noch aus. So steht es auch nicht. Ich bin glücklich, aber nicht wie die, welche die Not nicht kennen und immer nur gute Tage haben. Und ich bin auch nicht so glücklich wie die katholische Schwester, die mich letzten Winter in meiner Krankheit pflegte. Solche fromme Seele, die nichts will, als Gott wohlgefällig sein, ja, die hat freilich mehr, und mit der steht es besser. Aber ich bin so gut dran wie gewöhnliche Menschen, die Gott schon danken, wenn ihnen nichts Schlimmes passiert."

„Und das Zusammenleben mit Ihrer Schwester! Ist es Ihnen keine Last und keine Sorge?"

„Nein. Ich liebe meine Schwester, und sie liebt mich."

„Aber Sie sind doch so sehr verschieden."

„Nicht so sehr, wie Sie glauben. Sie verkennen meine Schwester; meine Schwester ist sehr gut."

„Aber das Verhältnis, in dem sie steht! Es muß doch darüber geredet werden und Anstoß geben bei Leuten, die noch ihren Katechismus haben und die zehn Gebote halten."

„Ja, bei denen gibt es freilich Anstoß, und meine Schwester, wenn sie mit solchen zusammentrifft, muß oft böse Worte hören. Aber so heftig sie sonst ist, so ruhig ist sie dabei. Sie hat nämlich einen sehr guten Verstand und ein großes Gerechtigkeitsgefühl, und wenn sie solche Worte hört, so sagt sie: ‚Ja, Stine, das ist nun mal nicht anders; wer sich in den Rauch hängt, der wird schwarz'"

„Nun gut. Aber einen je besseren Verstand Ihre Schwester hat, und je mehr sie zugibt, so wie sie lebt, das Urteil und Gerede der Leute herauszufordern, desto mehr muß sie doch leiden unter der Mißachtung, die sie trifft."

„Es wäre vielleicht so", nahm Stine wieder das Wort, „wenn alle Menschen in einerlei Weise dächten. Aber das ist nicht der Fall. Die, die sie verurteilen (und die mitunter lieber schweigen sollten), das sind immer nur einzelne; die meisten plappern ihre Lehren und Vorwürfe nur so herunter und meinen es nicht bös und denken in ihrem Herzen ganz anders darüber."

„Wie das?"

„Ja, das ist schwer zu sagen; aber es ist so und kann auch kaum anders sein. Denn die, die Not leiden, wollen vor allem aus ihrer Not und ihrem Elend heraus und sinnen und simulieren bloß, wie das zu machen sei. Brav sein und sich rechtschaffen halten, das ist alles sehr gut und schön, aber doch eigentlich nur was Feines für die Vornehmen und Reichen, und wer arm ist und das Feine mitmachen will, über den ziehen sie bloß her (und die gestern noch die Strengsten waren, am meisten) und reden und spotten, daß man was Apartes sein wolle. ‚Die denkt wohl, sie sei es.' Ach, wie oft hab' ich das hören müssen."

„Welche Verworrenheit der Begriffe!"

„Ja, so nennen Sie's, und ich mag nicht widersprechen. Aber dieselben Leute, die so verworren scheinen, sind auch wieder sehr hell und halten auf Pflicht, wo sie sich aus freien Stücken verpflichtet haben. Und das gleicht manches wieder aus. Neben ihrem bloßen Gerede, das heute so ist und morgen so, gibt es auch was, das ihnen feststeht, und das ist das Wort und die Zusage. Mit dem ‚sich gut halten', solange man frei ist, kann man's am Ende halten, wie man will; aber mit dem Kontrakte muß man's halten, wie man soll. Was ich übernehme, das gilt, und ehrlich sein ist die Hauptsache geworden. Und so kann es einer armen Frau passieren, in einem Verhältnis, das nicht löblich ist, doch noch gelobt zu werden."

„Und diesen Vorzug genießt Ihre Schwester?"

„Ja. Daß sie das Verhältnis hat, ist ihr kein Lob, aber bei der großen Mehrzahl auch keine Schande. Die arme Frau, so sagen sie, sie hätt's lieber anders. Aber sie *muß*. Und muß ist eine harte Nuß. Und so läßt man sie's nicht entgelten und fordert nur das *eine* von ihr, daß sie, was sie versprochen, auch respektiere. Wanda darf tun und lassen, was sie will; meine Schwester Pauline darf es nicht. Die muß halten, wozu sie sich verpflichtet; und ich darf Ihnen versichern, es *wird* gehalten."

„Und in das alles hat sich Ihre Schwester hineingefunden? Vielleicht sogar mit Leichtigkeit?"

„Doch nicht leicht. Eher schwer. Aber, die Wahrheit zu gestehen, nicht schwer von Tugend wegen (davon will sie nichts wissen), sondern nur deshalb, weil ihr von Natur an einem Leben nichts liegt, wie sie's zu führen gezwungen ist. Meine Schwester ist arbeitsam und ordentlich und ganz ohne Passion. Wenigstens hat sie mir das hundertmal versichert."

„Und aufrichtig?"

„Wer sieht ins Herz? Aber ich glaube: ganz aufrichtig. Und wenn Sie meine Schwester so gut kennten wie ich, so würden Sie's auch glauben."

„Und doch sagte sie mir, als ich vorgestern nach Olga fragte: ‚Danach dürfen Sie nicht fragen' Einen Vater hat sie, das ist gewiß. Aber mehr kann ich Ihnen nicht sagen."

Stine lächelte verlegen vor sich hin. Endlich aber sagte sie: „Ja, in diesem Tone spricht sie gern, das ist wahr; aber nicht aus schlechter Sitte, sondern aus Übermut. Sie weiß, daß sie noch immer sehr hübsch ist, und hat aus Eitelkeit und Gefallsucht, wovon ich sie nicht freisprechen kann, eine sie beständig quälende Lust, die Männer in Verwunderung zu setzen, bloß um sie hinterher auszulachen. Ich kenne sie besser, weil ich ihr Leben kenne. Sie war kaum zwanzig, als Olga geboren wurde. Da hatte sie nun das Kind - eine gewöhnliche Verführungsgeschichte, womit ich Sie verschonen will; und weil man ihren Anspruch mit einer hübschen Geldsumme zufriedenstellte, so war sie nun eine ‚gute Partie' geworden und verheiratete sich auch bald danach. Und wie meist in solchen Fällen: mit einem kreuzbraven Mann. Aber ich muß auch sagen, er kam ihr zu. Sie war eine ganz vorzügliche Frau. Nicht das geringste konnt ihr nachgesagt werden; und als der Mann krank wurde, hat sie ihn mit allem, was sie hatte, treu bis zum Tode gepflegt. Freilich, als er dann in seinem Grabe lag, war auch der letzte Notgroschen hin, und ihr Herr Onkel, der in demselben Hause wohnte, nahm sich ihrer an. Und da kam es dann - nun, Sie wissen wie. Das geht jetzt ins dritte Jahr, und sie wünscht es sich nicht anders, trotzdem sie klagt und wettert, übrigens ohne sich viel dabei zu denken. Sie nimmt ihr gegenwärtig Leben als einen Dienst, drin sich Gutes und Schlimmes die Waage hält; aber des Guten ist doch mehr, weil sie keine Sorge hat um das tägliche Brot. Und nun bitt' ich Sie, wenn Sie sie wiedersehen, so sehen Sie sich ihr Tun und Treiben auf meine Worte hin an, und Sie werden finden, daß ich nicht zuviel gesagt habe."

„Und was fordert sie von Ihnen?"

„Fordert? Nichts. Sie liebt mich und ist seelensgut zu mir und freut sich, daß ich auf mich halte, und ermutigt mich darin. ‚Es ist immer das klügste so', das sind ihre Worte. Würd' es aber anders kommen, so wär' es nicht viel, und sie würde nur sagen: ‚Ich weiß wohl, Stine, das Richtige läßt sich nicht immer tun.' Ja, sie sieht das, was sie das Richtige nennt, für etwas Wünschenswertes an, aber nicht als etwas Notwendiges; sie gönnt es mir, nichts weiter."

Allmählich, während dies Gespräch geführt wurde, war die Sonne drüben niedergegangen, und nur ein letztes verblassendes Abendrot schimmerte noch zwischen dem Gezweige der Parkbäume. Stine hatte längst den Stickrahmen beiseite gestellt, und der junge Graf, der ihr jetzt gegenübersaß, sah in dem Fensterspiegel, wie die ganze Straße hinunter die Gaslaternen aufflammten. Er war so benommen davon, daß er eine Weile schwieg und dem eigentümlichen Straßenbilde zusah.

„Ich sehe", sagte Stine, „der Spiegel tut es Ihnen auch an. Ich weiß das schon; es ist immer dasselbe."

Der junge Graf nickte. Dann nahm er Stines Hand wie zum Abschied und sagte, während er sich rasch erhob: „Ich darf doch wiederkommen, Fräulein Stine?"

„Besser wäre es, Sie kämen nicht. Sie beunruhigen mich nur."

„Aber Sie verbieten es nicht, Sie sagen nicht nein?"

„Ich sage nicht nein, weil ich es nicht sagen darf. Meine Schwester würd' es unklug finden, und ich weiß, daß ich ihr Rücksichten schuldig bin."

„So denn auf Wiedersehen, Fräulein Stine."

Stine gab ihm das Geleit bis auf den kleinen Korridor; dann aber rasch in ihre Stube zurückkehrend, trat sie ans offene Fenster und sog die frische Luft ein, die vom Park her herüberkam. Aber es blieb ihr bang ums Herz, und sie hatte das bestimmte Gefühl, daß ihr nur Schweres und Schmerzliches aus dieser Bekanntschaft erwachsen werde. „Warum hab' ich nicht nein gesagt? Ich habe mich nun in seine Hand begeben ... Und doch, ich will nicht, will nicht. Ich hab' es ihr auf dem Sterbebette schwören müssen. ‚Stine' sagte sie, ‚halte dich. Es kommt nichts dabei heraus. Du bist nicht so hübsch wie deine Schwester Pauline, das ist mir ein Trost. Ach, das Hübschsein ...' - Ich war noch ein halbes Kind damals; aber was ich ihr versprochen, ich will es halten!"

Im selben Augenblick, wo der junge Graf, von Stine geleitet, aus dem Zimmer in den Korridor trat, trat auch die Polzin von ihrem Horchplatz wieder an den Klapptisch zurück, wo sich nun zwischen den beiden Eheleuten sofort ein kurzes, aber intimes Zwiegespräch entspann.

„Er ist eigentlich lange geblieben", sagte Polzin, während er sich wieder an den Webstuhl setzte. „Wie war es denn?"

„Gar nichts war es. Und wird auch nichts."

„I wo", sagte Polzin. „Es wird schon werden. Alles muß doch Zeit und Weile haben. Aber du denkst immer ..."

„Ach was, denken; ich denke gar nich. Ich sage bloß, wenn was werden soll, wird es gleich. Un wenn es nich gleich wird, wird es garnich ... Ich kenne doch auch die Mannsleute."

„Ja, ja", sagte Polzin und griente, „*die* kennst du."

„Höre, Polzin, komme mir nich *so*. Fange nich wieder alte Geschichten an."

„I, wie werd' ich denn ... Ich meine ja bloß ..."

Neuntes Kapitel

Der junge Graf wiederholte seine Besuche. Während der ersten Woche kam er einen Tag um den andern, dann täglich; aber immer blieb er nur bis Spätnachmittag. Dann ging er wieder.

Einmal kam ausnahmsweise der Abend heran, und man öffnete die Fenster und sah hinaus. Die Schwere der Luft machte, daß das Straßentreiben unten anders als sonst auf die Sinne wirkte; die Lichter brannten trüber, und das Geläute der Pferdebahnglocke klang gedämpfter herauf. Über dem Parke drüben stand der Mond und warf seinen Schimmer auf einen frei zwischen den Bäumen stehenden Obelisken; die Nachtigallen schlugen, und die Linden blühten in aller Pracht. Der junge Graf wies darauf hin und sagte: „Das ist nun ein Park und heißt auch so. Aber ist es nicht eigentlich wie ein Kirchhof? Daß alles blüht, das hat der Kirchhof auch. Und der Obelisk sieht aus wie ein Grabstein."

„Und ist auch so was."

„Wie das? Ist da jemand begraben?"

„Nein, begraben nicht. Aber ein Denkmal ist es, das zur Erinnerung an die mit der ‚Amazone' Verunglückten errichtet wurde. Hundert oder mehr, und ich habe manchmal ihre Namen gelesen. Es ist rührend; lauter junge Leute."

„Ja", sagte der junge Graf, „ich entsinne mich, lauter junge Leute." Dann schwieg er wieder, und der Ton, in dem er gesprochen hatte, klang fast, wie wenn er sie mehr beneide als beklage.

Bald danach brach er auf, sichtlich bewegt von der Wendung, die das Gespräch genommen, und Stine sah, als er auf die Straße hinaustrat, daß er nicht, wie gewöhnlich, nach links hin auf die Bahnhofsbrücke zuschritt, sondern, quer über den

Damm, nach dem eingegitterten Park. Da stand er nun an dem Gitter und beugte sich vor, und es war, als ob er die Namen, die der Obelisk trug, in dem Halblicht zu lesen versuche.
An diesem Tage hatte sein Besuch etwas länger gedauert; sonst blieb er nur bis Sonnenuntergang und hatte seine Freude daran, Stine bei der Arbeit zu sehen und dabei plaudern zu hören. Er nahm teil an allen Vorkommnissen; am liebsten aber war es ihm, wenn sie Geschichten aus ihrem Leben erzählte, von ihren Kinder- und Schultagen, von dem frühen Tod ihrer Mutter und von der Einsegnung, die kurz nachher gewesen, und wie die Leute im Hause gesammelt hätten, um ihr das Einsegnungskleid schenken zu können. Und wie sie dann in demselben Jahre noch in das große Woll- und Stickereigeschäft eingetreten sei - dasselbe, für das sie jetzt noch arbeite; meistens zu Haus, aber mitunter auch im Geschäft selbst -, und wie sie da lebten und Freundschaften schlössen und in der Weihnachtswoche bis in die halbe Nacht beisammensäßen und der Reihe nach eine immer vorlesen müsse. Das sei nicht bloß gestattet, das sei sogar gewünscht; denn der Herr des Geschäfts sei klug und gütig und wisse, was es wert sei, die, die arbeiten müßten, bei Lust und Liebe zu halten. Und so käm' es auch, daß sie keinen Wechsel im Personal hätten, oder doch nur sehr selten, und alle gern blieben, es sei denn, daß sie sich verheirateten. Überhaupt müsse sie sagen, es würde so viel von Aussaugen und Quälen und von Bedrückung gesprochen, aber nach ihrer eigenen Erfahrung könne sie dem durchaus nicht zustimmen. Im Gegenteil. Im Winter hätten sie Maskenball und Theaterstücke; denn ihr Geschäftsherr, wie sie nur wiederholen könne, vergesse nie, daß ein armer Mensch auch mal aus dem Alltag herauswolle. Das Schönste aber seien die Landpartien im Sommer. Da würden ein paar Kremser gemietet, und noch vor Tau und Tage ging es ins Freie hinaus,

nach Schildhorn und Grunewald oder nach Tegel und dem Finkenkrug. Oder auch zu Wasser, was freilich, solange sie da sei, nur einmal gewesen, aber ihr auch ganz unvergeßlich geblieben sei. Da wär' ein Dampfschiff gemietet worden, und die ganze Spree hinauf, an Treptow und Stralow und dann an Schloß Köpenick und Grünau vorüber, wären sie bis in die Einsamkeit gefahren, bis an eine Stelle, wo nur ein einziges Haus mit einem hohen Schilfdach dicht am Ufer gestanden habe. Da wären sie gelandet und hätten Reifen gespielt. Ihr aber sei das Herz so zum Zerspringen voll gewesen, daß sie nicht habe mitspielen können, wenigstens nicht gleich, weshalb sie sich unter eine neben dem Hause stehende Buche gesetzt und durch die herabhängenden Zweige wohl eine Stunde lang auf den Fluß und eine drüben ganz in Ampfer und Ranunkeln stehende Wiese geblickt habe, mit einem schwarzen Waldstreifen dahinter. Und es sei so still und einsam gewesen, wie sie gar nicht gedacht, daß Gottes Erde sein könne. Nur ein Fisch sei mitunter aufgesprungen und ein Reiher über die Wasserfläche hingeflogen. Und als sie sich satt gesehen an der Einsamkeit, habe sie die andern wieder aufgesucht und mit ihnen gespielt; und sie höre noch das Lachen und sähe noch, wie die Reifen in der Sonne geblitzt hätten.

Der junge Graf hörte nichts lieber als dergleichen Erzählungen, und so glücklich ihn jedes Wort stimmte, so lehrreich war es ihm auch. Er war in der Vorstellung herangewachsen, daß die große Stadt ein Babel sei, darin die Volksvergnügungen, wenn nicht mit Sittenlosigkeit und Roheit, so doch mit Lärm und Gejohle ziemlich gleichbedeutend seien, und mußte nun aus Stines Munde hören, daß dies Babel eine Vorliebe für Lagern im Grünen, für Zeck und Anschlag habe. Dergleichen verfehlte denn auch nicht, seine Gedanken immer mehr einer ihm angebotenen, allen

Standesvorurteilen abgewandten Richtung zuzuwenden, und wenn Stine mit solchen Schilderungen, ernsten und heiteren, ihn in die Gemütlichkeit hineingeplaudert hatte, wurd' er zuletzt selber mitteilsam und sogar gesprächig und erzählte von seinem eigenen Leben: von dem Predigtamtskandidaten, bei dem er bis zum Überdruß Gesangbuchlieder und Bibelsprüche habe lernen müssen, weil es so das bequemste für den Lehrer gewesen, von seinen Vorbereitungen zum Examen, durch das er nur (denn er habe nie was gelernt) wie durch ein Wunder hindurchgekommen sei, und endlich, nach seinem Eintritt ins Regiment, von seinen Avantageur- und Fähnrichstagen. Das wäre seine beste Zeit gewesen, seine einzig frohe, trotzdem es bei seinem frommen und eisenfresserischen Kommandeur ein für allemal festgestanden habe: „ein Fähnrich ist ein Nichtsnutz". Und da mit einem Male hab' es geheißen „Krieg"; ein Jubel wäre losgebrochen, und drei Tage später hab' er schon eingepfercht in einem Waggon gesessen, überglücklich, auch seinerseits aus dem Garnisonseinerlei heraus zu sein. Überglücklich, aber freilich nicht auf lange. Denn wieder drei Tage später, und er habe, aus dem Sattel geschossen, dagelegen, und als einen Halbtoten hätten sie ihn weggetragen. Und während seine Kameraden von Sieg zu Sieg gezogen seien, hätt' er sich in einem Nest an der Grenze hingequält und nicht gewußt, ob er leben oder sterben solle. Und die Natur hab' es auch nicht recht gewußt und habe sich nicht entscheiden wollen. Aber zuletzt habe sie sich entschieden, und er sei genesen. Oder doch halb. Ob zu seinem Glück? Er wisse es nicht. „Es ist doch das schönste, wenn die Sonne niedergeht und ausruhen will von ihrem Tagewerk."

Stine verstand ihn wohl und bat ihn, als er das sagte, nicht so zu sprechen. Er müsse doppelt hoffen; denn wer vom Tode gerettet sei, der lebe lange. So sage das Sprichwort, und die Sprichwörter hätten immer recht.

Er lächelte bei diesen Worten und lenkte dann auch seinerseits wieder zu heiteren Dingen über. Und bald danach trennte man sich in Herzlichkeit und guter Laune.

Zehntes Kapitel

Es war in der dritten Woche nach ihrer Bekanntschaft, ein Freitagabend, und der junge Graf hatte noch keine zehn Minuten das Haus verlassen, als es oben an der Flurtür klopfte. Das war das Zeichen für die Polzin, die denn auch sofort erschien und sich mit der Pittelkow begrüßte.

„War Besuch hier, liebe Polzin? Ich meine bei Stine?"

„Kann ich wirklich nich sagen, liebe Frau Pittelkow. Sie wissen, wir sehen und hören nichts."

Es schien, daß sich die Polzin über dies ihr Lieblingsthema noch weiter verbreiten wollte; Stine jedoch, die das draußen auf dem Flur geführte Gespräch gehört und die Stimme der Schwester erkannt hatte, ließ es nicht dazu kommen. „Ei, das ist hübsch, Pauline, daß du da bist." Und hiermit wandte sie sich wieder in ihr Zimmer zurück, um, vorsichtig umhersuchend, von einem schon im vollen Abendschatten stehenden Eckschrank die Lampe herunterzunehmen.

„Laß man, Stinechen", sagte die Schwester. „Es ist so hübsch schmustrig hier, un das Schmustrige hab' ich nu mal am liebsten, un is immer wie'n altes schwarzes Kreppschintuch, so man sich gleich einmummeln un anlehnen kann, un braucht nicht steif un grade zu sitzen. Nein, laß man, Stine; wir haben Licht genug von unten her. Sieh doch bloß, da kuckt ja der Mond grad über Sieboldten seinen Schornstein weg."

Unter solchem Geplauder hatte die Pittelkow auf dem Sofa Platz genommen und sagte, während sie sich behaglich in die Kissen drückte: „Ja, was ich sagen wollte, Stine, das Grafchen war eben wieder hier?"

„Ja, Pauline."

„Jott, Kind, wie dir die Backen brennen."

„Ja, sie brennen mir. Aber ich weiß eigentlich nicht, warum. Es ist fast zum Ärgern; ich bin rot geworden und brauchte doch nicht.“

„Ach, mein Stineken, werde du man rot; es is immer besser, mal zuviel als mal zu wenig. Aber was ich sagen wollte, das Grafchen ... Es gefällt mir nich, daß er hier immer bei Dagesschluß die Treppe raufsteigt, grad als müßt' er die Betglocke läuten.“

„Er ist der beste Mensch von der Welt, Pauline. Nie hätt' ich geglaubt, daß es einen so guten Menschen gäbe. Den ersten Tag hatte ich eine Aussprache mit ihm und redete von Anständigkeit und Auf-sich-Halten, und daß ich ein ordentliches Mädchen sei. Aber ich schäme mich jetzt fast, daß ich so was gesagt habe. Denn immer ängstlich sein ist auch nicht gut und zeigt bloß, daß man sich nicht recht traut und daß man schwächer ist, als man sein sollte.“

Die Pittelkow lächelte vor sich hin und schien antworten zu wollen, aber Stine fuhr fort: „Ja, Pauline, der beste Mensch, ohne Falsch und ohne Hochmut, aber auch ohne Glück. Wenn er mir so gegenübersitzt, ist es mir oft, als ob wir die Rollen vertauscht hätten, und als ob ich eine Prinzessin wär' und könnt' ihn glücklich machen. Er sieht mich dann immer an und hört auf jedes Wort, das ich spreche, nicht bloß zum Schein und aus Haberei, nein, solch dummes Ding bin ich nicht mehr, mir so was einzubilden, wenn es nicht wahr wäre. Nichts von bloß so tun; ich seh' es ihm an, daß er wirklich dabei ist, und daß ihn alles freut, was ich da so hinplaudere. Freilich, du wirst mich für eitel halten und es nicht glauben wollen.“

„Oh, warum nich, Stine? Warum soll ich es nich glauben? Ich glaub' es alles. Aber alles hat auch seinen Grund, und sogar seinen guten Grund. Und ich kenn' ihn auch.“

„Und ich denke mir, ich kenn' ihn auch und weiß, woran es liegt. Sieh, es liegt daran, er hat so wenig Menschen gesehen und noch weniger kennengelernt. In seiner Eltern Hause gab es nicht viel davon (sie sind alle stolz und hart, und seine Mutter ist seine Stiefmutter), und dann hat er Kameraden und Vorgesetzte gehabt und hat gehört, wie seine Kameraden und seine Vorgesetzten sprechen; aber wie Menschen sprechen, das hat er nicht gehört, das weiß er nicht recht. Ich denke mir das nicht aus, ich hab' es von ihm, es sind seine eigenen Worte. Ja, Pauline, *daran* liegt es. *Das* ist der Grund, daß ich armes Ding ihm gefalle; nichts weiter. Er ist unglücklich in seinem Haus und seiner Familie. Vor allem aber denke nur nicht, er sei mein Anbeter oder Liebhaber, oder wie du's sonst noch nennen willst. Ich sehe wohl, daß er mich lieb hat, aber das ist doch was andres, und das kann ich dir sagen: noch ist kein Wort über seine Lippen gekommen, dessen ich mich vor Gott und Menschen oder vor mir selber zu schämen hätte."

„Glaub' es", sagte die Pittelkow. „Glaub' es alles. Aber, meine liebe Stine, das ist es ja eben. Ich hab' es mir so gedacht, gerade so. Gleich als ich ihn das erstemal sah, als die beiden Alten mit da waren und Wanda Holofernessen köppte, da wußt' ich es. Sieh, Kind, es sind mir so viele Mannsleute zu Gesicht gekommen, und wenn ich welche sehe, na, so kenn' ich sie gleich durch un durch un kann sie aussuchen wie Handschuh nach der Nummer, un weiß gleich, was los is. Un mit dem jungen Grafen is nich viel los. Er is man schwächlich, un die Schwächlichen sind immer so un richten mehr Schaden an als die Dollen."

Stine sah die Schwester an.

„Ja, du siehst mich an, Kind. Aber es is wahr un wahrhaftig so. Du denkst wunder, wie du mich beruhigst, wenn du sagst: ‚Es is keine Liebschaft.' Ach, meine liebe Stine, damit beruhigst du mich gar nich; konträr im Gegenteil. Liebschaft, Liebschaft. Jott, Liebschaft is lange nicht das schlimmste. Heut' is sie noch,

un morgen is sie nich mehr, un er geht *da* hin, und sie geht *da* hin, un den dritten Tag singen sie wieder alle beide: ‚Geh du nur hin, ich hab' mein Teil.' Ach, Stine, Liebschaft! Glaube mir, daran stirbt keiner, un auch nich mal, wenn's schlimm geht. Was is denn groß? Na, dann läuft 'ne Olga mehr in der Welt rum, un in vierzehn Tagen kräht nich Huhn nich Hahn mehr danach. Nein, nein, Stine, Liebschaft is nich viel, Liebschaft is eigentlich gar nichts. Aber wenn's hier sitzt (und sie wies aufs Herz), dann wird es was, dann wird es eklig."
Stine lächelte.
„Du lachst, und ich weiß auch warum. Du lachst, weil du denkst, Pauline weiß nichts davon und kann auch nichts davon wissen; denn es hat ihr nie *hier* gesessen. Un das hat auch seine Richtigkeit damit. Ich bin noch so drum rumgekommen. Aber, meine liebe Stine, man erlebt nicht bloß an sich selbst, man erlebt auch an andern. Un ich sage dir, von so was, wie du mit dem Grafen vorhast oder der Graf mit dir, von so was is noch nie was Gutes gekommen. Es hat nu mal jeder seinen Platz, un daran kannst *du* nichts ändern, un daran kann auch das Grafchen nichts ändern. Ich puste was auf die Grafen, alt oder jung, das weißt du, hast es ja oft genug gesehen. Aber ich kann so lange pusten, wie ich will, ich puste sie doch nich weg, un den Unterschied auch nich; sie sind nun mal da, und sind, wie sie sind, und sind anders aufgepäppelt wie wir, und können aus ihrer Haut nicht raus. Un wenn einer mal raus will, so leiden es die andern nich und ruhen nich eher, als bis er wieder drin steckt. Un denn kannst du hier so lang in die Sonne kucken, bis sie morgens bei Polzins oder bei der Frau Privatsekretär wieder rauskommt, er kommt doch nich, *er* sitzt erster Klasse mit Plüsch un hat noch ein Luftkissen bei sich, un sie hat 'nen blauen Schleier an'n Hut, und so geht es heidi! nach Italien. Un das is denn, was sie Hochzeitsreise nennen."

„Ach, Pauline, so kommt es nicht."
„Ja, so kommt es, mein armes Stineken. Un wenn es nich so kommt, na, denn kommt es noch schlimmer; denn is er ein Eigensinn un will partout mit'n Kopp durch die Wand, un hast du denn den Kladderadatsch erst recht. Glaube mir, Kind, von 'ne unglückliche Liebe kann sich einer noch wieder erholen un ganz gut rausmausern, aber von's unglückliche Leben nich."

Elftes Kapitel

Baron Papageno (niemanden über sich) wohnte von alter Zeit her drei Treppen hoch, teils weil er das seiner Meinung nach erst in etwa Dachhöhe beginnende Ozon auch in seiner Berliner Abschwächung nicht missen wollte, teils weil er einen Widerwillen hatte, bei jeder über ihm stattfindenden Mahlzeit ein halbes Dutzend Menschen und Stühle herumpoltern zu hören. Namentlich war ihm das Hin- und Herschrammen in den Tod verhaßt, das seiner in früheren Wohnungen gemachten Erfahrung nach überall da blühte, wo Kinder mit zu Tische saßen, Kinder, die noch nicht alt genug waren, ihren Stuhl manierlich heranzustellen, und sich deshalb aushilfsweise zum Schieben gezwungen sahen. Neben dem Griffelgequietsch auf Schiefertafeln gab es nichts, was ihn so nervös gemacht hätte, wie solche Stuhl- und Rutschfahrten ihm zu Häupten.

Aber freilich, seine der gesamten Wohnungsfrage geltenden Sorglichkeiten beschränkten sich nicht auf Luftschicht und Hausruhe, sondern zeigten sich beinahe mehr noch in dem Raffinement, mit dem er bei der Wahl der Stadtgegend verfahren war und Zietenplatz- und Mohrenstraße-Ecke gewählt hatte. Wie sich denken läßt, hielt er diese seine Kastellecke für nicht mehr und nicht weniger als den schönsten Punkt der Stadt und lag darüber mit dem alten Grafen in einer beständigen Fehde. Dieser seinerseits zog die Behrenstraße weit vor, unterlag aber bei den sich darüber entspannenden Streitigkeiten jedesmal, weil er in der üblen Lage war, mit bloßen legitimistischen Sentiments gegen Tatsachen fechten zu müssen. „Ich bitte Sie, Graf", sagte dann Papageno mit einer von vornherein überlegenen Miene, „was haben Sie, Hand aufs Herz, in der Behrenstraße? Sie sehen nun schon sieben Jahre lang in das Portal der kleinen Mauerstraße hinein, ohne je was anderes herauskommen zu sehen als eine Kutsche mit einer alten Prinzessin oder einer noch älteren Hofdame. Das ist mir aber, offen gestanden, trotzdem die Kutschen zu sind, als Point de vue nicht anziehend genug. Und nun vergleichen Sie damit meine Mohrenstraße-Ecke. Sag' ich zuviel, wenn ich behaupte, daß mir, von meinem Auskuck aus, ganz Berlin, soweit es mitspricht, zu Füßen liegt? Was ich jeden Morgen zuerst zu begrüßen in der Lage bin, ist der alte Zieten auf seinem Postament. Als er noch weiß war, war er mir freilich noch lieber, und wenn ich ihn damals so marmorblank in der Morgensonne dastehen und leuchten sah, dacht' ich mitunter, er werde reden wie der selige Memnon aus seiner Säule. Nun, das hat er schon damals unterlassen, und seitdem er erz- und olivenfarben geworden ist, ist es vollends damit vorbei - die besseren Tage liegen ihm und anderen zurück. Aber besser oder nicht, der alte Zieten ist überhaupt nur Vorposten an dieser Stelle, hinter dem ich (die Menge muß es bringen) an jedem neuen Tage nach links hin die Gamaschen des alten Dessauers und nach rechts hin die Fahnenspitze des alten Schwerin blinken sehe. Vielleicht ist es auch sein Degen. Und en arrière meiner Generäle türmen sich die Ministerien auf; und Pleß und Borsig, und wenn ich mich noch weiter vorbeuge, seh' ich sogar das Gitter von Radziwill, jetzt Bismarck, und durchdringe mich mit dem patriotischen Hochgefühle: *hier* Preußen unter dem Alten Fritzen, *dort* Preußen unter dem Eisernen Kanzler."

So liebte Baron Papageno zu perorieren und schloß dann in der Regel mit Zitaten aus der ersten Strophe des „Ring des Polykrates", womit sich seine Kenntnis der Ballade, wie bei vielen andern, erschöpfte.

Der Baron lag auch heute wieder im Fenster, aber nicht nach dem Zietenplatze, sondern nach der Mohrenstaße hinaus, und beobachtete die Sperlinge, die gerade gegenüber in der Dachrinne saßen und sich unter beständigem Gepiep und Gehupf, dem dann ein abschüttelndes Flügelschlagen folgte, den Extravaganzen eines geordneten oder vielleicht auch ungeordneten Familienlebens hingaben. Er sann eben darüber nach, ob er sich nicht aus moralpädagogischen Gründen ein kleines Pustrohr anschaffen und durch Hinüberschießen kleiner Lehmkugeln etwas mehr Askese heranbilden solle, als er draußen auf dem Flur die Klingel gehen hörte. Seine Wirtin mußte, der Tagesstunde nach, eigentlich noch zu Hause sein, und so hielt er vorläufig ruhig auf seinem Beobachtungsposten aus, bis das mehrfach wiederholte Klingeln ihn veranlaßte nachzusehen, was es sei.

Baron Papageno hatte draußen den Postboten erwartet und war nicht wenig überrascht, statt seiner den jungen Grafen vor sich zu sehen.

„Ah, Waldemar! Herzlich willkommen. Wie Zeit und Jugend sich ändern! Ich schlief immer noch um elf, und Sie sind schon auf und gestiefelt und gespornt und machen Ihre Visiten. Aber bitte, geben Sie mir Ihren Überzieher. Oder wenn Sie meine Dienste verschmähen, auch gut; auch das alte ‚Selbst ist der Mann ‘hat seine Vorzüge. Hier an diesen Riegel, wenn ich bitten darf. Und nun lassen Sie mich vorangehen und den Führer machen … Soll ich das Fenster schließen?“

„Ich denke“, sagte der junge Graf, „wir lassen es, wie's ist.“

„Gut. Oder vielmehr desto besser. Nichts über frische Luft. Ich war eben naturhistorischen Betrachtungen hingegeben, und zwar dem Liebesleben einer Sperlingsfamilie drüben in der Dachrinne. Nichts interessanter als solche Betrachtungen. Und warum? Weil wir ihnen entnehmen dürfen, daß auch das tierweltlich Intrikateste seine Parallelstellen in unsrem eigenen Leben findet. Glauben Sie mir, Waldemar, nichts falscher als die Vorstellung, daß es mit der Gattung homo was ganz Besonderes sei."

Der junge Graf nickte zustimmend. Der alte Baron aber, ohne sich im geringsten um Anzweiflung oder Zustimmung zu kümmern, fuhr in dem ihm eigenen jovialen Tone fort: „Sehen Sie, Waldemar, die Sperlinge. Meine Passion! Jedes Alter hat seine Passionen, und die Sperlinge repräsentieren am Ende nicht die schlimmste. Hübsch freilich sind meine Freunde drüben nicht, und auch nicht wählerisch, eigentlich in nichts; im Gegenteil, immer frêre cochon, aber auch immer amüsant, und das ist für mich das Entscheidende. Denn die meisten Tiere - wiederum ganz nach höherer Analogie - sind herzlich langweilig, darunter selbst solche, die für bevorzugt gelten, und fast möcht' ich sagen, den Vortritt haben. Nehmen Sie beispielsweise den Hahn. Er denkt sich wunder was und ist doch eigentlich nur ein Geck. Außer dem Amte, das ihm obliegt, und über das ich in so früher Stunde nicht gern sprechen möchte, was tut er sonst noch, das der Rede wert wäre? Nichts. Er hält sommers von drei Uhr ab seine Dienststunden. Aber das ist mir zu wenig. Und nun vergleichen Sie damit den Sperling. Immer guter Laune, gesprächig, fidel. Überall kuckt er rein, alles will er wissen, alles will er haben - die reinen Preußen in der Weltgeschichte der Vögel ... Aber ich verschwatze mich, die Sperlinge sind nun mal mein Steckenpferd, ein etwas sonderbares Bild. Und nun nehmen Sie Platz, wenn ich bitten darf ... Zigaretten? Oder einen Morgenkognak?"

Und er fuhr im Zimmer hin und her, um zunächst ein Kistchen Zigaretten und dann Aschbecher und Feuerzeug vor den jungen Grafen hinzustellen. Als er aber endlich damit zur Ruhe war, nahm er selber Platz und blickte mit seinen freundlichgrauen Augen, die pfiffig und unbedeutend in die Welt hineinsahen, seinen Besucher an.

„Ich komme“, begann dieser, „in einer etwas diffizilen Angelegenheit ...“

„Also Geldsache“, warf Papageno dazwischen und versuchte zu lachen. Denn seine Finanzlage war nicht die beste.

„Nein, nicht das, lieber Baron. Es handelt sich vielmehr um eine Herzens- und Standessache. Rundheraus, ich habe vor, mich zu verheiraten.“

„Ah, charmant. Eine Hochzeit. Wahrhaftig, ich wüßte nicht, lieber Waldemar, was Sie mir Lieberes sagen können. *Ich* hab’ es verpaßt und stecke nun in meinen Junggesellenpantoffeln. Aber wenn ich höre, daß ein anderer es wagen will, da faßt mich immer ein heftiger Neid, und ich höre nichts als Orgel- und Tanzmusik und sehe nichts als Buketts und kleine, weiße Atlasschuhe. Die sind auch eine Passion von mir, beinahe noch mehr als die Sperlinge. Und aus allen Backöfen werden dann Kuchen gezogen, und abends steigen Raketen aus dem Park in den schwarzblauen Himmel auf, und im Kruge, was immer das Interessanteste bleibt, gibt es nichts als Friesröcke, Brustlatz und Zwickelstrümpfe.“

„Meine Hochzeit, lieber Baron, wenn sie überhaupt stattfindet, wird mutmaßlich einfacher verlaufen. Ich habe nicht unter den Komtessen des Landes gewählt und bin, von unserm Standpunkt aus angesehn, eine gute Stufe herabgestiegen ...“

„Auch *das* hat seine Vorzüge. Junge Bourgeoise?“

„Nein, Baron, Sie müssen noch eine Stufe tiefer. Ich habe vor, die Zustimmung des Mädchens vorausgesetzt, mich mit der Schwester der Pittelkow zu verloben, mit Stine.“

Der Baron war aufgesprungen. Er faßte sich aber schnell wieder und sagte, während er sich setzte: „Sie werden Ihre Gründe gehabt haben. Außerdem weiß ich aus hundert Erlebnissen, um nicht zu sagen aus eigener Erfahrung, welche Launen Gott Amor hat und in welchen Sprüngen und

Abweichungen er sich gefällt. Man kann beinahe sagen, er hat eine Vorliebe für den Ausnahmefall. Aber Ihr Onkel? Ihre Familie?“

„Das eben ist es, Baron, weshalb ich zu Ihnen komme. Daß meine Familie niemals zustimmen wird, ist mir gewiß; auch liegt es mir fern, nur den Versuch dazu machen zu wollen. Ich respektiere die herrschenden Anschauungen. Aber man kann in die Lage kommen, sich in tatsächlichen Widerstreit zu dem zu setzen, was man selber als durchaus gültig anerkennt. Das ist meine Lage. Meine Familie kann den Schritt nie gutheißen, den ich vorhabe, braucht es nicht, soll es nicht; aber sie kann ihn gelten lassen, ihn verzeihn. Und diese Verzeihung möcht' ich haben, nichts weiter. Ich will keine guten Worte hören, aber, wenn's sein kann, auch keine bösen. Es genügt mir, einer gewissen Teilnahme sicher zu sein, in der sich dann, aufs letzte hin angesehn, doch immer noch ein Rest von Liebe birgt. Und mir diese Teilnahme zu gewinnen, dazu bedarf ich eines Anwaltes. Glauben Sie, daß mein Onkel geneigt sein könnte, dieser Anwalt zu sein? Sie kennen ihn besser als ich. Er gilt für stolz bis zum Hochfahrenden; andrerseits hab' ich ihn in Situationen gesehen, die die Kehrseite davon waren. Sie wissen, Baron, welche Situationen ich meine. Und nun sagen Sie mir, was hab' ich von dem Onkel zu gewärtigen? Sind Sie der Meinung, daß ich einer heftigen Szene voller Unliebsamkeiten und vielleicht voller Beleidigungen entgegengehe, so verzichte ich von vornherein auf den Versuch, ihn zu meinem Fürsprecher bei meinen Eltern machen zu wollen.“

Der Baron sah vor sich hin und wirbelte an seinem grauen, etwas mausrigen Schnurrbart. Endlich, als er einsah, daß er wohl oder übel sprechen müsse, warf er sich in den Schaukelstuhl zurück und sagte, während er jetzt ebenso nach der Zimmerdecke hinauf wie vorher zur Erde nieder starrte:

„Lieber Haldern, wer rät, gerät leicht mit hinein. Und ich gerate nicht gern mit hinein; in nichts. Aber Sie wollen meine Meinung, und so muß ich sie geben und meine Vorsicht opfern. Nun denn, es scheint mir unerläßlich, daß Sie mit Ihrem Onkel sprechen."

„Ich freue mich dieser Bestätigung meiner eignen Ansicht."

„Sie müssen mit ihm sprechen, sag' ich, auf alle Fälle, trotzdem ich weiß, daß er ein absolut unberechenbarer Herr ist und sich aus lauter Widersprüchen zusammensetzt oder doch aus Eigenschaften, die danach aussehn. Er steckt, und insoweit liegt die Sache zunächst nicht allzu günstig für Sie, bis über die Ohren in Dünkel und Standesvorurteilen, und doch ist ebensogut möglich, daß er Sie küßt und umarmt und sich vorweg zu Gevatter lädt. Auf Ehr'."

Waldemar lächelte vor sich hin, aber es war ein Lächeln, das mehr Zweifel als Zustimmung ausdrückte.

„Ja, Waldemar. Sie lächeln. Und wenn ich Ihren Onkel nach seiner Alltags- und Durchschnittslaune beurteile, so kann ich nur sagen, Sie haben ein Recht zu lächeln. Aber, um es zu wiederholen, er ist auch einer völlig entgegengesetzten Auffassung fähig, und ich hab' ihn im Klub und auch sonstwo Dinge sagen hören, daß mir das Blut in den Adern starrte."

„Und in Fragen wie diese?"

„Wie Sie sagen; just in Fragen wie diese. War es vor und nach dem Kriege, gleichviel, aber es sind noch keine zehn Jahre, daß sich der jüngste Schwilow mit der Duperré verlobte, Balletteuse comme il faut. Sie werden sich ihrer erinnern und damals von der Sache gehört haben. Nun, Waldemar, wenn ich sage, die Duperré hatte, was Ruf angeht, einen Knax, so sagt das eigentlich gar nichts, denn sie war *ein* Knax vom Wirbel bis zur Zeh (die Zeh selbst war natürlich ihr Bestes), und alle Welt war außer sich und der Klub ballottierte den armen

Schwilow, den sie damals Schmilow und ich weiß nicht wie sonst noch nannten, heraus. Lauter schwarze Kugeln. Was aber tat Ihr Herr Onkel? Er gab ihm mit Ostentation eine weiße Kugel. Und als ich ihn auf dem Heimwege nach dem Warum fragte, blieb er vor der Rampe von Prinz Georg stehn, unter wo die Bohlenbretter liegen oder wenigstens damals noch lagen, und perorierte so laut in die Behrenstraße hinein, daß die Schildwache bis an das Eisengitter der Rampe herantrat und hinuntersah, um zu sehn, was es denn eigentlich gäbe. Und was war es, das er sagte? Das wäre der erste vernünftige Schritt, den das Haus Schwilow seit fünfhundert Jahren getan. Einer wäre beim Cremmer-Damm, in der sogenannten, ‚ersten Hohenzollernschlacht' für die neukreierte Nürnbergerei gefallen, was grad auch nicht das gescheiteste gewesen, seitdem aber schweige die Geschichte von ihnen, was ein wahres Glück sei, sie würde sonst nur von Imbeciles und im günstigsten Fall von allerlei Durchschnittsware zu berichten gehabt haben, von öden Mittelmäßigkeiten, die sich mit den umwohnenden Ihlows (die gerade so wie die Schwilows waren) in einem fort versippten und verschwägerten und sich unausgesetzt der Aufgabe hingaben, die sechzehn Ahnen, die sie schon zu Albrecht des Bären Zeiten hatten, auf zweiunddreißig, vierundsechzig und hundertachtundzwanzig zu bringen. Was ihnen denn auch, wie nicht erst versichert zu werden brauche, längst geglückt sei. Denn schon beim Regierungsantritt des Großen Kurfürsten hätten sie die Zahl voll gehabt. Und in derselben riesigen Proportion, wie die Ahnenreihe, sei auch die Stultitia gewachsen, die einzig historisch beglaubigte Ahnfrau des Geschlechts. ‚Und nun passen Sie auf, Papageno' (so schloß er), ‚*wir* erleben es freilich nicht mehr und können es nur von einem andern Stern aus – vielleicht von der Venus, was mir das liebste wäre – beobachten, aber das sag' ich

Ihnen, diese Balletteuse bringt die ganze Sippe wieder auf die Beine, der ganze Stammbaum, der gerade deshalb für uns und die Menschheit so dürr ist, weil er für sich selbst so wunderbar grünt und blüht, kriegt wieder ein andres Ansehn, und wo bis jetzt immer nur Landrat oder Deichhauptmann stand, stehen, von Anno 1900 an, junge Genies, Feldherren und Staatsmänner, und irgendein Skriblifax schreibt ein dickes Buch und beweist durch Grabschriften und Taufscheine, daß die Duperré die Tochter oder Enkelin des Admirals Graf Duperré gewesen sei, desselben prächtigen alten Duperré, der 1830 Algier bombardierte, den Dey von Tunis gefangennahm und fast so vornehm war wie die Montmorencys oder die Lusignans. Glauben Sie mir, Baron, ich kenne Familien und Familiengeschichten, und, mein Wort zum Pfande, wo das alte Blut nicht aufgefrischt wird, da kann sich die ganze Sippe begraben lassen. Und behufs Auffrischung gibt es nur zwei legitime Mittel: Illegitimitäten oder Mesalliancen. Und, sittenstrenger Mann, der ich bin, bin ich natürlich für Mesalliancen'"

Waldemar sah vor sich hin. Dann nahm er das Wort und sagte: „Wohl, ich könnte mir einen Trost und eine Hoffnung daraus nehmen, und eine freundliche Aufnahme beim Onkel wenigstens als eine Möglichkeit gewärtigen. Aber muß ich Sie, lieber Baron, an den alten, unserm gesamten Adel so geläufig gewordenen Satz erinnern: ‚Ja, Bauer, *das* ist was andres!'? Immer der andre, der andre. Was für die Schwilows gilt, gilt darum noch nicht für die Halderns. Dem ‚andern', so denkt jeder einzelne, darf alles passieren, aber nicht ihm selbst. Es ist eine merkwürdige Erscheinung, mit welcher Gleichgültigkeit alte Familien sich gegenseitig beurteilen, und welches Arsenal von Spott verschossen wird, die sich gleichdünkenden und mitbewerbenden Mächte zu ridikülisieren. Aber dieser Spott, ich muß es noch einmal sagen, ist immer nur für den ‚andern' da.

Was kümmern meinen Oheim die Schwilows? Je mehr Balletteusen, desto besser; denn mit jeder neuen Balletteuse hat er nicht bloß einen neuen Stoff für die Klubmedisance, sondern auch eine beständig erneute Veranlassung, sich mit immer wachsendem Stolze des ungeheuren Unterschiedes zwischen den verduperréten Schwilows und den oberpriesterhaft rein gebliebenen Sarastro-Haldern bewußt zu werden. Das zieht sich durch alle Adelsgeschichten, wiederholt sich bei jeder Familie: je freier in der Theorie, desto befangener in der Praxis, desto enger und ängstlicher in der Anwendung auf das eigne Ich."

„Es ist, wie Sie sagen, Waldemar, und ich mag mich nicht verbürgen, daß es mit Ihrem Onkel anders steht. Aber steh' es mit ihm, wie's wolle, Sie müssen ihm unter allen Umständen das Wort gönnen. Es bleibt doch immer die Möglichkeit seiner Zustimmung; und versagt er sie, nun, so war es am Ende bloß der Onkel, bloß eine halbe Respektsperson, der man, wenn es zu toll kommt, den Respekt auch kündigen kann. Und da liegt der Unterschied zwischen Onkel und Vater. Einem Vater gegenüber, und wenn er einem das Furchtbarste sagt, muß man sich ruhig verhalten und sich das Furchtbarste gefallen lassen, das verlangt so das vierte Gebot. Aber das vierte Gebot schneidet scharf ab und versteigt sich, soweit mir bekannt ist, nirgends zu dem Zusatzparagraphen: ‚Du sollst Onkel und Tante ehren' Und das ist ein wahres Glück. Gott, Tante! Ich hatte auch mal eine, eine merkwürdige Frau, die Gott weiß was von mir verlangte, nur nicht das eine, daß ich sie ehren sollte. Beinahe das Gegenteil. Nein. Onkel und Tante sind hors de concours. Einem Onkel gegenüber kann man sich seiner Haut wehren; einem Onkel kann man antworten und widersprechen und steht schlimmstenfalls Mann gegen Mann, und wär' es mit dem Pistol in der Hand. Also nur vorwärts, Waldemar, vorwärts."

Der junge Graf erhob sich; der Baron aber wollte von Aufbruch noch nichts wissen und drückte seinen Gast leise wieder in das Sofa zurück. „Ich bitte Sie, Waldemar, Sie werden doch nicht gehn, ohne meinen Lafitte gekostet zu haben. Ich weiß, Sie machen sich nichts draus, unter allen Umständen ist Ihnen die Stunde zu früh; aber ich lasse Sie nicht los, und wenn Sie nicht trinken wollen, nun so nippen Sie wenigstens. Anstoßen müssen wir doch, um dem Geschäftlichen einen ungeschäftlichen und, wenn's sein kann, einen gemütlichen Abschluß zu geben."

Während er noch so sprach, war er an einen Wandschrank getreten, der in seinem untersten Fach zugleich sein Weinkeller war, und kam mit zwei Gläsern und einer Flasche zurück. An der Art, wie er den Kork zog, erkannte man den Frühstücker von Fach, und nun goß er ein und stieß an. „Hören Sie, wie das klingt. So harmonisch soll alles klingen. Ja, harmonisch, das ist das rechte Wort. Und nun Ihr Wohl, Waldemar. Ich halte Sie nicht mehr lange fest, aber doch fünf Minuten noch. Ich muß Ihnen nämlich eine Liebeserklärung machen, die Sie mir zugute halten wollen. Einem solchen ‚vieux', wie ich, muß man was zugute halten. Sehen Sie, Sie haben ein so gutes Gesicht, ein bißchen schwermütig, aber das tut nichts, das gibt einen Charme mehr, und ich wollte mein Leben darauf verwetten, daß Sie keinem Menschen je was zuleide getan haben. Ich schloß Sie gleich in mein Herz, gleich den ersten Abend ... Und nun bring' ich noch eine Gesundheit aus, aber ohne Namen. Wozu sollt' ich ihn auch nennen? Er steht ohnehin in Ihrem Herzen ... Und sehen Sie, Sie sind mir seitdem noch lieber geworden. Im ersten Augenblick bekam ich einen Schreck, ich kann es nicht leugnen, und als ich nun gar noch einen Rat geben sollte, ja, das war mir ein bißchen zuviel. Aber das Diplomatische, das

Offizielle, das liegt nun hinter uns, und ich kann nun sprechen, wie mir der Schnabel gewachsen ist. Und da will ich Ihnen denn aufrichtig sagen, aber nur so ganz unter uns, Sie brauchen sich nicht auf mich zu berufen; ich freue mich immer, wenn einer die Courage hat, den ganzen Krimskrams zu durchbrechen. Es gilt auch von dieser Ebenbürtigkeitsregel, was von jeder Regel gilt, sie datiert so lange, bis der Ausnahmefall eintritt. Und Gott sei Dank, daß es Ausnahmefälle gibt. Es lebe der Ausnahmefall. Es lebe ... Noch ein halbes Glas, Waldemar. Und was ich Ihnen zum Abschiede noch sagen wollte, ja, sagen muß: Der jüngste Schwilow, von dem ich Ihnen vorhin erzählte, hatte recht, und Ihr Onkel hatte zweimal recht, und die Gesellschaft beruhigte sich über die Duperré. Noch kein Vierteljahr, daß ich die jetzige Baronin Schwilow auf Tzschatschow, etwas schwer auszusprechen, im Französischen Theater traf, wo die Subra die Freifrau spielte. Sie sah reizend aus, ich meine die Schwilow (die Subra natürlich auch), und als sie im Zwischenakt das Köpfchen warf und dabei die Brillanten im Ohrläppchen hin und her läuteten, da läutete sie zugleich die ganze vornehme Gesellschaft zusammen. Und wissen Sie, wer ihr am meisten den Hof machte? Natürlich der Herr Onkel, der aussah, als ob er selber geneigt sei, das von ihm prognostizierte dicke Buch von der gräflichen Admiralstochter zu schreiben. Ja, ja, Waldemar, Erfolg und Mut. Oder beginnen wir mit dem Mut. Am Mute hängt der Erfolg. Und nun Gott befohlen."

Waldemar hatte sich inzwischen erhoben und seinen Hut genommen. Er dankte dem Baron und bat ihn, wenn ein ernsteres Zerwürfnis eintreten sollte, seinen Besuch wiederholen zu dürfen.

Zwölftes Kapitel

Waldemar, als er bei Baron Papageno vorsprach, hatte die Meinung des Barons in einer ihm wichtigen Angelegenheit hören, im übrigen aber in eben dieser Sache sich durchaus nicht beeilen wollen. Umgekehrt, ein seiner Natur entsprechendes Abwarten und Hinausschieben, und wenn auch nur auf ein paar Tage, war auch diesmal sein Plan gewesen, und erst der ermutigende Ton, in dem der Baron gesprochen hatte, hatte den Gedanken in ihm angeregt, den Besuch beim Onkel, in Ausnutzung der guten Stimmung, in der er sich befand, auf der Stelle machen zu wollen. So bog er denn vom Zietenplatz her in die Mauerstraße ein, sah, als er das Königsmarcksche Palais passierte, zu der zweiten Etage, hinter deren kleinen Fenstern er mit einem vor Jahr und Tag dort wohnenden Freunde manche glückliche Stunde verplaudert hatte, hinauf und stand nach einer abermaligen Straßenbiegung vor dem altmodischen, im übrigen aber gut und sauber gehaltenen Hause, dessen oberes Stockwerk der Onkel seit einer Reihe von Jahren innehatte. Portiersleute fehlten, statt ihrer aber war ein ganzes System von Gittertüren da, das, wenn man unten – oder, was dasselbe sagen wollte, vor einem mit allerhand unleserlichen Blechschilden reich ausgestatteten Parterreverhau – klingelte, mitunter wie durch einen rätselhaften Federdruck in seiner Gesamtheit aufsprang, mitunter aber auch *nicht*, in welch letzterem Falle die nun von Etage zu Etage nötig werdende Einzelklingelei gar kein Ende nahm und bei jedem neuen Gitter zu dem Erscheinen eulenartiger alter Köchinnen führte, deren Examinationsverfahren um so peinlicher und eindringlicher war, als nur ihr Auge die Fragen stellte. Waldemar war zu lang und zu gut mit dieser altberlinischen Haus- und Treppeneinrichtung bekannt, um für gewöhnlich

Anstoß daran zu nehmen; heute jedoch hatte dieses Absperrungssystem eine gewisse Bedeutung für ihn, und jede neu zu passierende Gittertür erschien ihm wie eine Mahnung, „es lieber nicht versuchen zu wollen". Der mitgebrachte gute Mut indes überwand alle Bedenklichkeiten und ließ ihn schließlich bei der dritten und letzten Gittertür ankommen, an der er von einem alten Muffel von Diener (natürlich vom Lande), dessen Umwandlung ins Herrschaftliche sich nur sehr unvollkommen vollzogen hatte, mit einigermaßen überraschlicher Freundlichkeit empfangen wurde. Der Herr Graf seien zu Haus und würden sich sehr freuen. „Er sitzt über die Kupferstiche (so schloß er), und wenn er *da* drüber her is, is er immer guter Laune."

Der Diener ging voran, um zu melden, und der Eindruck, den Waldemar gleich bei seinem Eintreten empfing, war der denkbar günstigste. Wenn schon immer eine gewisse, durch einen guten Geschmack in Einrichtung und Ausschmückung bedingte Behaglichkeit in dem Wohnzimmer des Onkels anzutreffen war, so war diese Behaglichkeit heute bis zur Gemütlichkeit gesteigert. Die Fenster standen auf, und von den „Linden" her klang die Musik eines auf Wache ziehenden Bataillons herüber. Aber das war nicht alles; einfallende Lichter blitzten an den Wänden hin und her, und auf einem großen und eleganten Ständer von Mahagoniholz, dessen Wände niedergeklappt waren, lag eine Kupferstichmappe, darin der alte Graf emsig und andächtig zu blättern schien. Er trug schottisch-karierte Pantalons, Samtrock und einen Fes mit Puschel, alles in allem ein ziemlich sonderbar zusammengestelltes Kostüm, das freilich vollkommen zu seiner Versicherung stimmte: dem Eklektizismus gehöre die Welt.
„Ah, Waldemar. Soyez le bienvenu. Herzlich willkommen, mein

Junge. Nimm einen Stuhl oder stelle dich persönlich hierher ... Im übrigen ganz nach deiner Bequemlichkeit. Du findest mich in einer gewissen Aufregung: eben hat mir Amsler diese Mappe voll italienischer Stiche geschickt, und ich schwelge in Reminiszenzen. Sieh ..."

„Mantegna ..."

„Ja, Waldemar, Mantegna. Du wirst das Original in der Brera gesehen haben. Süperbe. Wie das wohltut, eine verständnisvolle Seele zu finden. Alles redet von Kunst, aber niemand weiß etwas davon, und die wenigen, die die Wissenden sind, die fühlen wieder nichts oder wenigstens nicht genug. Ich möchte wissen, oder lieber nicht wissen, was der Baron zu diesem gekreuzigten und zugleich so wundersam verkürzten Christus sagen würde. Mantegna, für den ich beiläufig eine Spezialpassion habe (du hast doch hoffentlich seine Fresken im Gonzagaschen Palaste gesehn?), Mantegna, sag' ich, hat den Leichnam Christi hier von der Fußsohle her gemalt, ein Wunderstück der Verkürzung, etwas Klassisches, etwas Niedagewesenes, versteht sich in seiner Art. Ich wette zehn gegen eins, der Baron würde mir versichern, Christus sähe hier aus wie eine Badepuppe. Und wenn er sich dazu aufschwänge, so wär' es nicht das schlimmste. Denn das ist zuzugestehn: Die ganze Gestalt hat etwas Verzwergtes, etwas Koboldartiges; und indem ich darüber spreche, kommt mir ein andrer Vergleich, der mit dem von der Badepuppe beinahe zusammenfällt. Wahrhaftig, dieser Zwerg-Christus erinnert mich an das in Holz geschnitzte Christkind in Ara Celi, an die Bambinopuppe. Findest du nicht auch?"

„In der Tat", antwortete Waldemar, „es erinnert daran. Aber ich fürchte, lieber Onkel ..."

„ ... dich gestört zu haben. Nein, Waldemar. Ein Italianissimus wie du kann mich nie stören, wenn ich in italienischen

Erinnerungen schwelge. Nichts davon. Aber diese Dinge stören *dich*. Wenigstens heute. Du bist zerstreut, du hast etwas auf dem Herzen. Und es kann nichts Kleines sein, denn ich seh' in deinem Gesichte so was wie Fieberröte, die mir nicht recht gefällt. Laß dir sagen, Waldemar, was du freilich auch ohne mich weißt, daß dein Leben an einem seidnen Faden hängt. Also solide! Debauchiere, wer kann und mag, aber jeder nach seinen Kräften, und durchschwärmte Nächte sind nicht für jedermann und sicherlich nicht für dich. Übrigens nichts für ungut. Sitte hin, Sitte her, ich bin kein Sittenrichter, und jedenfalls der letzte, dich für den Jünglingsverein anwerben zu wollen; meinen Beitrag zahl' ich. Aber Gesundheit, Waldemar, Gesundheit; du bist für immer ins Schuldbuch der Tugend eingeschrieben, oder, um mich deutlicher und doch zugleich kaum minder poetisch auszudrücken, du mußt leben wie eine eingemauerte Nonne; den andern trau' ich nicht recht. Und nun sage mir, wenn sich's sagen läßt, woher die roten Flecke?"
Waldemar lachte. „Von einem zu frühen Frühstück, lieber Onkel. Ich war beim Baron, und als ich gehen wollte, hielt er mich mit einem Glase Lafitte fest."
Jetzt war das Lachen auf des alten Grafen Seite. „Der gute Baron. Er nennt es Lafitte, Gott verzeih' es ihm, und bildet sich noch ein, eine Weinzunge zu haben. Und warum? Weil er von der Voraussetzung ausgeht, ein beständiger Frühstücker müsse sich auch zum Frühstücksverständigen ausbilden. Ein Satz, der grundfalsch ist und an die Doktoren erinnert, die mit Stolz von ihrer fünfzigjährigen Erfahrung sprechen, nachdem ihnen jeder einzelne, wenn irgend möglich, gestorben ist. Glaube mir, Waldemar, wer beständig zwischen Hiller und Dressel hin- und herpendelt, kann seine Zunge verfeinern, aber auch nicht. Und das letztre bildet die Regel. Übrigens, um elf beim Baron, was bedeutet das? Da muß was vorliegen. Und nun heraus damit!"

„Ich war da, mir seinen Rat zu holen."

„Bei dem Baron? Rat? Nun, da steh' ich doch noch lieber zu seinem Lafitte. Der ist schlimmstenfalls mit Pepsinpastillen zu bekämpfen, aber von seinem Rat ist kein Erholen. Waldemar, ich dächte doch … Rat! Nun, ich bin auch nicht von den sieben Weisen Griechenlands, aber neben dem Baron … Oder vielleicht war der gute Papageno nur Vorstufe. Laß hören. Ist es eine Sache, von der ich erfahren darf, an der ich möglicherweise mit raten und taten kann?"

„Ja, Onkel. Und zu dem Zwecke bin ich hier. Es ist, wie du sagst, der Baron war nur Vorstufe."

„Nun denn?"

„Also kurz, ich habe vor, mich zu verheiraten."

Der alte Graf schlug mit der flachen Hand auf den Tisch.

„Du erschrickst …"

„Ich erschrecke nicht. Das ist nicht das rechte Wort, und wenn ich eben mit der Hand auf den Tisch schlug, so war es nur ein lebhaftes oder vielleicht auch zu lebhaftes Zeichen meiner Teilnahme. Nervosität, nichts weiter. Du bist überhaupt ein Gegenstand meiner Teilnahme, Waldemar; denn ich bin dir ungeheuer gut, und wenn ich das Wort nicht haßte, weil so viel Mißbrauch damit getrieben wird, so spräch' ich dir rundheraus von meiner Liebe. Wahrhaftig, Junge, du bist der Beste von allen lebenden Halderns (vielleicht können wir auch die Toten mit einrechnen), und ich weiß nicht, was ich alles für dich tun könnte. Daß du mich beerbst, versteht sich von selbst; ich wünsche dir jedes erdenkliche Glück. Aber eines, wenn es eins ist, wünsch' ich dir *nicht*. Ein Mann wie du heiratet nicht. Das bist du drei Parten schuldig: dir, deiner Nachkommenschaft (die bei kränklichen Leuten wie du nie ausbleibt) und drittens der Dame, die du gewählt."

„Es ist keine Dame."

Der alte Graf verfärbte sich. Unter einem halben Dutzend Möglichkeiten, die durch sein Hirn schossen, war auch eine … Nein, nein … Und er faßte sich wieder und sagte mit wiedergewonnener Ruhe:
„Keine Dame. Was dann? Wer?“
„Stine.“
Der alte Graf sprang auf, warf seinen Stuhl um einen Schritt zurück und sagte: „Stine! Bist du toll, Junge?“
„Nein, ich bin bei Sinnen. Und ich frage dich, ob du mich hören willst?“
Der Graf sagte nicht ja und nicht nein, setzte sich aber wieder und sah Waldemar fragend an.
„Ich nehme an,“ fuhr dieser fort, „daß du mich hören willst. Und wenn du meinen ersten Satz gehört haben wirst, so wirst du ruhiger werden. Ich bin in den Jahren und in der Lage, selbständig handeln zu dürfen, und ich *werde* selbständig handeln. An dem allen ist nichts zu ändern; Krankheit macht eigensinnig, und die Halderns sind es von Natur. Ich komme nicht, um eine Familienerlaubnis nachzusuchen, die mir, wenn das Gesetz eine Verweigerung zuließe, verweigert werden würde. Da dies nicht der Fall ist, so hat Anfragen und Antworteinholen keinen Sinn. Und so denn noch einmal: Meine Entschlüsse sind gefaßt. Du sollst nicht den Anwalt für mich machen, am wenigsten für das, was ich vorhabe: mit solchen Dingen komm' ich dir nicht; und wenn ich nichtsdestoweniger dein gutes Wort erbitte, so geschieht es, weil alles Gehässige meiner Natur widerstreitet. Haß ist mir häßlich. Ich erbitte dein gutes Wort, weil ich versöhnungsbedürftig bin und in Frieden aus dieser Alten Welt scheiden möchte.“
„Was heißt das? Was hast du vor? Waldemar, ich bitte dich, du wirst uns doch nicht eine dieser modernen Selbstmordskomödien aufführen und dich mit deiner Stine nach erfolgter

Kopulation - das Wort bleibt mir in der Kehle stecken - auf eine Bahnschiene werfen oder im Hans-und-Grete-Stil in einen Dorftümpel stürzen wollen? Ich bitte dich, Waldemar, verschon uns wenigstens mit einem Debüt im Polizeibericht."

„Es ist nicht das. Ich habe nur einfach vor, mit der Alten Welt Schicht zu machen und drüben ein anderes Leben anzufangen."

„Und als Hinterwäldler deine Tage zu beschließen. Umgang mit Chingachgook, alias le gros serpent, und Vermählung deiner ältesten Tochter, Komtesse Haldern, mit irgendeinem Unkas oder einem Großneffen von Lederstrumpf. Was meinst du dazu? Und wenn nicht Hinterwäldler, so doch cowboy, und wenn nicht cowboy, so vielleicht Kellner auf einem Mississippidampfer. Ich gratuliere. Waldemar, ich begreife dich nicht. Ist denn keine Spur von Haldernschem Blut in dir? Ist es denn so leicht, aus einer Welt bestimmter und berechtigter Anschauungen zu scheiden und bei Adam und Eva wieder anzufangen?"

„Da triffst du's, Onkel. Ja, bei Adam und Eva wieder anfangen, das will ich, da liegt es. Was dir ein Schrecken ist, ist mir eine Lust. Ich habe mir sagen lassen, alles regle sich nach einem Gesetz des Gegensatzes, das zugleich ein Gesetz des Ausgleichs ist, eine neue Theorie von diesem oder jenem; die Vorhand ist, glaub' ich, streitig. Aber gleichviel von wem sie herrührt, es hat damit nach meiner eigenen Erfahrung und ebenso nach meinem bißchen Wissen seine vollkommne Richtigkeit. Der Alte Fritz haßte das Alte Testament, weil er in seiner Jugend erbarmungslos damit gequält worden war, und der dicke König liebte die Frauen und überschätzte sie, weil sie fünfzig Jahre lang vom preußischen Hofe verbannt gewesen waren. Alles, was unten ist, kommt mal wieder obenauf, und was wir Leben und Geschichte nennen, läuft wie ein Rad;

‚la grande roue de l'histoire', sagen die Franzosen. Und nun laß mich die Nutzanwendung machen. Die Halderns haben lange genug an der Feudalpyramide mit bauen helfen, um endlich den Gegensatz oder den Ausgleich oder wie du's sonst nennen willst, erwarten zu dürfen. Und da kommt denn nun Waldemar von Haldern und bezeigt eine Neigung, wieder bei Adam und Eva anzufangen."

Der Alte war nicht unempfindlich gegen solche Sätze, die, wenn sich's nicht um Verwirklichung an einem Familienmitgliede gehandelt hätte, sehr wahrscheinlich seinen Beifall gehabt haben würden. Ein Lächeln lief über sein Gesicht, das ausdrücken mochte: „Sieh, er führt seine Sache gut", ja, vielleicht entsann er sich sogar, in Übermut und Weinlaune mehr als einmal dasselbe proklamiert zu haben. Und so war es denn in einem viel ruhigeren Tone, daß er antwortete: „Waldemar, laß uns vernünftig reden. Ich bin nicht so verrottet, wie du glaubst. Ich kann dem allen folgen, und ich habe von der göttlichen Weltordnung nicht die Vorstellung, daß sie sich mit dem Staatskalender und der Rangliste vollkommen deckt. Ja, ich will dir noch mehr sagen: Ich habe Stunden, in denen ich ziemlich fest davon überzeugt bin, daß sie sich *nicht* damit deckt. Und es werden, und vielleicht in nicht allzuferner Zukunft, die Regulierungszeiten kommen, von denen du eben sprachst, und vielleicht auch wieder die Adam-und-Eva-Zeiten. Und sie mögen auch kommen, warum nicht? Ich bin vor Adam nie erschrocken, und vor Eva erst recht nicht. Aber sind gerade wir dazu da, dem weltgeschichtlichen Umschwungsrade, das du da vorhin zitiertest, sind, sag' ich, gerade *wir* dazu da, diesem grande roue de l'histoire solchen energischen Vorwärts- oder meinetwegen auch Zurückruck zu geben? Überlasse das andern. Zurzeit sind wir nur noch die Beati possidentes. ‚Sei im Besitze, und du bist im Recht' ist vorläufig noch für *uns*

geschrieben. Warum sich selbst um diesen Besitz bringen und auf eigene Kosten eine Zukunft heraufbeschwören, von der vielleicht keiner profitiert, und wir gewiß nicht. Adam, Neubeginn der Menschheit, Paradies und Rousseau - das alles sind wundervolle Themata, für die sich in praxi alle diejenigen begeistern mögen, die dabei nur gewinnen und nichts verlieren können; die Halderns aber tun gut, all dies in der Theorie zu belassen und nicht persönlich danach zu handeln."
Der junge Graf lächelte vor sich hin. „Ja, Onkel, das ist das Allgemeine, das Alltäglichgültige. Gewiß, ich weiß es. Da gilt das, was du sagst. Und laß mich dir versichern, ich bin weitab davon, den Welt- oder auch nur den Gesellschaftsreformator machen zu wollen. Dazu hab' ich nicht die Schultern. Aber das Besondre, das Besondre."
„Welches Besondre?"
„Stine."
„Ja so, die", sagte der alte Haldern und ließ in allem erkennen, daß er im Laufe des Gesprächs den Ausgangspunkt so gut wie vergessen hatte. „Ja, Stine … Dummes Zeug. Ich kenne das. Ein Junggeselle, der über fünfzig hinaus ist, ist mehr als einmal in Gefahr gewesen, an dieser Klippe zu scheitern. Aber das sind Anwandlungen, Fieberanfälle. Solange sie dauern, legt man sich die Weltgeschichte nach dem kleinen Gefühl zurecht, das einen gerade beherrscht; aber von heute auf morgen, oder wenn es hoch kommt von heute bis übers Jahr, hat man sich besonnen und sieht die Dinge nicht mehr durch das Trug- und Zauberglas unsrer erhitzten Phantasie, sondern durch die Fensterscheibe der Alltäglichkeit. Stine! Du sollst nicht brüsk mit ihr brechen, im Gegenteil, besuche sie, solange dich's dazu treibt; habe deine Plauderstunde mit ihr ruhig weiter; aber es muß der Augenblick kommen, wo sich's ausgeplaudert hat und wo du deinen Irrtum empfindest. Eines schönen Tages fällt es

dir wie Schuppen von den Augen, und du siehst in einen Abgrund."

„In welchen?"

„Das wag' ich nicht vorher zu sagen, vielleicht bloß in den der Langeweile, vielleicht auch in einen schlimmeren. Und den Tag danach schreibst du ihr einen Abschiedsbrief und trittst deine dritte Römerfahrt an. Rom paßt ohnehin für die Halderns, alt zu alt. Aber nicht Amerika. Ja, für die diggings oder ein Goldgräber-Camp ist mir, offen gestanden, auch Stine zu schade. Beiläufig, was Stine von Amerika braucht, ist eine Singersche Nähmaschine."

Waldemar erhob sich von seinem Platze. „Du hast, Onkel, von deinem Standpunkt aus, ein Recht, so zu sprechen, ja, vielleicht härter und herber noch; es liegt dir fern, mich kränken zu wollen, ich höre das heraus, und ich danke dir dafür. Aber alles, was du gesagt, kann mich nicht umstimmen; es muß bleiben, wie es ist. Ich fühle mich zu diesem liebenswürdigen Geschöpf, das nichts ist als Wahrhaftigkeit, Natürlichkeit und Güte, nicht nur hingezogen, das sagt nicht genug, ich fühle mich an sie gekettet, und ein Leben ohne sie hat keinen Wert mehr für mich und ist mir undenkbar geworden. Es braucht nicht Amerika zu sein; es findet sich auch wohl ein Winkel hier ..."

„Was Gott verhüte ..."

„Dann also drüben. Und ich bitte dich, mir bei den Eltern in Groß-Haldern, wenn nichts weiter, so doch das Ausbleiben eines großen, aufgesteiften Protestes erwirken zu wollen. Eine gegen mich verhängte Familienacht möcht' ich, wenn's irgend geht, vermieden sehen, so wenig Schreckliches alle Bann- und Achterklärungen von jeher für mich gehabt haben. Ich erwarte kein Ja, keinen Segen; ich verzichte darauf, schon einfach, weil ich muß. Es verlangt mich nur zu hören, daß man sich in das Unvermeidliche gefunden hat, daß man sich ihm unterwirft, als wäre es eine Schickung, oder welch sonstige fromme Bezeichnung man dafür wählen mag. Der junge Pastor kann ja Worte zur Auswahl stellen. Lebte der alte Buntebart noch, so wär' es besser. Der Besitz fällt meinem jüngeren Bruder zu, trotzdem Groß- und Klein-Haldern Primogenitur sind; ich werde den Verzicht gerichtlich aussprechen. Nur ein Pflichtteil erbitt' ich mir, um das Nötigste durchführen zu können. Und nun noch einmal: Willst du mein Fürsprecher sein, der wenigstens das Schmerzlichste von mir abwendet und mir für die Zukunft, und wenn es die fernste wäre, die Möglichkeit einer Versöhnung offen hält?"

Der alte Graf schüttelte den Kopf.

„Also nein. Und auch *das* ist gut, weil es etwas Bestimmtes ist. Ich danke dir, daß du mich angehört und mich mit Standesredensarten und vor allem auch mit jenem französischen Worte, das bei solchen Gelegenheiten in unseren Kreisen gang und gäbe ist, verschont hast. Und nun lebe wohl, ich sehe dich nicht wieder. Alles, was noch zu tun oder zu sagen bleibt, wird durch andere geschehen."

Der alte Graf hatte sich ebenfalls erhoben und schritt, über den Teppich hin, auf und ab. Jetzt aber blieb er stehen und sprach nicht ohne Bewegung vor sich hin: „Und daran bin ich schuld ... ich."

„Schuld? Du? Schuld an meinem Glück? Nein, Onkel, nur Dank und wieder Dank." Und dabei nahm er den Hut, um zu gehen, hielt aber noch einmal an, augenscheinlich in Zweifel, ob er dem Oheim die Hand reichen solle oder nicht.

Der alte Graf sah es und trat seinerseits einen Schritt zurück. So verbeugte sich denn der Neffe nur in aller Förmlichkeit und schritt dann auf die Tür zu, die nach dem Korridor hinausführte.

Draußen stand Johann, der gehorcht hatte, mit dem Überzieher schon in der Hand und ließ es an Dienstbeflissenheit nicht fehlen. Aber das nachdrückliche Schweigen, in dem er verharrte, schien doch auch seinerseits eine Mißbilligung ausdrücken zu sollen. War er doch lange genug im Haldernschen Dienst, um über Mesalliancen noch strenger zu denken als sein Herr.

Dreizehntes Kapitel

Erst als er wieder allein war, wurde sich der alte Graf alles dessen, was er gehört hatte, voll bewußt. Allerdings war ihm gleich im ersten Augenblick das Blut zu Kopf gestiegen; Waldemars ruhiges Sprechen aber und vielleicht mehr noch ein ihm tief im Blute steckender Hang nach dem Aparten und Abenteuerlichen hatte seinen Unmut zurückgehalten. Indessen dieser Zustand konnte nicht dauern, und jetzt, wo Waldemar fort und die Diskussion einer ihn prickelnden Frage geschlossen war, war auch der Moment wieder da, die zurückgedrängten ersten Empfindungen: Entrüstung und Schreck, wiederauflohen zu lassen.

In der Tat auch Schreck. Er war Grund und Ursach all dieser Wirrnisse, die nicht gekommen wären, wenn er, für seine Person, auf die törichte Laune, Waldemar bei der Pittelkow einzuführen, verzichtet hätte. Dieser Fauxpas seinerseits mußte früher oder später zur Kenntnis seines älteren Bruders, des Majoratsherrn auf Groß- und Klein-Haldern, kommen, und wenn er sich dann verklagt sah, gleichviel laut oder leise, wie wollt' er da bestehen? Und wenn vor *ihm*, dem Bruder, wie vor *ihr*, der Frau Schwägerin? Sie war die stolzeste Frau weit und breit, eine von Petersburger Erinnerungen getragene kurländische Dame, vor der selbst die Halderns nur mit Mühe bestehen konnten, und der eine Schwiegertochter im Stile von Stine Rehbein einfach Tod und Schande bedeutete. Was half es, wenn Waldemar aus dem Lande ging und sich für immer expatriierte? Die Tatsache der „Encanaillierung“ eines Haldern blieb bestehen und mit ihr der Skandal, die Blame, das Ridikül. Und das letztere war das schlimmste.

„Nein, es geht nicht“, überlegte der Graf, während er, immer erregter und nervöser werdend, in seinem Zimmer auf und ab schritt. „Ich werde mit Gewalt dazwischen fahren. *Ich* bin schuld, ja und nochmals ja, und immer wieder ja - ich will es nicht von mir abwälzen. Aber meine Dummheit allein hat es nicht dahin gebracht, da steckt meine gute Freundin dahinter, dieser schwarze Gottseibeiuns, meine gute Pittelkow, die jeden Tag rappelköppischer wird. Denn so viel bonsens sie hat, so ist sie doch vom Hochmutsteufel besessen, und während sie nach links sich einbildet, mit mir machen zu können, was sie will, will sie nach rechts hin die blonde Schwester mit ihrer langweiligen Tugendgrimasse direkt in unsere Familie hineinspielen. Aber ich werde dem Hause Pittelkow mit all seinen Annexen zeigen, daß es denn doch die Rechnung ohne den Wirt gemacht hat. Undankbare Kreatur. Aus dem Kehricht hab' ich sie aufgelesen, und als Lohn für meine Guttat zahlt sie mir in *dieser* Münze."

Während er noch so sprach, traf sich's, daß sein Blick von ungefähr in den Spiegel fiel. Er trat denn auch heran, rückte sich das rote Halstuch zurecht und lachte: „So also sieht ein Ehrenmann aus, ein Witwenretter und Waisenvater ... Habe die Ehre." Und er bekomplimentierte sich selbst. „Immer das alte Lied. Sowie man in der Patsche sitzt, spielt man sich auf den Unschuldigen hin aus, schimpft über die Komplizen, die meist viel weniger Schuld haben als man selbst, und läßt andere die Dummheiten entgelten, die man höchst eigenhändig gemacht hat. Und in meinem Falle nennt sich diese schnöde Weißwascherei noch aristokratische Gesinnung und erhebt sich über die Pittelkows, die sich wenigstens nicht mit ‚Noblesse oblige' durch die Welt zieren. Jammervoll. Wohin man sieht, hat man sich zu schämen. Und doch muß etwas geschehen, und wenn meine Schuld noch zehnmal größer wäre."

Bei diesen Worten zog er die Klingelschnur. „Eine Droschke,

Johann." Und während dieser sich nach dem nächsten Halteplatz aufmachte, machte der alte Graf Toilette, sorglich und vor dem Spiegel, aber doch mit der Raschheit eines alten Militärs.

Eine halbe Stunde später hielt die Droschke vor dem Eingange zum Invalidenpark. Der alte Graf stieg aus und ging, über den Damm fort auf das ihm wohlbekannte Haus zu, das im grellen Scheine der Mittagssonne wie ausgestorben dalag. Pauline stand am Fenster und erkannte den Grafen, als er hastigen Schrittes auf ihre Wohnung zusteuerte. „Jott", sagte sie, „nu schon bei Dage!" Dabei rückte sie aber doch den Kragen zurecht und warf ihre Küchenschürze hinter den Ofen. Und jetzt hörte sie's klingeln.

„Mama zu Haus?"

Olga wollte „nachsehen"; aber der Graf war nicht in der Laune, sich auf seinem eigensten Territorium allerlei lächerlichen Anmeldeförmlichkeiten zu unterwerfen, und trat also, während er Olga folgte, gleichzeitig mit dieser in das Vorderzimmer ein.

„Guten Tag, Witwe."

Die Pittelkow sah, daß er schlechter Laune war, und erwiderte deshalb, ohne sich von ihrer Fensterstelle zu rühren, im gleichgültigsten Tone: „Guten Tag, Graf ... Eine schmähliche Hitze ..."

Der alte Graf bezeugte keine Lust, sich in ein Wettergespräch einzulassen, warf sich vielmehr ohne weiteres ins Sofa und sagte, während er sich mit dem Taschentuch etwas frische Luft zufächelte: „Komme heute in einer ernsten Sache, Pauline. Was ist das mit der Stine?"

„Mit Stine?"

„Ja. Sie hat da mit meinem Neffen angebändelt. Und nun ist er verrückt geworden und will sie heiraten. Und wer ist schuld daran? *Du,* Pauline. Du hast mir dies eingebrockt. Du, nur du. Stine macht nicht drei Schritte, geht nicht von hier bis ans Fenster, ohne dich zu fragen; sie hat nie was andres getan, als was du gewollt oder gutgeheißen hast, und auf dich fällt dieser Skandal. Ich frage dich, ob ich Anspruch auf solche Behandlung habe? Nun, wir wollen sehen, was wird. Wolle du, was du willst, *ich* will, was ich will. Die Welt ist verrückt genug geworden, aber so weit sind wir noch nicht, daß die Häuser Haldern und Pittelkow Arm in Arm ihr Jahrhundert in die Schranken fordern. Nein, Pauline. Solchen Unsinn verbitt' ich mir, und was ich von dir fordre, ist das, daß du dieser Kinderei ein Ende machst."

„Kann ich nicht."

„Weil du nicht willst."

„Oh, ich will schon. Ich *habe* schon gewollt, gleich als ich die Geschichte kommen sah. Es ist ein Unglück für meine Stine."

„Was?"

„Es ist ein Unglück für meine Stine. Ja, Graf. Oder denken Sie, daß ich so dumm bin, so was für'n Glück zu halten? Ach, du meine Güte, da sind der Herr Graf mal wieder aus Irrland, und ganz gehörig. Und nu hören Sie mal ein bißchen zu. Hier drüben wohnt ein Schlosser, ein Kunstschlosser, und hat 'nen Neffen, einen allerliebsten Menschen, der bei den ‚Maikäfern' gestanden – aber jetzt is er wieder ins Geschäft. Nu, der war letzten Sommer immer um die Stine rum, un wenn *der* das Mädchen nimmt, dann geh' ich nächsten Sonntag in'n Dom oder zu Büchseln und weine mir aus und danke dem lieben Gott für seine große Guttat un Gnade, was ich nu schon eine gute Weile *nich* gedan habe. Ja, Graf, *so* steht es. Mein Stinechen ist kein Mädchen, das sich an einen hängt oder mit Gewalt einen rankratzt, Graf oder nich, un hat's auch nich nötig. Die kriegt schon einen. Is gesund un propper un kein

Untätchen an ihr, was nich jeder von sich sagen kann. He?"

„Komme mir nicht damit. Das sind Ausweichungen und Redensarten, bloß um von der Sache loszukommen. Darum handelt sich's nicht. Untätchen! Was heißt Untätchen? Ich habe der Stine nichts auf den Leib gered't, ich weiß, sie ist ein gutes Kind. Aber was soll das mit deinem ,Untätchen' und ,was nicht jeder von sich sagen kann'. Meinst du mich? Meinetwegen. Mir tut's nichts; ich bin drüber weg. Aber du meinst meinen Neffen, und das reizt mich und ärgert mich, weil's mal wieder deinen schlechten Charakter zeigt. Oder wenn nicht deinen schlechten Charakter, so doch, daß du hart bist und ohne rechte Güte. Was soll das mit dem anzüglichen Vorwurf und deinem spöttischen Gesicht dabei? Waldemar ist ein armer, unglücklicher Mensch und kann freilich keinen Degen verschlucken oder sich einen Amboß auf die Brust legen lassen. Und wenn du das ein ,Untätchen' nennen willst, nun, so tu's. Aber seine Krankheit und sein Elend, das ist es ja gerade, was ihm vor Gott und Menschen zur Ehre gereicht. Denn woher hat er's? Aus dem Krieg her hat er's. Er war noch keine neunzehn und ein schmächtiger, dünner Fähnrich bei den Dragonern und sah aus wie 'ne Milchsuppe, das muß wahr sein. Aber ein Haldern war er. Und weil er einer war, war er der erste von der Schwadron, der an den Feind kam, und vor dem Karree, das sie sprengen sollten, ist er zusammengesunken, zwei Kugeln und ein Bajonettstich und das Pferd über ihm. Und das war zuviel für den jungen Menschen. Zwei Jahre hat er gelegen und gedoktert und gequient, und nun drückt er sich schwach und krank in der Welt herum; und weil er nicht weiß, was er machen soll, besucht er Stine und will sie heiraten. Das ist ein Unsinn. Aber komme mir nicht mit allerlei Spitzen und Anzüglichkeiten, die für den armen Jungen nicht passen. Er hat das Eiserne Kreuz, und ich will, daß du mit

Achtung von ihm sprichst."

Pauline lachte. „Jott, Graf, wenn das einer hört, so muß er ja wahr und wahrhaftig denken, ich wollt' einem einen Spott draus machen, daß er ein braver Junge gewesen. Aber das is auch so eine von Euren Marotten, daß Ihr immer denkt, wir verstünden nichts davon und wüßten nichts von Vaterland und knappzu von Courage. Aber wie steht es denn? Alle Wetter, ich bin auch fürs Vaterland und für Wilhelm; und wer seine Knochen zu Markte getragen hat, vor dem hab' ich Respekt un brauche mir nich erst sagen zu lassen, daß ich Respekt vor ihm haben soll. Un denn, Graf, man nich immer jleich mit die Halderns. Ich habe welche gekannt, die waren auch erst neunzehn und keine Halderns und saßen *nich* zu Pferde, nein, immer bloß auf Gebrüder Benekens, un mußten auch immer vorwärts. Un zuletzt, als es bergan ging un sie nich mehr konnten, da hielten sie sich an die Kusseln, weil sie sonst rückling runtergefallen wären, un immer die verdammten Dinger dazwischen, die so quietschen un sich anhören wie 'ne Kaffeemühle. Ne, ne, Graf, die Halderns haben es nich alleine gemacht un der junge Graf auch nicht. Aber er hat seine Schuldigkeit getan un seine Gesundheit drangegeben, und da werd' ich ihm doch nichts anreden – i, da biss' ich mir ja lieber die Zunge ab. Ich habe bloß sagen wollen, daß an Stine kein Untätchen is. Un dabei bleib' ich. Und da wir nu mal davon reden, dabei bleib' ich auch, daß ans Gräfliche öfter so was is als an unserein, un nu gar erst an Stinechen. Ich weiß nicht, wie die Dokters es nennen; aber das weiß ich: es gibt Untätchen schon von'n Urgroßvater her. Un die Urgroßväter, was so die Zeit von'n dicken König war, na, die waren schlimm. Un die Halderns werden woll auch nich anders gewesen sein als die andern."

„Es ist gut", sagte der alte Graf mit wiedergewonnener Ruhe.

„Was du gleich zuerst gesagt hast von dem Schlosser drüben und seinem Neffen, das ist die Hauptsache, das hat mich überführt. Ich glaube jetzt, daß du unschuldig an der Sache bist, und muß auch einräumen, es sieht dir nicht ähnlich. Du bist viel zu klug und zu verständig, um solchen Unsinn in Gang zu bringen. Denn du sagst es ja selbst, ein Unsinn ist es und ein Unglück dazu. Und noch dazu für alle beide."
Pauline nickte zustimmend.
„Also ein Unglück, sag' ich. Und nun laß uns überlegen, wie wir da rauskommen oder es wenigstens eingrenzen und wieder Schick in die Sache bringen. Waldemar ist eigensinnig (alle Kranken sind es) und wird von seinem Vorhaben nicht lassen wollen, davon bin ich überzeugt. Es ist also nur dadurch etwas zu machen, daß wir auf den andern Part, auf deine Schwester, einen Einfluß gewinnen."
Die Pittelkow zuckte mit den Achseln.
„Du willst sagen, es fehlt auch *ihr* nicht an Eigensinn. Und ich glaub' es beinahe. Außerdem ist alles Zureden umsonst, solange noch die Möglichkeit für Stine bleibt, Waldemar zu sehn und zu sprechen. *Den* wird sie natürlich lieber hören als uns. Jeder hört am liebsten, was ihm schmeichelt und wohltut. Ich seh' also nur *ein* Mittel: sie muß fort. Und ich stelle dir alles dabei zur Verfügung. Überlege. Sie wird doch irgendwo in der Welt, in der Priegnitz oder Uckermark, eine Freundin oder Anverwandte haben, und wo nicht, so müssen wir so was erfinden. Da muß sie hin. Nur weg von hier, weg. Zeit gewonnen, alles gewonnen. Und ist erst eine Trennung da, und haben beide vierzehn Tage lang eingesehn, daß sich auch ohne Mondscheinkuß immer noch leben läßt, so haben wir wenigstens einen guten Anfang gemacht. Und dann sehen wir weiter."
Die Pittelkow war im wesentlichen damit einverstanden und

fiel, als ihr Haldern auch erzählt hatte, daß Waldemar nach Amerika wolle, rasch wieder in ihren Alltags- und Gemütlichkeitston. „Ich war von Anfang an dagegen. Und nu will er auch noch nach Amerika! Du mein Gott, was will er da? Da müssen sie scharf ran und bei sieben Stunden in Stichsonne, da fällt er um. Erst heute früh haben sie hier einen vom Bau vorbeigebracht un war noch dazu ein Steinträger mit Schnurrbart und Soldatenmütze, was immer die stärksten sind. Und nu solch armer Invalide. Graf, ich werd' es schon machen un will gleich zu Wanda, die muß mir eine Geschichte zurechtlügen. Un wenn ich die habe, dann packen wir Stinen ein, nach Alt-Landsberg oder nach Bernau mit's Storchnest oder nach Fürstenwalde. Sie will immer beistehn un helfen, und wir müssen ihr so was vorreden von Beistand und Hilfe."
Der Graf war erfreut, und so trennten sie sich.

Vierzehntes Kapitel

Die Pittelkow, als der Graf fort war, warf sich in Staat, nahm ihren Umhang und ging in die Tieckstraße, um mit Wanda zu beraten, was zu tun und in welchem märkischen Neste Stine wohl am besten unterzubringen sei. Wanda, dessen entsann sie sich, hätte eine ältere, nach Teupitz hin an einen Schlächtermeister verheiratete Halbschwester; vielleicht wenn man sagte, daß da was Kleines angekommen und der Mann samt seinen vielen Kindern eines Beistands in der Wirtschaft bedürftig sei? „Ja, so muß es gehn. Un is erst wer in Teupitz, so kommt er so bald nich wieder weg. Und die Frau wird sie schon festhalten - soviel wird sie doch woll von Wanda'n haben, daß sie nich gleich locker läßt. Un wenn jrade geschlachtet wird, kann Stine ja zusehn und hat en bißchen Zerstreuung."

In dieser Richtung gingen die Gedanken der Pittelkow, die, während sie diese Pläne machte, nicht ahnen konnte, daß ziemlich um eben diese Zeit bereits Entschlüsse gefaßt und Entscheidungen getroffen worden waren, die jeden weiteren Klugheitsplan unnötig machten.

Waldemar, als er den Onkel verlassen hatte, hatte seinen Weg erst bis Schloß Bellevue hin und von dort aus nach einem um ein paar hundert Schritte weiter flußabwärts gelegenen Sommerlokale genommen, das er für gewöhnlich an jedem Spätnachmittag, eh er zu Stine ging, aufzusuchen pflegte. Dort im Schatten alter Bäume niederzusitzen und zu sinnen und zu träumen, war das, was er liebte. Wirt und Wirtin in diesem Lokale kannten ihn längst, ebenso war er Intimus der dort zahlreich ansässigen Spatzen, die, sobald er Platz genommen, den Tisch umhüpften und die Brocken und Krümel des eigens für sie bestellten Stück Kuchens aufzupicken pflegten. Das alles war heute gerade so wie sonst, und nur die ihre Köpfe neugierig zusammensteckenden Kellner beschäftigten sich augenscheinlich mit der Frage, was ihren regelmäßigen Spätnachmittagsgast heute schon zu *so* früher Stunde hierher geführt haben könnte. Denn es war erst zwei. Waldemar hatte seine Freude daran, diese kleine Neugier zu beobachten, und las aus den Mienen der Kellner den Gang ihrer Unterhaltung mit einer Sicherheit heraus, als ob er sie vom nächsten Baum her hätte belauschen können. Überhaupt entging ihm nichts, und wenn er eine Zeitlang die Qualmwolken aus dem gerade gegenüber gelegenen Borsigschen Eisenwerke hatte hervorquellen und nach der Jungfernheide hin abziehn sehen, so gab er seinem Blick mit einem Male wieder eine Seitwärtsrichtung und zählte dabei die Brückenpfeiler oder die Spreekähne, die von der Stadt her den Fluß herunterkamen. Er war ohne jede Spur besonderer Erregung und beschäftigte sich, was übrigens seinem Charakter entsprach, kaum noch mit dem Gespräche, das er eben erst mit dem Onkel gehabt hatte. Wenn er den Frieden nicht haben konnte, so war es schon viel für ihn, ihn seinerseits ehrlich und aufrichtig gewollt zu haben. Und das war ja der Fall. Aus diesem Bewußtsein erwuchs ihm etwas wie Trost und Ergebung, und wenn Ergebung auch nicht das absolut Beste, nicht der Friede selbst war, so war es doch das, was dem Frieden am nächsten kam.

Er blieb wohl eine Stunde. Dann erst erhob er sich und ging auf den Ausgang zu. Von draußen her aber sah er noch einmal über den Staketzaun in den Garten zurück. Da war wieder die Musikestrade mit den wackeligen Notenpulten und gleich dahinter das primitive Büfett mit den eingeschnittenen Querhölzern, daran zahllose Weißbierdeckel wie kleine Schilde hingen. Und dicht daneben und halb überwachsen von einer Kugelakazie stand der eben von ihm verlassene Tisch, auf dessen grüner Platte jetzt die Lichter und Schatten tanzten. Er konnte sich nicht losreißen von dem allen und prägte sich's ein, als ob er ein bestimmtes Gefühl habe, daß er's nicht wiedersehen werde. „Glück, Glück. Wer will sagen, was du bist und wo du bist! In Sorrent, mit dem Blick auf Capri, war ich elend und unglücklich, und *hier* bin ich glücklich gewesen." Und nun ging er weiter flußabwärts bis an die Moabiterbrücke, weil er vorhatte, den Rückweg am andern Ufer zu machen. Als er aber drüben war, nahm er langsam und unter gelegentlichem Verweilen seinen Weg auf den Humboldtshafen und zuletzt auf den Invalidenpark zu. Dort blieb er stehen und musterte das gegenübergelegene Haus. Stine stand oben am Fenster. Er grüßte mit der Hand und stieg dann in ihre Wohnung hinauf.

Stine empfing ihn schon an der Tür, glücklich, ihn zu sehen, aber doch mit einem Anfluge von Sorge, weil er sonst nie vor Dämmerstunde kam.

„Was ist?" sagte sie, „du siehst so verändert aus."

„Möglich. Aber es ist nichts. Ich bin vollkommen ruhig."

„Ach, sage nicht *das*. Wenn man sagt: man sei ruhig, ist man's nie."

„Woher weißt du das?"

„Ich glaube, das lernt jeder, dafür sorgt das Leben. Und dann weiß ich es von Pauline. Wenn die zu mir sagt: ‚Stine, nun bin ich wieder ruhig', dann is es immer noch schlimm genug. Aber nun sage, was ist?"

„Was ist? Eine Kleinigkeit. Eigentlich nichts. Ich stand immer einsam unter den Meinigen, und nun soll ich noch etwas einsamer dastehn. Es wirkt einen Augenblick, aber nicht lange ..."

„Du verschweigst mir etwas. Sprich!"

„Gewiß, deshalb bin ich hier. Und so höre denn. Ich war bei meinem Onkel, um ihm zu sagen … Ja, was Stine? um ihm zu sagen, daß ich dich lieb hätte …“

Stine kam in ein Zittern.

„Und daß ich dich heiraten wolle … Ja, heiraten, nicht um eine Gräfin Haldern aus dir zu machen, sondern einfach eine Stine Haldern, eine mir liebe kleine Frau, und daß wir dann nach Amerika wollten. Und zu diesem Schritt erbät ich seine Zustimmung oder doch eine Fürsprache bei meinen Eltern.“

„Und?“

„Und diese Fürsprache hat er mir verweigert.“

„Ach, was hast du getan?“

„Sollt' ich nicht?“

„Was hast du getan?“ wiederholte Stine, zugleich hinzusetzend: „Und ich Ärmste bin schuld daran. Bin schuld, weil ich's habe gehen lassen und mich nie recht gefragt habe: was wird? Und wenn mir die Frage kam', so hab ich sie zurückgedrängt und nicht aufkommen lassen und nur gedacht: freue dich, solange du dich freuen kannst. Und das war nicht recht. Daß es nicht ewig dauern würde, das wußt' ich; aber ich rechnete doch auf manchen Tag. Und nun ist alles falsch gewesen, und unser Glück ist hin, viel, viel schneller als nötig, bloß weil du wolltest, daß es dauern solle.“

Waldemar wollte widersprechen; aber Stine litt es nicht und sagte, während ihre Stimme mit jedem Augenblick beschwörender und eindringlicher wurde: „Du willst nach Amerika, weil es hier nicht geht. Aber glaube mir, *es geht auch drüben nicht*. Eine Zeitlang könnt' es gehn, vielleicht ein Jahr oder zwei, aber dann wär' es auch drüben vorbei. Glaube nicht, daß ich den Unterschied nicht sähe. Sieh, es war mein Stolz, ein so gutes Herz wie das deine lieben zu dürfen; und daß es mich wieder liebte, das war meines Lebens höchstes Glück. Aber ich käm' mir albern und kindisch vor, wenn ich die Gräfin Haldern spielen wollte. Ja, Waldemar, so ist es; und daß du so was gewollt hast, das macht nun ein rasches Ende. Vor Jahren, ich war noch ein Kind, hab' ich mal ein Feenstück gesehn, in dem zwei Menschen glücklich waren; aber ihr Glück, so hatte die Fee gesagt, würde für immer hin sein, wenn ein bestimmtes Wort gesprochen oder ein bestimmter Name genannt werde. Siehst du, so war es auch mit uns. Jetzt hast du das Wort gesprochen, und nun ist es vorbei, vorbei, weil die Menschen davon wissen. Vergiß mich; du wirst es. Und wenn auch nicht, ich mag keine Kette für dich sein, an der du dein Leben lang herumschleppst. Du mußt frei sein; gerade du."

„Ach, meine liebe Stine, wie du mich verkennst. Du sprichst von einer ‚Kette', und daß ich frei sein müsse. Freiheit. Nun ja, mein Leben war frei, was man so frei sein nennt, seit ich aus meiner Eltern Hause ging, und in manchen Stücken auch früher schon. Aber wie verlief es trotzdem? Wie war es von Jugend an? Wir haben so viel davon geplaudert, und ich habe dir von meinen Kindertagen erzählt und von dem langweiligen Hauslehrer, der den Frommen spielen mußte nach Anweisung und mich mit Sprüchen und Geboten und dem ewigen ‚Was ist das' quälte und mit dem Glaubensbekenntnis, das ich nie verstand und er auch nicht. Aber der arme, traurige Mensch, der (ich sollte vielleicht nicht spotten, gerade *ich* nicht) immer einen Katarrh und eine Liebschaft hatte, war lange nicht der Schlimmste. Das Schlimmste war, daß ich im Hause selbst, bei meinen eignen Eltern, ein Fremder war. Und warum? Ich habe später darauf geachtet und es in mehr als einer Familie gesehn, wie hart Eltern gegen ihre Kinder sind, wenn diese ganz bestimmten Wünschen und Erwartungen nicht entsprechen wollen."

Stine, die dieselbe Wahrnehmung auch in ihrer bescheidenen

Sphäre gemacht haben mochte, nickte zustimmend, und Waldemar, der sich dieser Zustimmung freute, fuhr deshalb fort: „Es wird wohl überall so sein, und jedenfalls war es so bei uns. Und dazu die Launen und Verstimmungen einer Frau, weil ihr ein Großfürst einmal ein Billett geschrieben, das beinahe ein Liebesbillett war, und die sich nun einbildete, nicht viel was anders als eine Mißheirat geschlossen zu haben. Da hast du das Bild meiner Stiefmutter. Den Sommer über war sie verstimmt über das langweilige Landleben und über die Damen der Nachbarschaft, die gar keine Damen waren, wenigstens nicht in ihren Augen; und wenn sie dann winters zu Hofe ging, so war sie noch verstimmter, weil Schönere oder Vornehmere da waren und ihr den Rang abliefen. Und diese schlechte Laune mußt' ich entgelten, diese Verstimmungen trafen *mich*, der ich ihr überhaupt von Anfang an mißfiel. Und als ich dann heranwuchs und wohl auch meinerseits zeigen mochte, daß mir nicht alles gefalle, da war ich vollends nicht auf Rosen gebettet. Und so ging's, bis ich mit neunzehn eintrat und mit zu Felde zog und die Kugel kriegte oder zwei, wovon ich dir erzählt habe. Da wurd' es freilich einen Augenblick besser, und ich war ein Vierteljahr lang der Held und Mittelpunkt der Familie, besonders als auch prinzliche Telegramme kamen, die sich nach mir erkundigten. Ja, Stine, das war meine große Zeit. Aber ich hätte sterben oder mich rasch wieder zu Gesundheit und guter Karriere herausmausern müssen, und weil ich weder das eine noch das andre tat und nur so hinlebte, manchem zur Last und keinem zur Lust, da war es mit meinem Ruhme bald vorbei. Der Vater hätt' es vielleicht ändern können, wenn er ein festes Eintreten für mich gewagt und nicht seinen Haus- und Ehefrieden über mein Glück gestellt hätte. So konnt' er sich nicht aufraffen, und so hab' ich denn durch viele Jahre hingelebt, ohne recht zu wissen, was Herz und

Liebe sei. Nun weiß ich es. Und jetzt, wo ich es weiß und mein Glück festhalten will, soll ich es wieder aus der Hand lassen. Und alles bloß, weil du von Ansprüchen sprichst und vielleicht auch daran glaubst, die mir im Blute stecken sollen und die – weil im Blute – gar nicht aufzugeben seien. Ach, meine liebe Stine, was geb' ich denn auf? Nichts, gar nichts. Ich sehne mich danach, einen Baum zu pflanzen oder ein Volk Hühner aufsteigen oder auch bloß einen Bienenstock ausschwärmen zu sehen."

Er schwieg und sah vor sich hin, Stine aber nahm seine Hand und sagte: „Wie du dich selbst verkennst. Der Tagelöhnersohn aus eurem Dorfe, der mag so leben und dabei glücklich sein; nicht du. Dadurch, daß man anspruchslos sein will, ist man's noch nicht; und es ist ein ander Ding, sich ein armes und einfaches Leben ausmalen oder es wirklich führen. Und für alles, was dann fehlt, soll das Herz aufkommen. Das kann es nicht, und mit einem Male fühlst du, wie klein und arm ich bin. Ach, daß ich in diesem Augenblick so spreche, das ist vielleicht auch schon eine Schwachheit und ein kleines Gefühl; aber ich kämpfe nicht dagegen an, weil ich glaube, daß aus allem, was du vorhast, nur Unheil kommt, nur Enttäuschung und Elend. Der alte Graf ist dagegen und deine Eltern sind dagegen (du sagst es selbst), und ich habe noch nichts zum Glück ausschlagen sehen, worauf von Anfang an kein Segen lag. Es ist gegen das vierte Gebot, und wer dagegen handelt, der hat keine ruhige Stunde mehr, und das Unglück zieht ihm nach."

„Ach, meine liebste Stine, du redest dich so hinein und kommst mir nun gar mit dem vierten Gebot. Glaube mir, das mit dem vierten Gebot, das hat auch seine Grenze. Vater und Mutter sind nicht bloß Vater und Mutter, sie sind auch Menschen, und als Menschen irren sie so gut wie du und ich. Nein, ich will dir sagen, was es ist und warum du glaubst, so sprechen zu müssen. Ich verstehe mich ein bißchen auf das menschliche Herz; denn sieh, wer jahrelang auf dem Krankenbett liegt, der hat viel Zeit und spürt vielem nach, und das Verlockendste sind immer die Schlängelgänge des Herzens, des eignen und des der andern. Und nun höre, was es ist. Es ist was Hochmütiges in eurer Familie, daran drei Grafen genug hätten, etwas Trotziges und Herausforderndes, und ein Hang, die Wahrheit zu sagen und mitunter auch noch mehr. Deine Schwester hat es sehr stark, und du hast es auch, hast auch dein Teil daran. Und sieh, in diesem deinem falschen Stolze willst du nicht, daß ich auch nur einen Augenblick glauben soll, du hättest an so was wie eine Stine Haldern gedacht. Das ist dir gegen deine Ehre. Hab' ich recht und ist es so?"

„Nein."

„Gut. Ich glaube dir. Ich weiß ganz bestimmt, daß du ‚ja' gesagt hättest, wenn du's hättest sagen können. Und daß du dies ehrliche ‚Nein' sagen kannst, das ist schön von dir und läßt mich aufs neue sehen, eine wie gute Wahl ich getroffen. Und nun soll es an bloßen Einbildungen scheitern. *Ich* bin aus den Vorurteilen heraus, und nun willst du sie haben. Ich beschwöre dich, Stine, mache dich frei davon, und vor allem entschlage dich deiner Ängstlichkeiten."

Stine schüttelte den Kopf.

„Es soll also nichts mit uns werden?"

„Es kann nicht."

„Und alles soll bloß ein Sommerspiel gewesen sein?"

„Es muß."

„Und es kommt dir nicht der Gedanke, daß mir dies alles das Leben bedeuten könnte?"

„Um Gottes willen, Waldemar!"

„Ich will keine Ausrufe, ich will eine Antwort. Ein ‚Ja', kurz und bestimmt, und dann fort, fort. Sprich, Stine, du weißt, was ich bitte. Willst du?"

„Nein."

Und sie stürzte weinend an ihm vorüber. Er hielt sie aber fest und sagte: „Stine, so wollen wir nicht scheiden. Ein ‚Nein' soll nicht dein letztes Wort gewesen sein. Setze dich nieder und sieh mich an. Und nun sage mir: Hast du mich wirklich geliebt?"

„Ja."

„Von Herzen?"

„Von ganzem Herzen."

Und das Krampfschluchzen, unter dem sie sprach, ging in eine Ohnmacht über.

Als sie wieder zu sich kam, war sie allein.

Fünfzehntes Kapitel

Waldemar ging nach rechts auf das Oranienburger Tor zu, weil ihm darum zu tun war, in einem an der Ecke der Linden- und Friedrichsstraße gelegenen Bankhause verschiedene geschäftliche Dinge zum Abschluß zu bringen. Aber in der Nähe der Weidendammer Brücke fiel ihm ein, daß die Bureaus sehr wahrscheinlich schon geschlossen seien, weshalb er seinen Stadtgang aufgab, um sich in seine dicht hinter dem Generalstabsgebäude gelegene Wohnung zurückzubegeben. Er war durch eben diese Wohnung Nachbar von Moltke, welche Nachbarschaft er gern hervorhob und in Ernst und Scherz zu versichern liebte: „Man kann nicht besser aufgehoben sein als gerade da. Wer für die große Sicherheit so zu sorgen weiß, der sorgt auch für die kleine."

Von der Dorotheenstädtischen Kirche her schlug es fünf, als unser zu Betrachtungen derart nur zu geneigter Freund in den Schiffbauerdamm einbog, und ehe noch die Turmuhr ausgeschlagen hatte, schlugen die kleinen Uhren nach, die sich in ziemlich beträchtlicher Zahl an der Wasser- und Rückfront der jenseitigen Fabrikgebäude befanden. Er zählte die Schläge, musterte den Kai hüben und drüben und freute sich des regen und doch stillen Lebens, das hier überall auf und ab wogte. Nichts entging ihm, auch nicht das Treiben auf den Kähnen, an deren Tauen und Strickleitern und mitunter auch auf quergelegten Ruderstangen allerlei Wäsche zum Trocknen hing, und erst, als er unter langsamem Weiterschlendern die Graefsche Klinik im Rücken hatte, ließ er von dem Beobachten ab und ging rascheren Schrittes auf die Unterbaumbrücke zu. Hier hielt er wieder und betrachtete die bronzenen Kandelaber, die, weil sie noch keine Patina hatten, in der schrägstehenden Sonne prächtig blitzten und flimmerten. „Wie hübsch das alles ist. Ja, es kommen bessere Tage. Nur wer's erlebt. Qui vivra, verra ..." Und er brach ab und sah von der Brückenwölbung auf die tief unten am Kai sich hinziehenden Weiden, aus deren graugrünem Blattwerk einige tote Äste wie Besen hervorragten. Es waren seine Lieblinge, diese Bäume. „Halb abgestorben und immer noch grün."

Endlich war er vom Kronprinzenufer und der Alsenstraße her bis an den reizenden, mit Bosketts und Blumenbeeten und dazwischen wieder mit Marmorbildern und Springbrunnen geschmückten Square gekommen, der, dem Königsplatze vorgelegen, einen Teil desselben ausmacht und doch auch wieder sich von ihm scheidet. Eine frische Brise ging und milderte die Hitze, von den Beeten aber kam ein feiner Duft von Reseda herüber, während drüben bei Kroll das Konzert eben anhob. Unser Kranker sog das alles in vollen Zügen ein, Duft und Melodie: „Wie lange, daß ich nicht so frei geatmet habe. ‚Königin, das Leben ist doch schön' - unsterbliches Wort eines optimistischen Marquis, und ein pessimistisches Gräflein plappert es ihm nach."

Nun schwieg die Musik drüben, und Waldemar, während er zwischen den großen Rundellen auf und ab schlenderte, musterte zugleich die Figuren, die hier mit Hilfe von Sternblumen und roten Verbenen in den Rasen eingezeichnet waren; endlich aber ging er auf eine Bank zu, die von allerlei dicht dahinterstehendem Strauchwerk überwachsen, einen vollen Schatten gewährte. Da nahm er Platz; denn er war müde geworden. Das viele Gehen in der Hitze hatte seine Kräfte verzehrt, und so schloß er unwillkürlich die Augen und fiel in Traum und Vergessen. Als er wieder erwachte, wußte er nicht, ob es Schlaf oder Ohnmacht gewesen; „ich glaube, so kommt der Tod", und erst allmählich fand er sich wieder zurecht und bemerkte nun ein Marienwürmchen, das sich ihm auf die

Hand gesetzt hatte. Da blieb es und kroch hin und her, trotzdem er schüttelte und pustete. „Einen wie feinen Instinkt die Tiere haben; es weiß, daß es sicher ist." Endlich aber flog es doch fort, und Waldemar, sich vorbeugend von seiner Bank, begann jetzt, allerlei Figuren in den Sand zu zeichnen, ohne recht zu wissen, was er tat. Als er sich's aber bewußt wurde, sah er, daß es Halbkreise waren, die sich, erst enge, dann immer weiter und größer um seine Stiefelspitze herumzogen. „Unwillkürliches Symbol meiner Tage. Halbkreise! Kein Abschluß, keine Rundung, kein Vollbringen ... Halb, halb ... Und wenn ich nun einen Querstrich ziehe (und er zog ihn wirklich), so hat das Halbe freilich seinen Abschluß, aber die rechte Rundung kommt nicht heraus."

In solche Gedanken verloren, saß er noch eine Weile. Dann stand er auf und ging auf seine Wohnung zu.

Diese, gleich zu Beginn der Zeltenstraße, bestand aus einem zwei Treppen hoch gelegenen Front- und Hinterzimmer, von denen jenes auf die Parkbäume des Krollschen Gartens, dieses auf eine grasbewachsene, bis hart an die Spree sich hinziehende Baustelle sah. Dahinter die roten Dächer von Moabit, und weiter links der grüne Saum der Jungfernheide. Waldemar liebte diesen Blick, und so kam es, daß er das Zimmer, darin er schlief, zugleich zu seinem Wohn- und Arbeitszimmer gemacht und ein altdeutsches Zylinderbureau darin aufgestellt hatte.

Er hielt sich auch heute nicht in dem Vorderzimmer auf, vertauschte den engen Rock mit einem leichten Jackett und trat an das Fenster seines Schlafzimmers. Die Sonne war im Niedergehen, und er entsann sich jenes Tages, als er von Stines Fenster aus dasselbe Sonnenuntergangsbild vor Augen gehabt hatte ... „Wie damals", sprach er vor sich hin. Und er sah in die röter werdende Glut, bis endlich der Ball gesunken und volle Dämmerung um ihn her war.

Auf seinem Schreibzeug lag ein kleiner Revolver, zierlich und mit Elfenbeingriff. Er nahm ihn in die Hand und sagte: „Spielzeug. Und tut es am Ende doch. Bei gutem Willen ist viel möglich; ‚mit einer bloßen Nadel', sagt Hamlet, und er hat recht. Aber ich kann es nicht. Es ist mir, als wäre hier noch alles weh und wund oder doch eben erst vernarbt. Nein, ich erschrecke davor, trotzdem ich wohl fühle, daß es standesgemäßer und Haldernscher wäre. Doch, was tut's! Die Halderns, die mir schon so viel zu vergeben haben, werden mir auch *das* noch verzeihen müssen. Ich habe nicht Zeit, mich über Punkte wie diese zu grämen."

Und er legte den Revolver wieder aus der Hand.

„Ich muß es also anders versuchen", fuhr er nach einer Weile fort. „Und schließlich warum nicht? Ist die Blame denn gar so groß? Kaum. Es finden sich am Ende ganz reputierliche Kameraden. Aber welche? Ich war nie groß im Historischen (überhaupt worin), und nun versagen mir die Beispiele. Hannibal … Weiter komm' ich nicht. Indessen, er kann genügen. Und es werden gewiß noch ein paar sein." Während er so sprach, zog er eins der unteren Schubfächer in seinem Schreibtisch auf und suchte nach einem Schächtelchen. Als er's endlich hatte, fiel er wieder in Betrachtungen. „Auch klein. Noch kleiner als das Spielzeug da. Und doch genug. Es ist ein Ersparnis aus alten Zeiten her, und mein Vorgefühl war richtig, als ich mir's damals sammelte."

Bei diesen Worten stand er auf, stellte sich eine noch aus dem Süden mitgebrachte römische Lampe zurecht und nahm, als er die vier kleinen Dochte derselben angezündet hatte, Kuverts und Briefbogen aus einer vor ihm liegenden Schreibmappe. Dann schrieb er:

„Mein lieber Onkel! Wenn Du diese Zeilen erhältst, sind alle Wirrnisse gelöst. Etwas gewaltsam. Aber das ist gleich. Es wird Dir obliegen, und jedenfalls bitte ich Dich darum, das Geschehene nach Groß-Haldern hin zu melden. Was über mich entschied, war, wie Du bei Eintreffen dieser Zeilen vielleicht schon wissen, jedenfalls aber sehr bald erfahren wirst, der Widerstand von ganz anderer und sehr unerwarteter Seite her. Und so kam, was kam. Ich klage niemanden an; ist wer schuldig, so bin *ich* es. Das gute Kind hatte nur zu recht, mich auszuschlagen; aber ich war nicht mehr stark genug, mich drein zu ergeben. Auf dem letzten Blatt meines Notizbuches hab' ich über mein Erbteil von meiner Mutter Seite her verfügt. Ich hoffe, sagen zu können, verfügt auch unter schuldiger Rücksicht gegen die Halderns. Überweise das Blatt an Justizrat Erbkamm; er wird danach verfahren. Allerdings weiß ich, daß *sie*, der diese Festsetzungen zugute kommen und als ein Ausdruck meines Dankes gelten sollen, alles ablehnen wird; aber sorge dafür, daß ihr ein bestimmter Teil gesichert bleibt, auch *gegen* ihren Willen. Ein Wille kann sich ändern, und es beglückt mich die Vorstellung, vielleicht noch einmal, und wenn es nach vielen Jahren wäre, da helfen und wohltun zu können, wo mir's leider, wenn auch absichtslos, beschieden war, ein Herz zu beschweren und ihm wehe zu tun. An meinen Vater schreib' ich nicht; ich wünsche Auseinandersetzungen zu vermeiden. Meine Sache kann ich in keine besseren Hände legen als in die Deinen, denn ich weiß wohl, was ich trotz alledem und alledem, an Dir hatte. So wenig haldernsch ich vielleicht war, so wünsch' ich doch, in der Haldernschen Gruft zu stehen. Dies mein Letztes. Deiner freundlichen Erinnerung bin ich gewiß.

Dein Waldemar."

Er schob das Blatt beiseite, legte die Feder nieder und fuhr sich über Aug' und Stirn.
„Und nun das Letzte."
Und er nahm einen zweiten Bogen und schrieb:

„Meine liebe Stine! Du wolltest nicht den weiten Weg mit mir machen, und so mache ich den weiteren. Ich glaube, was Du tatest, war richtig, und ich hoffe, *das*, womit ich nun abschließe, soll es auch sein. Es gibt oft nur *ein* Mittel, alles wieder in Ordnung zu bringen. Vor allem klage Dich nicht an. Die Stunden, die wir zusammen verlebten, waren, vom ersten Tage an, Sonnenuntergangsstunden, und dabei ist es geblieben. Aber es waren doch glückliche Stunden. Ich danke Dir für alle Freundlichkeit und Liebe. Mein Leben hat doch nun einen Inhalt gehabt. ‚Vergiß mich' – das darf ich nicht sagen, es käme mir nicht von Herzen und wär' auch töricht; denn ich weiß, Du wirst es nicht und kannst es nicht. So denn also: gedenke mein. Aber gedenke meiner freundlich, und vor allem verzichte nicht auf Hoffnung und Glück, weil *ich* darauf verzichtete. Lebe wohl. Ich schulde Dir das Beste.

Dein Waldemar."

Als er beide Briefe kuvertiert hatte, warf er sich in den Stuhl zurück, und die freundlichen Bilder, die dieser Sommer ihm gebracht hatte, zogen noch einmal an seiner Seele vorüber. So wenigstens schien es, denn er lächelte. Dann aber nahm er das bereitgestellte Schächtelchen und schob das Innenkästchen aus der äußeren Hülse heraus. Es ging schwer, und man konnte sehen, daß er lange daran gesammelt und immer neue Käpselchen hineingezwängt hatte. „Schlafpulver! Ja, ich wußte, daß eure Stunde kommen würde." Und nun brach er die Kapseln einzeln auf und tat ihren Inhalt, langsam und sorglich, in ein kleines, halb mit Wasser gefülltes Rubinglas. „So, das ist es." Und während er das Glas hob und wieder niedersetzte, trat er noch einmal ans Fenster und sah hinaus. Der Mond, eine schwache Sichel, war aufgegangen und schüttete sein Licht über den Fluß und weit jenseit desselben über Feld und Wald.

„Es ist hell genug … Und ich mag auch die Lampe nicht brennen und erst gegen Morgen verlöschen und verschwelen lassen, als hätt' ich abgeschlossen bei Rausch und Gelage. *Mein* Leben ein Bacchanal!"

Und er löschte die Lichter und trank. Und dann nahm er seinen Platz wieder ein und lehnte sich zurück und schloß die Augen.

Sechzehntes Kapitel

Den dritten Tag danach war von Mittag ab ein stilles, aber rühriges Treiben auf dem Bahnhofe von Klein-Haldern. Eine dicht neben dem Stationshause befindliche Pforte wurde mit Tannenzweigen umwunden, Oleander und Lorbeerbäume standen, eine Hecke bildend, in Front, und an dem Querbalken der Pforte hing ein großer Immortellenkranz, dessen Öffnung das Haldernsche Wappen zeigte. Hinter dem Stationshause hielten mehrere herrschaftliche Wagen, die Kutscher mit einem Trauerflor um den Hut, in einem als Ausläufer des Perrons sich hinziehenden Gartenstreifen aber schritten ein Dutzend schwarzgekleidete Personen auf und ab, Dorfleute von mittleren Jahren, und sprachen ernst und leise miteinander.

Drei Uhr dreißig kam der Zug. „Haldern", „Klein-Haldern", riefen die Schaffner und öffneten ein paar Coupés, aus denen verschiedene Personen ausstiegen: zunächst ein alter Geistlicher von besonderer Würde, dem man seines Amtes und seiner Jahre halber den Vorrang gönnte, dann ein Oberst mit seinem Adjutanten und endlich mehrere reichbordierte Herren, die selbst der Klein-Halderner Stationsbeamte nicht kannte. Die Hüte mit Federbüschen aber und mehr noch der ausgesuchte Respekt, mit dem ihnen selbst von seiten des Obersten begegnet wurde, ließen keinen Zweifel darüber, daß es, wenn nicht Prinzlichkeiten, so doch Personen vom Hof oder vielleicht auch hohe Ministerialbeamte sein mußten. Alle gingen auf den Ausgang zu, vor dem die Wagen im selben Augenblicke vorfuhren, und eine Minute später sah man nichts mehr als eine Staubwolke, die sich, immer dichter werdend, auf dem halbchaussierten Fahrwege dem nächsten Dorfe zu bewegte.

Während diese Szene sich in Front des Stationsgebäudes

abspielte, wurde weiter abwärts im Zuge die große Schiebetür des letzten Wagens geöffnet und von innen her ein Sarg herausgehoben, den jetzt sechs Träger aus der Zahl derer, die bis dahin im Garten auf und ab marschiert waren, in Empfang nahmen und auf ihre Schultern hoben; andere sechs gingen zur Ablösung nebenher, und was sonst noch auf dem Bahnhof war, folgte. Solange dieser Zug den auf eine kurze Strecke zur Seite des Bahnkörpers hinlaufenden Fahrweg innehielt, war alles still; im selben Augenblicke aber, wo Sarg und Träger von ebendiesem Fahrweg her in eine Kirschallee einbogen, die von hier aus geradlinig auf das nur fünfhundert Schritt entfernte Klein-Haldern zuführte, begann die Klein-Haldernsche Schulglocke zu läuten, eine kleine Bimmelglocke, die wenig feierlich klang und doch mit ihren kurzen, scharfen Schlägen wie eine Wohltat empfunden wurde, weil sie das bedrückende Schweigen unterbrach, das bis dahin geherrscht hatte.

So ging es nach Klein-Haldern hinein, ohne daß man etwas anderes als die Schulglocke gehört hätte; kaum aber, daß man nach Passierung der Schmiede - mit der das Dorf nach der anderen Seite hin abschloß - in die von Klein-Haldern nach Groß-Haldern hinüberführende, beinah laubenartig zusammengewachsene Rüsterallee einmündete, so nahm auch schon ein allgemeines Läuten, daran sich die ganze Gegend beteiligte, seinen Anfang. Die Groß-Halderner Glocke, die sie die Türkenglocke nannten, weil sie von Geschützen gegossen war, die Matthias von Haldern aus dem Türkenkriege mit heimgebracht hatte, leitete das Läuten ein; aber ehe sie noch ihre ersten fünf Schläge tun konnte, fielen auch schon die Glocken von Crampnitz und Wittenhagen ein, und die von Orthwig und Nassenheide folgten. Es war, als läuteten Himmel und Erde.

Halben Wegs zwischen den Dörfern lief ein Grenzgraben, über den eine steinerne Brücke führte. Jenseits dieser Brücke betrat man die Groß-Halderner Feldmark, und hier begann denn auch das Spalier, das alt und jung auf dieser letzten Wegstrecke gebildet hatte. Den Anfang machten die Schulen. Danach kamen die Kriegervereine mit einem Trompeterkorps aus der nächsten kleinen Garnison, und immer, wenn die Träger an einer Sektion vorüber waren, schwenkte diese dreigliedrig ein und folgte mit „Jesus, meine Zuversicht".

Am Schluß aber marschierten ein paar Dreizehner Veteranen mit der alten Kriegsdenkmünze, lauter Achtziger, die den Kopf schüttelten, niemand wußte zu sagen, ob vor Alter oder über den Lauf der Welt. Und so ging es nach Groß-Haldern hinein, an dem alten Giebelschlosse vorüber und unmittelbar auf die Feldsteinkirche zu, die, höher gelegen als das sie umgebende Dorf, von terrassenförmig ansteigenden und um diese Jahreszeit dicht in Blumen stehenden Gräberreihen eingefaßt wurde. Vor dem kleinen Rundbogenportale stand der Dorfgeistliche, neben ihm zwei Amtsbrüder, und empfing den Toten an geweihter Stätte. Zugleich setzten die Träger den Sarg nieder, auf den jetzt zunächst Palmenzweige gelegt wurden, und trugen ihn, als dies geschehen, den Mittelgang hinauf bis vor den Altar. Hier stand der alte Generalsuperintendent, der von Berlin aus mitgekommen war, um die Parentation zu halten; die großen Lichter brannten, und ihr dünner Rauch wirbelte neben dem großen, halbverblakten Altarbilde auf. Es stellte den verlorenen Sohn dar. Aber nicht bei seiner Heimkehr, sondern in seinem Elend und seiner Verlassenheit.

Die Kirche hatte sich, als der Sarg unmittelbar über der Gruftsenkung niedergelassen war, auf all ihren Plätzen gefüllt, und auch die seit dem Tode Friedrich Wilhelms IV. sonntäglich meist leerstehende herrschaftliche Loge, *heute* war sie besetzt. In Front erblickte man den alten Grafen, Waldemars Vater, in grauem Toupet und Johanniterkreuz, neben ihm in tiefer und soignierter Trauer die Stiefmutter des Toten, eine noch schöne Frau, die, was geschehen war, lediglich vom Standpunkte des „Affronts“ aus ansah und mit Hilfe dieser Anschauung über die vorschriftsmäßige Trauer mit beinahe mehr als standesgemäßer Würde hinwegkam. Hinter ihr der jüngere Sohn (ihr eigener), Graf Konstantin, dem der ältere Bruder, um das mindeste zu sagen, in nicht unerwünschter Weise Platz gemacht hatte. Seine Haltung war untadelig und gleichfalls von bemerkenswerter Gefaßtheit, ohne die der Mutter ganz erreichen zu können. Ein langes Lied, das teilweise in allerkräftigsten Wendungen allem Erdendunkel einen Riegel vorzuschieben trachtete, wurde gesungen; dann sprach der alte Generalsuperintendent schöne, tiefempfundene Worte - tiefempfundene, weil ihn im eigenen Hause schwerste Schicksalsschläge getroffen hatten -, und als er nun vortrat und den Segen sprach und nach dem Singen des letzten Verses der Ton der Orgel nur noch leise nachzitterte, senkte sich der Sarg mit all den Kränzen, die ganz zuletzt noch auf ihn gehäuft worden waren, in die Gruft hernieder.

Eine tiefe Stille trat ein, und die fremden Gäste steckten eben die Köpfe zum Schlußgebet in den Hut, als man hinter einem der Pfeiler ein heftiges und beinahe krampfhaftes Schluchzen hörte. Die Gräfin sah empört nach der Stelle hin, von der es kam; aber der deckunggebende Pfeiler ließ glücklicherweise nicht erkennen, wer die Anmaßung gehabt hatte, ergriffener sein zu wollen als sie.

Stine, die die Fahrt nach Klein-Haldern schon mit dem Vormittagszuge gemacht und sich, um die Zwischenzeit hinzubringen, eine Stunde lang und länger am Außenrande des Groß-Halderner Parkes und dann wieder auf dem angrenzenden Wiesengrunde, wo sie dem Vieh, das hier weidete, zusah,

verweilt hatte, war unter den letzten, die die Kirche verließen. Sie hielt sich abseits, ging noch eine Weile zwischen den Gräbern auf und ab und trat dann langsam ihren Rückweg nach dem Klein-Halderner Bahnhof hin an. Alles war still, es klangen keine Glocken mehr, und sie hörte nichts als die Lerchen, die mit ihrem Tirili aus der ringsumher in Garben stehenden Mahd in die Luft emporstiegen. Eine stieg höher als die andere, und sie sah ihr nach, bis sie hoch oben im Blau verschwunden war. „In den Himmel … Ach, wer ihr folgen könnte … Leben; leben müssen …“ Und im Übermaß schmerzlicher Erregung und einer Ohnmacht nahe, setzte sie sich auf einen Stein am Weg und barg ihre Stirn in der Hand.
Als sie sich nach einer Weile wieder erhob und ihren Weg inmitten der Fahrstraße fortsetzen wollte, hörte sie, daß in ihrem Rücken, von Groß-Haldern her, ein Wagen in raschem Trabe herankam. Und sich umwendend, sah sie, daß es dieselben Personen waren, die während der Trauerfeier mit in dem herrschaftlichen Kirchenstuhle gesessen hatten. In dem letzten Wagen aber saß Waldemars Oheim, den Sommerüberzieher zurückgeschlagen, so daß man das große blaue Ordensband, das des schwedischen Seraphinenordens, in aller Deutlichkeit erkennen konnte. Stine wollte nicht gesehen sein und trat mit halber Wendung zur Seite; der alte Graf aber hatte sie schon von fernher erkannt, und einer flüchtig in ihm aufsteigenden Verlegenheit rasch Herr werdend, erhob er sich im Wagen und lud sie durch eine freundlich-verbindliche Handbewegung zum Einsteigen ein. Über Stines Züge ging ein Leuchten, das der schönste Dank für des alten Grafen bei Gelegenheiten wie diese nie versagende Ritterlichkeit war; aber zugleich schüttelte sie den Kopf und ging, unter gelegentlichem Verweilen und sich dadurch absichtlich verspätend, auf Klein-Haldern zu, von dessen Kirschallee aus sie bald danach die weiße

Dampfwolke des auf die Hauptstadt zueilenden Zuges sah. Eine Stunde später, soviel wußte sie, kam ein zweiter Zug, und bis dahin allein zu sein war ihr keinenfalls unwillkommen, ja recht eigentlich das, wonach sie sich sehnte.

Dazu ward ihr nun freilich mehr Gelegenheit, als ihr lieb war. Die Zeit wollte nicht enden, und sie sah unausgesetzt den langen Schienenweg hinauf, immer nach der einen Seite hin, von der der Zug kommen mußte. Vergebens, er schien ausbleiben zu wollen. Und doch war sie todmüde von Erregung und Anstrengung und fror, und ihre Füße trugen sie kaum noch. Endlich aber sah sie, daß die Signale gezogen wurden, und bald danach auch, daß die großen Feueraugen immer näher und näher kamen. Und nun Halt. Eine Coupétür wurde geöffnet, und rasch einsteigend drückte sie sich, wärmehalber, in eine der Ecken und zog ihre Mantille fester um ihre Schultern. Aber es half zu nichts, und ein Fieber schüttelte sie, während der Zug nach Berlin weiterdampfte.

„Stine, Kind, wie siehst du denn aus! Dir sitzt ja der Dod um die Nase." So waren die Worte, womit die schon lange am ersten Treppengeländer wartende Witwe Pittelkow ihr Stinechen empfing und nicht zuließ, daß sie noch höher hinauf in ihre Polzinsche Wohnung stiege. „Komm, Kind, und leg dich man gleich hier aufs Bett. Na, ich sage … War's denn so doll? Oder haben sie dich geschubst? Oder haben sie dich wegjagen wollen? Oder er vielleicht! Na, dann erlebt er was, dann jag ich ihn zum Deibel. Olga, Baby, wo bist du denn! Uff, sag' ich, un mache Feuer. Un wenn's kocht, rufst du mir. Hörst du! … Jott, Stine, du bibberst ja man so. Was haben se dir denn gedhan?" Und dabei knöpfte sie der Schwester das Kleid auf und schob ihr Kissen unter und deckte sie mit zwei Deckbetten zu.

Nach einer halben Stunde hatte sich Stine soweit erholt, daß sie sprechen konnte.
„Na, nu wird es ja wieder", sagte Pauline. „Wenn die Mühle erst wieder geht, is auch wieder Wind da. Kind, dir war ja die Puste reine weg, un ich dachte schon, nu stirbt die *auch* noch."
Stine nahm ihrer Schwester Hand, klopfte und streichelte sie und sagte: „Ich wollte, es wäre so."
„Ach, rede doch nich *so*, Stine. Du wirst ja schon wieder werden. Un bei allens is auch wieder'n Glück. Jott, er war ja soweit ganz gut und eigentlich ein anständiger Mensch, un nich so wie der Olle, der ans Ganze schuld is; warum hat er'n mitgebracht? Aber viel los war nich mit ihm; er war doch man miesig."
Stine fühlte sich unter der Schwester Guttat erleichtert, und die Tränen rannen ihr übers Gesicht.
„Weine man, Stinechen, weine man orntlich. Wenn's erst wieder drippelt, is es schon halb vorbei, grade wie bei's Gewitter. Un nu trink noch 'ne Tasse ... Olga, wo bist du denn! Ich glaube, die Jöhre schnarcht schon wieder ... Un nächsten Sonntag is Sedan, da machen wir auf nach'n Finkenkrug un fahren Karussell und würfeln. Und dann würfelst du wieder alle zwölfe."

Die Polzin hatte horchend am Treppengeländer oben gestanden und mit nur zu geübtem Ohre jedes der Worte gehört, womit die Pittelkow ihr Stinechen unten an der Korridortür empfangen hatte. Gleich danach aber, als sie die Tür unten ins Schloß fallen hörte, war sie wieder in ihre Stube gegangen, wo sich Polzin eben zu seiner Nachttoilette rüstete. Von einer solchen ließ sich wirklich sprechen, denn er trug, weil er andauernd an einem trockenen Husten litt, auch beim Zubettgehen eine schwarze, mit einem dicken Tuchstreifen gefütterte

Militärkrawatte.

„Nu", frug er, während er eben das Leder in die Schnalle schob. „Is sie heil wieder da?"

„Heil? Was heißt heil? *Die* wird nich wieder."

„Is eigentlich schade drum."

„I wo. Gar nich … Das kommt davon."